데카메론

고전 찬찬히 읽기

04

데카메론

10일의 축제 100개의 이야기

구윤숙 지음

작은길

일러두기

1. 『데카메론』 원문은 John Payne이 영역한 『The Decameron』(2013, Simon & Brown)을 번역하여 실었다.
2. '데카메론'은 열흘간의 이야기라는 뜻이다. 열 명의 주인공들이 돌아가면서 하루에 하나씩 모두 열 편의 이야기를 들려주어, 열흘 동안 백 편의 이야기가 구술된다. 본문에서 소제목 끝에 적은 (Ⅲ, 10)의 표시는, 몇 번째 날의 몇 번째 이야기인지를 알려 준다. (Ⅳ, 5)는 넷째 날 다섯 번째 이야기를 말한다.
3. 외래어 표기는 국립국어원이 정한 원칙을 따랐다.

보카치오, 이야기의 숲에서 길을 내다

그때 난 중세 미술을 공부하고 있었다. 황금 모자이크가 황홀한 빛을 발하는 비잔틴 성당, 찬연한 스테인드글라스의 영롱한 색이 거대한 실내를 감싸는 고딕 대성당! 지상에 세워진 천상의 공간들은 정말 매력적이었다. 그런데 그런 건축물들은 누가 지었을까? 자금을 댄 왕이나 교황들 말고, 직접 돌을 옮기고 유리를 세공하고 그곳에서 미사를 올렸던 사람들은 누구인가? 그 시대 사람들을 알아야 했다. 그래서 『데카메론』을 처음 읽었다. 그리고 단번에 세속적 욕망들이 들끓는 속세로 떨어졌다.

『데카메론』은 전혀 성스럽지 않았다. 14세기 단테를 잇는 이탈리아 문학의 거대한 별 보카치오가 썼다지만, 결코 고상한 책이 아니었다. 『데카메론』의 등장인물들은 먹고 마시고 사랑하고 진탕 울다가 진한 농담을 건넨다. 심지어 페스트가 온 도시를 휩쓸어 죽음이 연일 눈앞에 보이는데도 이야기하고 노래하고 춤춘다. 왜 이러는 걸까?

보카치오는 당시 전해 들은 이런저런 이야기들 100편을 모아 자기

나름의 설정을 덧붙여 『데카메론』을 완성했다. 『데카메론』을 처음 읽었을 때, 그의 이야기는 순간순간 유쾌하고 즐거웠다. 그러나 그뿐. 난 이 책이 왜 고전이란 타이틀을 달았는지 이해할 수 없었다. 하필 그때 책을 써보라는 제안을 받았다. 먹고 마시는 욕망만큼이나 원초적인 또 하나의 욕망이 튀어 나왔다. '쓰고 싶다!' 그렇게 나의 글쓰기 욕망과 내가 알 수 없었던 『데카메론』 속 욕망들이 만나 진한 인연이 시작되었다.

100개의 이야기를 다시 완주했다. 그리고 표까지 만들어 가며 정리했다. 오랜 세월 버텨 온 책에는 그만한 이유가 있는 거라고 일단 믿고 읽었다. 무작정 썼고, 수없이 막혔다. 참고문헌은 또 왜 그리 없는지. 그 시대의 역사와 풍속, 문학에 대해 나오는 책들을 뒤적이며 『데카메론』에 대해 언급한 구절들을 보물처럼 긁어모았다. 보카치오가 살던 시대의 다른 문학 작품들도 읽었다. 어떻게 써야 할지 막막하던 그때 나의 선생님께서 말씀하셨다. 그런 고전이야말로 새롭게 발굴해야 할 정말 좋은 고전이라고. 일단 쓰기만 하면 독창적이고 유일한 해설서가 될 수 있다나. 그리고 목차부터 다시 써 보라고 하셨다. 무작정 뛰어든 나의 집필은 그렇게 다시 원점으로 되돌아갔다.

막막해진 그 무렵 국내에서 새롭게 완역된 『데카메론』이 출판되었다. 번역자 박상진 선생님은 이탈리아 문학을 전공하고 『데카메론』에 관해 글을 쓰는 거의 유일한 국내 필자였다. 최대한 이야기의 느낌을 살린 번역과 간간이 등장하는 주석들이 그렇게 고마울 수가 없었다.

『데카메론』이 어떤 책인지 여전히 알 수 없었지만 조금씩 사랑스럽게 느껴졌다. 싱거운 농담 같은 이야기에 그냥 웃었고, 사랑에 목숨을 거는 여인의 열정과 분노에 환호를 보냈다. 그렇게 다시 『데카메론』을 만났고 책을 대하는 태도가 조금 변했다. 프랑스의 철학자 들뢰즈의 표현을 빌자면 어떤 철학자들은 텍스트를 향해 자백을 강요한다고 한다. 본뜻이 뭐냐고, 이걸 통해 뭘 말하고 싶은지 자백하라고, 진리를 내어 놓으라고 닦달하는 철학자. 그는 애인을 의심하는 연인처럼 자신을 괴롭히며 오해만을 반복한다. 내 모습이 딱 그랬다. 표를 만들고, 주석들을 찾아가며 주제가 뭐냐고 『데카메론』의 목을 조르고 있었다. 그래서야 책이 나에게 어떤 말을 해줄 수 있었겠나. 그러니 그냥 『데카메론』이 들려주는 이야기를 가만히 잘 들어보자. 섣부른 해석자가 되기보다 즐거운 이야기꾼이 되어 보자. 보카치오가 그러했듯이. 『데카메론』에 담긴 이야기들을 나와 같은 시공간을 살아가는 사람들이 들을 수 있게 충실하게 전해 보자. 그럼 각기 다른 그 이야기들이 우리가 안고 있는 많은 문제들에 대한 새로운 관점을 열어주지 않을까? 그렇게 믿고 다시 원고를 시작했다.

원고를 새로 쓰면서 조금은 보카치오의 마음을 상상할 수 있게 되었다. 그도 자기가 채록한 이야기들의 원뜻을 완벽하게 파악하고 쓴 것은 아닐 것 같았다. 그럼에도 그냥 그 이야기들이 좋아 버려 둘 수 없었을 것이다. 그래서 『데카메론』을 엮었으리라. 창작자가 아닌 채집가. 더욱이 보카치오는 자기가 수집한 이야기를 너무도 사랑한 채집가였다. 그래서 혼자 볼 수 없었다! 그는 평생 자신이 엄선한 옥석들이 왜 옥석인지 남들도 알아볼 수 있게 최선을 다했다. 아무도 주목하지 않는 떠도는 이야기들에 약간의 창작을 더해『데카메론』으로 엮었고, 그리스 고전을 번역하고, 단테의 신곡을 강의했다. 보카치오가 했던 일, 그게 바로 내가 해야 할 일이었다. 어느 날 갑자기 내 앞에 떨어진 원석『데카메론』이 잘 빛날 수 있게 먼지를 털어 주고, 사람들이 보다 쉽게 다가갈 수 있게 길을 내어 주면 좋겠다. 그런 마음으로 나 역시 이야기 채집자가 되어 100편의 이야기들 중에 일부를 골라 이 책에 실었다. 그리고 가이드가 될 만한 당시의 역사, 문화, 풍속에 관한 해석들을 덧붙였다.

『데카메론』, 이 책은 분명 값진 인류의 고전이다. 원전이 워낙 유명한지라 읽지 않은 사람들도 그 이름을 안다. 하지만 어떤 이들은 이 책을 그저 고루한 고전으로 알 것이고, 어떤 이들은 오래된 야설집 정도로 여길 것이다. 어떤 이들은 이 책을 처음 읽었을 때의 나처럼 의미를 찾겠다고 고심을 할 것이다. 이 책이 그런 분들에게 도움이 되었으면 좋겠다.『데카메론』이라는 이야기의 숲에서 길을 잃지 않고 완주할 수 있도록. 그 숲 속에 얼마나 크고 작은 보석들이 숨겨져 있는지 발견할 수 있도록.

개인적으로 이 책을 쓰는 과정에 큰 변화들이 있었다. 13년간 다니던 멀쩡한 직장을 그만뒀고, 이전과는 다른 공부 인연들이 생겼다. 그 시간들을 기다려 주시고, 나보다 더『데카메론』에 애정을 갖고 꼼

꼼꼼하게 교정을 봐주신 작은길의 최지영 대표님께 감사드린다. 그리고 내 실력도 모르신채 덜컥 집필을 제안하시고 엉성한 초고부터 마지막 원고까지 지켜봐 주신 고미숙 선생님께도 감사의 말씀을 전한다. 두 분이 없었다면 이 원고는 완성되지 못했을 것이다. 원문 번역과 윤문을 도와준 다영, 하영, 민경, 혜원, 연숙, 의선, 영대, 철현에게도 고마움을 전하고 싶다. 또 언제나 공부의 장을 지켜 주는 남산강학원 회원들과 감이당 식구들, 오랜 공부 벗이 되어 주신 신상미, 한성희 샘, 이렇게 저렇게 스쳐 간 많은 스승과 친구 들에게도 감사의 말을 전하고 싶다. 감사합니다.

2014년 11월

남산강학원에서 구윤숙

• 차례

chapter 01

보카치오와
그의 시대

나는 이 남자와 결혼했어. 남자니까, 남자라면 누구나 있을 그런 욕망이
그이한테도 당연히 있을 줄로 알고 지참금을 꽤 줬다고. 그이가 남자가 아닌 줄 알았다면
절대로 결혼하지 않았을 거야. 그 인간도 내가 여자인 줄 알았을 거 아냐.
근데 여자에겐 마음도 없으면서 왜 나를 부인으로 삼은 거냐고? 분해 죽겠어.
내가 이 세상에 미련만 없었어도 수녀가 되는 게 나을 뻔했어.

:: 『데카메론』, 너는 누구냐

　"『데카메론』은 시대와 싸우는 위대한 인간의 탄생을 보여 주는 근
대 소설의 시초다."　"『데카메론』은 신의 세계에서 인간의 세계로의 전
환을 보여 주는 작품이다." 서양문학사에서 『데카메론』이 차지하는
위치를 웅변하는 평가들이다. 그러나 막상 책장을 펴면 '근대'라고 이
름붙일 수 없는 이상한 세계가 기다리고 있다. 이른바 근대는 중세의
기독교적인 사유에서 탈피하여 이성과 합리성을 바탕으로 사유하기
시작한 시대를 말한다. 대략 14~16세기, 이탈리아를 중심으로 초월
적인 신이 아니라 인간, 보편적인 인간이 아니라 개인이 강조되기 시
작했다. 기독교 때문에 묻혀 있던 고대 그리스·로마의 문헌들이 재조
명되고, 종교적 금욕주의에 눌려 있던 문화가 활기를 되찾았다. 이 때
문에 후대의 사람들은 이 시기를 르네상스Renaissance(재생)라고 명명했
다. 『데카메론』의 저자 보카치오가 바로 르네상스가 시작되던 무렵에
태어났다. 그러나 『데카메론』은 근대문학으로 분류하기엔 너무 낯설
다. 그 시작부터가 좀 수상하다.

『데카메론』은 1348년 페스트가 만연한 피렌체의 대성당에서 시작된다. 가족이 모두 죽고 우울함을 달래려고 미사에 참석한 7명의 부인들은 서로에게 슬픔을 토로한다. 그중 지혜로운 여인이 죽음의 그림자를 피해 도시를 떠날 것을 제안하고, 때마침 나타난 3명의 청년들이 가세하여 교외로 떠난다. 아름다운 별장에 모인 10명의 청춘남녀는 오직 즐거움만을 위해 살기로 약속한다. 느긋하게 일어나 식사와 산책을 하고, 오찬과 낮잠을 즐긴 뒤, 각자 그날의 주제에 맞는 이야기를 펼쳐낸다. 매일 이어지는 이야기 축제는 성금요일과 주일을 제외한 열흘 동안 이어진다. 이렇게 열 명이 열흘 동안 쏟아낸 이야기 백 편을 모은 것이 바로 『데카메론』이다. '데카deca'는 '열'을 나타내는 말로 '데카메론'을 우리말로 번역하면 '열흘간의 이야기'가 된다.

『데카메론』의 서두에 등장한 보카치오는 열 명의 화자들의 이야기를 전해 듣고 이 책을 썼노라고 밝히고 있다. 해서 15세기에 그려진 한 삽화는 보카치오를 울타리 너머에서 열 명의 이야기를 엿들으며 기록하는 모습으로 표현했다. 물론 이건 검열과 처벌을 피하기 위한 보카치오의 설정이자 소설적 장치이다. 100개의 이야기에 10명의 캐릭터가 덧씌워지고 이야기가 펼쳐지는 시공간의 분위기도 담기는 것이다. 보카치오는 슬픈 이야기 뒤에 더 슬픈 이야기를 들려주어 장면을 숙연하게 만들기도 하고, 그 바로 뒤에 해피엔딩으로 마무리되는 야한 농담을 두어 반전을 꾀하기도 한다. 같은 이야기라도 남자가 하는지 여자가 하는지, 어떤 캐릭터가 말하는가에 따라 이야기의 성격

작가 미상, 15세기 채색삽화

일곱 명의 부인과 세 명의 청년이 시골 별장의 정원에 모여 이야기꽃을 피운다. 날마다 새로운 여왕/
왕을 선발하여 모임을 주재하도록 하고, 여왕/왕은 월계관을 쓰도록 했다. 담장 너머에서 이야기를
엿들으며 기록하는 보카치오를 그려 넣은 점이 기발하다.

은 바뀔 수 있다. 보카치오는 마치 연출자처럼 민간의 이야기를 전할 화자들의 캐릭터를 만들어냈다. 이 캐릭터들은 아마도 순수한 보카치오의 창작물인 것 같다. 그러나 100개의 이야기 대부분은 그의 말대로 어디선가 채집한 것들이다.

보카치오는 고대문헌부터 시장에서 떠도는 야담까지 방대한 이야기를 수집하여 나름대로 편집했다. 이야기들의 배경은 아주 다양하다. 공간적으로 보면 이탈리아와 지중해를 넘어 아시아에까지, 시간적으로 보면 고대 그리스로부터 작가가 살던 14세기에까지 이른다. 인물들은 또 어떠한가. 남편 말에 끝까지 순종한 여성이 있는가 하면 불륜 현장에서 남편에게 걸리고도 당당한 여성도 있다. 부패한 성직자에 대한 신랄한 풍자가 있는가 하면 금욕적인 남편을 대신해 유부녀에게 쾌락을 안겨 주는 수도사에 대한 찬미도 있다. 이렇게 일관성 없이 이야기를 한데 모아도 되는 것일까. 그래서 묻고 싶어진다. 도대체 『데카메론』의 주제가 무엇이냐고. 무책임한 대답이 될지 모르나 『데카메론』 전체를 꿸 수 있는 주제는 없다. 그런데 바로 그것이 『데카메론』이 갖는 특이점이다. 주제는 그때, 그때 다르다! 그러니 『데카메론』을 가장 잘 읽는 법은 이성을 잠시 내려놓고 그 혼돈을 즐기는 것이다.

일반적인 문학사에서 단테의 『신곡神曲』은 중세문학의 완성으로, 보카치오의 『데카메론』은 근대문학의 시초로 거론된다. 역경을 이겨낸 연인들, 재치로 위기를 모면한 하층민들, 신분을 뛰어넘어 우정을 맺는 사람들, 개성 강하고 목소리 큰 여인들이 생생하게 살아 있기 때문이다. 그래서 붙은 별명이 『인곡人曲』이다. 이 재기발랄한 인물들은 중세적 가치가 무너져 내리는 가운데 등장한 근대의 인간형으로 해석되기에 충분했던 것이다. 그러나 이는 다분히 이 혼란스런 대작을 우리가 살고 있는 근대의 산물로 해석하고자 하는 열망이 부여한 타이틀일 뿐이다.

중세가 끝나 갈 무렵, 과학이 발달하고 수공업과 무역이 성장하면서 상인계층이 중심이 된 시민계급이 사회에서 주도적인 역할을 하게 된다. 그들이 바로 신분을 벗어나 '자기만의 특별함'을 세상에 과시하며 전통적인 것에 대한 반기를 들기 시작한 근대인들이다. 그들은 이성과 합리성을 무기로 기존의 가치를 재단하고 여기에 새로운 질서를 부여한 사람들이다. 그런데 정작 근대문학의 시초라고 평가받는 『데카메론』의 인물들은 이런 근대인과는 거리가 멀다. 확실한 느낌을 얻기 위해 『데카메론』에 등장하는 한 여인의 이야기를 잠깐 살펴보자.

"나는 이 남자와 결혼했어. 남자니까, 남자라면 누구나 있을 그런 욕망이 그이한테도 당연히 있을 줄로 알고 지참금을 꽤 줬다고. 그이가 남자가 아닌 줄 알았다면 절대로 결혼하지 않았을 거야. 그 인간도 내가 여자인 줄 알았을 거 아냐. 근데 여자에겐 마음도 없으면서 왜 나를 부인으로 삼은 거냐고? 분해 죽겠어. 내가 이 세상에 미련만 없었어도 수녀가 되는 게 나을 뻔했어. 그렇지만 나는 여기서 살고 싶고,

존 윌리엄 워터하우스(John William Waterhouse), 〈데카메론 이야기〉, 1916

사실적인 기법으로 화려하고도 낭만적인 서정을 듬뿍 담은 그림이다. 데카메론에 나오는 일곱 부인
들은 친구나 이웃, 친척으로 서로 잘 아는 사이였으며, 모두 스물여덟 살을 넘기지 않았고 열여덟 살
아래는 없었다. 그들은 시골 별장으로 떠나기 전, 남자들이 함께한다면 계획을 실천하기에 더욱 좋
겠다고 생각했는데, 때마침 세 명의 청년이 찾아와서 기꺼이 함께 길을 떠났다. 제단에 앉아 류트를
연주하는 청년은 마치 "운명에 휘둘린 여자들을 어떤 식으로든 치유하고 위로하기 위해서" 이 이야
기를 지었다고 말하는 보카치오를 떠올리게 한다.

그게 나인걸. 그 인간한테서 기쁨이나 위안을 얻을 수 있을 때까지 기다리다간 할망구가 될지도 몰라. 그제야 정신 차리고 내 젊음을 낭비했다느니 울고불고 해봤자, 이미 늦는다고."(V, 10)

아직 팔팔한 이 여인은 동성애자인 걸 숨기고 결혼한 남편 때문에 매일 독수 공방 중이다. 하여 고민을 상담하러 성녀라 칭송받는 한 노파를 찾아갔다. 그런데 이 노파가 한다는 말이 "늙어 버린 지금에 와서야 그냥 보내 버린 청춘이 너무나도 휑하고 쓰라리게 내 마음을 찌르는구나. [중략] 이렇게 쪼그라든 넝마에 누가 불을 붙이겠느냐?"는 것이다. 그러고는 확실한 방법으로 여인을 '힐링'해 준다. 남편이 없는 날이면 젊은 남자를 그녀 방으로 몰래 데려다 준 것이다.

그렇게 즐거운 날들이 이어지던 어느 날, 하필 가장 아름답다는 청년이 찾아온 날, 약속이 취소되어 일찍 돌아온 남편이 그 청년을 보고 말았다. 아내는 얼이 빠졌다. 그런데 남편은 청년을 보자 너무나도 기뻤다. 그도 청년이 맘에 들었던 것이다! 더 놀라운 건 그 다음이다. 불륜의 현장, 한 남자를 사이에 둔 남편과 아내, 이런 이상한 조합으로 그들은 일단 밥을 먹는다! 그것도 아주 화기애애하게. 정말 원초적 욕망의 화신들이다. 그래서 그 뒤에 어떻게 됐냐고? 모른다. 다만 "다음 날 아침에 광장으로 나갈 때까지 청년이 밤새도록 아내나 남편 중 어느 쪽을 위해서 더 힘을 썼는지 분명치 않았다."는 것이 이 이야기의 결말이다. 이게 『데카메론』이다.

『데카메론』을 근대문학의 효시라고 보기 어려운 다른 이유는 이런 인물들이 근대문학의 주인공과는 너무 다르기 때문이다. 어디 한번 비교해 보자. 헤어 나올 수 없는 사랑에 빠져 딱히 뭔가 해보기도 전에 근심하다 죽어버리는 여인 쥘리(루소의『신 엘로이즈』), 예술적 영감에 휩싸여 작품에 전념하다 병들어 가는 화가 클로드(에밀 졸라의『작품』), 남들에게 밝힐 수 없는 과거 때문에 온갖 고난 속에서 오로지 혼자서 고뇌해야만 하는 위대한 인간 장 발장(빅토르 위고의『레 미제라블』) 등등. 모름지기 근대인인 우리의 감각 안에서는 후자의 인물들이 주인공답게 여겨진다. 소설 속 주인공들은 아무도 이해해 줄 수 없는 자기만의 문제로 씨름하고 있는 고독한 인간들이다. 이들에겐 아무런 조언도 들리지 않는다. 그들은 오로지 자기 내면의 목소리에만 귀를 기울인다. 그러다 보니 행복한 인물이 별로 없다. 행복을 추구하기는커녕 다른 사람들의 행복을 세속적이라 조소하며 자신들은 마음속에 품고 있는 사랑, 예술적 고뇌, 인간적 번뇌에 빠져 허우적거린다.

그렇다. 근대 소설의 주인공들은 고독하다. 가족이 있어도 외롭고, 친구가 있어도 언제나 혼자다. 어찌 그렇지 않겠는가. 신분·집안·과거와 단절하여 낱낱이 갈라진 개인個人들은 그야말로 자기 몸뚱어리밖에 가진 것이 없는 프롤레타리아트(무산자)가 아닌가! 그들은 오로지 자기 자신에게만 의지해 삶을 살아야 하는 고독한 인간들이다! 근대문학은 이런 시대의 인간을 대변하는 문학이다.

문학과 미술을 폭넓게 연구했던 아르놀트 하우저는 "근대예술은 고독한 인간, 다시 말해 행이든 불행이든 간에 자기 주위의 사람들과 이질감을 느끼는 개인의 자기표현이다."라고 말했다. 소설가는 아무도 접근할 수 없는 자신만의 책상에서 글을 쓰고, 독자는 혼자서 작품과 만난다. 서사시가 낭독되던 거대한 광장도 필요 없고, 비극이 상연되던 극장도 필요 없고, 야담이 펼쳐지던 시장판도 필요 없다. 소설가와 독자를 매개하는 것은 오로지 소설뿐이다. 그 속엔 어느 누구와도 공유할 수 없는 개인의 내면 묘사가 가득하다. 그러나 『데카메론』의 인간들은 그렇게 묘사될 내면이 없다!

　『데카메론』의 인간들은 정신적이기보다 육체적이고, 번뇌하기보다 행위한다. 배고프면 어떻게든 먹고, 멋진 상대를 만나면 어떻게든 쾌락을 즐긴다. 'B급 유머'를 구사하고 '19금 스토리'를 선사하는 주인공들에게 선구자적 고뇌는 조금도 찾을 수 없다. 계몽의식 대신 원초적 본능이 차고 넘친다. 눈 맞으면 사랑하고, 억울한 일을 당하면 반드시 복수한다. 그들의 행동력은 저항보다는 객기에 가깝다. 점잔 떠는 인간은 반드시 당한다. 사건을 분석하고 이성적으로 헤아리기보다 육체적인 직감을 따라 행동한다. 네덜란드의 역사학자 요한 하위징아가 보기에 그들은 근대인이 아니었다. 그들은 어린아이처럼 크게 기뻐하고 크게 슬퍼하면서 삶의 매 순간을 "절대적인 강도로 체험"하고 있었다. 그와 달리 합리적인 근대인들은 감정을 누르고 손해와 이익을 계산하느라 바쁘다. 그들은 어린아이의 즐거움도, 청춘의 격정도 알지 못하는 메마른 어른이 되었다. 그럼에도 우리 근대인들은 중세를 암흑의 천년으로 규정하고 근대를 빛으로 칭송하기에 급급했다. 하위징아는 중세가 끝나가던 그 무렵을 '르네상스'로 호명하고 싶지 않았다. 하여, "세계가 지금보다 500년 정도 더 젊었던" 그때의 모습에 걸맞은 찬연한 이름을 붙여 주었다. "중세의 가을"이라고.

:: 죽음과 이야기 : 『아라비안나이트』와 『데카메론』

도시엔 이름도 없이 묻히는 시신들로 가득하다. 죽음이 두려워 서로 문상도 가지 않고 남편과 아이까지 버리는 일이 드물지 않다. 도시는 그야말로 어두운 죽음의 그림자로 가득 차 있다. 모든 사람들에게 죽음은 어김없이 찾아왔다. 『데카메론』의 화자인 열 명의 청춘남녀는 그 속에서 '이야기를 하면서' 살아남았다. 그런데 왜 하필 이야기인가? 이야기가 무엇이기에.

사실 이야기를 통해 죽음을 극복한다는 설정은 『데카메론』만의 고유한 특징은 아니다. 가장 대표적인 예로는 『아라비안나이트』에 나오는 매력적인 이야기꾼 셰에라자드가 있다. 그녀를 경유하여 죽음과 이야기의 관계를 좀더 살펴보자.

『아라비안나이트』의 서막은 이러하다. 페르시아의 현명한 군주 샤리아르는 왕비와 후궁들이 노예들과 부정을 저지르는 현장을 목격하게 된다. 왕은 분노에 휩싸여 그들 모두를 죽이고도 분이 풀리지 않았다. 이렇게 여자에게 한 맺힌 왕은 매일 새로 신부를 맞아들이고, 초야를 보낸 뒤 다음 날 아침 바로 죽여버린다. 그렇게 왕이 무고한 여인들을 죽이기를 반복하자 성안의 처녀들이 다 사라지고 말았다. 매일 새로운 신붓감을 찾아내야 하는 대신들만 죽을 맛이다. 반란의 기미도 엿보이기 시작한다. 그때 한 대신의 딸인 셰에라자드가 왕의 신부가 되길 자청한다. 아버지의 만류도 듣지 않고 당돌한 그녀는 결국 왕의 신부가 되었다.

왕과의 첫날밤, 반드시 죽기로 예정된 그 자리에서 셰에라자드는 동생을 보고 싶다고 왕에게 청을 한다. 죽을 사람의 마지막 청은 들어주는 법이다. 왕은 이를 수락하고 동생은 언니와 미리 짜 놓은 대로 언니의 신방에 들어와 "언니, 지금까지 한 번도 들어본 적 없는 즐겁고 재미있는 이야기나 들려주세요." 하고 조른다. 왕은 그것도 허락하고 침대에 누워 함께 셰에라자드의 이야기를 들었다. 그렇게 시작된 그녀의 이야기는 시공간을 가로지르며 왕을 환상과 모험의 세계로 이끌었고 이야기에 매료된 왕은 하루 이틀 여인을 죽이는 날을 미룬다.

수천 년 동안 단지에 갇혔던 마왕, 알리바바와 40인의 도둑, 램프의 요정, 사막과 바다를 헤쳐 나가는 상인 등 다양한 주인공들이 펼치는 스펙터클한 이야기가 매일 밤 이어졌다. 그렇게 1천 1일을 보내게 되고 셰에라자드는 목숨을 구한다. 그중엔 여인에게 속은 천신天神의 이야기도 있었다. 샤리아르는 신도 여인에게 속는 걸 보며 자기가 속은 건 아무것도 아니었음을 느낀다. 그렇게 온갖 인간들의 이야기, 천일야화千一夜話가 왕의 광기를 다스리는 명약이 된 셈이다.

이야기가 죽음을 유예시킨다는 이런 설정은 필멸하는 인간이 지닌 한계 때문에 발생한다. '호랑이는 죽어서 가죽을 남기고 사람은 죽어서 이름을 남긴다'는 속담처럼 유한한 시간을 사는 인간이 영원을 붙들 수 있는 것은 이름과 같은, 비물질적인 언어뿐이다. 이야기는 그 언어들의 조합으로 인간이 생산한 것 중에 유일하게 인간의 수명 너머로 전해질 수 있다. 이야기가 아니라면 우리가 어떻게 과거의 인물은 물론 다양한 신들을 만날 수 있겠는가. 이야기는 그렇게 우리가 살고 있는 시간을 무한으로 확장시켜 준다.

그 옛날 이 모든 것은 입에서 입으로 전해졌다. 구술의 시대를 살던 인간들은 우리가 상상할 수 없을 만큼 많은 것을 기억했다. 그리스의 신화이자 역사인 『일리아드』와 『오디세이아』는 고대 그리스의 제의에서 통째로 읊어졌다. 신화 『바리데기』 이야기는 망자를 위로하는 굿에서 무가巫歌로 불리었다. 이야기꾼들은 개인 저자라기보다는 인류의 이야기를 품은 일급의 데이터베이스다. 개인이 아니라 "인간의 영혼인 셰에라자드"(카잔차키스, 『스페인 기행』)가 눈앞에 놓인 죽음과 당당히 대적할 수 있는 이유는 여기에 있다. 그녀는 이미 한 개인이 아니라 '아라비아의 영혼'이며, 한낱 칼날로 베어버릴 수 없는 인류의 기억이다.

어떤 이는 『아라비안나이트』의 원제가 '천일千日' 야화가 아니라 '천일千一' 야화인 것이 중요하다고 말했다. 완전수를 채우고 종결되는 이야기가 아니라 거기에 하나가 더 붙어 영원히 계속되는 이야기가 『천일야화One thousand and one nights』라는 것이다. 이야기는 그렇게 우리를 지금 살고 있는 시간 너머 무한히 확장하는 시공간으로 연결시켜 준다. 그러나 이때 영원이란 죽음 없이 계속되는 영생이 아니라 자기가 죽은 잿더미 위에서 다시 태어나는 불사조와 같은 '재생(거듭-태어남)'이다. 이야기란 이처럼 매번 새롭게 생겨나는 세계이다. 『데카메론』의 구성은 이 점을 보다 분명히 보여 준다.

페스트를 피해 교외로 나간 열 명의 젊은이들은 교외로 나간 첫째 날, 그곳에서 지킬 몇 가지 규칙을 정한다. 그중 하나는 그날그날의 대표를 뽑아 그/그녀를 왕/여왕으로 따르며 지내는 것이고, 다른 하나는 왕이 정한 주제에 따라 날마다 모두가 돌아가며 즐거운 이야기를 하는 것이다. 모두가 하루씩 왕이 될 수 있는 곳은 보카치오가 상상한 정치적 유토피아다. 그곳에서 매일 다른 주제로 이야기가 진행된다.

첫째 날은 저마다 하고 싶은 주제로 이야기하는 '혼돈의 날'이라면, 둘째 날은 기대 이상의 달콤한 결실을 얻는 '행운의 날'이다. 셋째 날은 무척 열망하던 것을 교묘한 수법으로 손에 넣거나, 잃었던 것을 다시 찾는 '전화위복'의 날이라면, 넷째 날은 사랑으로 인해 불행한 결말을 맺는 '슬픔의 날'이다. 그러다 아홉 번째 날이 되면 나름대로 재미있다고 생각되는 이야기를 자유롭게 하는 '혼돈의 날'이 다시 찾아온다.

마지막 날인 열 번째 날엔 관용으로 일을 아름답게 마무리한 사람들의 이야기가 나온다. 그런데 이 마지막 날 이야기가 『데카메론』전체를 놓고 보면 아주 예외적이다. 이전까지의 등장인물들이 원초적인 본능과 격정적인 희로애락의 화신들이었다면 열 번째 날에 등장하는 인물들은 내적인 덕으로 충만한 인간들이다. 이 마지막 날 때문에 『데카메론』은 단순히 인간의 욕망만을 담은 책이 아니라 고귀한 정신까지 담아낸 더욱 파악하기 어려운 카오스가 되고 말았다.

게다가 왕/여왕이 정하는 그날의 이야기 주제를 깨고 제멋대로 이야기하는 디오네오라는 청년이 있다. 그는 뜬금없이 '야하고도' 웃기는 이야기를 마구 풀어내며 좌중을 뒤흔들어 놓는다. 어느 누구보다 유쾌하지만 그의 존재는 매일의 질서를 무너뜨리는 페스트와 같은 존재다. 하지만 디오네오가 없다면 하루가 끝나지도 않고 새로운 날도 열리지 않는다. 그래서인지 그는 열 명의 청춘남녀 중 가장 어린 청년으로 이야기가 지닌 파괴력과 생성력을 동시에 보여 주는 인물이다. 그렇다. 이야기란 죽음과 생성 모두를 품고 있다. 그러니 어찌 강력하지 아니하겠는가. 『데카메론』은 바로 그런 이야기를 100개나 품고 있는 이야기의 보고다.

:: 중세의 두 얼굴

중세라는 이름은 참 부당하다. 영어로는 '미들 에이지Middle Age', 고대 그리스·로마의 문화가 사라졌다가 그것이 다시 부활하는 르네상스 사이에 '끼인' 시기라는 뜻에서 붙여진 이름이다. 허나 로마제국이 분열하기 시작한 4세기부터 14세기까지 천년에 달하는 시간을 표현하기엔 턱없이 부족한 말이다.

그 시대를 부르는 더 부당한 명칭은 '암흑기Dark Ages'라는 말이다. 이 말을 들으면 이런 이미지가 떠오른다. 종교 재판과 마녀 사냥, 광장에서 벌어지는 잔인한 처형과 끊임없는 이민족의 침입, 인간성을 잠식하는 종교와 흥청거리는 귀족, 그리고 가난한 민중의 삶. 하늘로 치솟은 중세의 대성당은 야만인(고트족)의 이름을 붙여 고딕Gothic이라 비하되고, 성상에 나타난 도식적이고 딱딱해 보이는 인물상은 문화의 퇴조, 무지의 소산으로 치부된다. 그러나 이런 평가는 모두 과거와의 단절을 선언한 근대의 산물이다.

근대는 세상에 대한 앎으로 문명을 발전시킬 수 있을 것이라 믿었다. 중세의 전통을 송두리째 부정하고 완전히 새로운 세계를 구축하려고 시도했다. 경험의 영역에 포섭될 수 없는 앎을 초월자에게 맡겨버려서는 안 되었다. 인간에게 합리적인 이해의 능력이 있는 한 모든 것은 장악되어야만 했다. 이런 흐름은 계몽주의로 이어졌다. 계몽啓蒙으로 번역되는 Enlightenment는 말 그대로 어두운 시대에 빛을 비춘다는 뜻이다. 지성 혹은 이성의 빛으로 세상을 명료하게 보고, 환하게 비추라! 계몽주의자들은 그렇게 근대에 밝은 이미지를 부여하고 과거를 어둠으로 규정했다. 그러나 중세는 이성이라는 하나의 빛으로 설명할 수 없는 다양한 빛깔을 가진 시대였다.

상인들의 이동로인 강을 끼고 상공업이 발달한 도시가 형성되었다. 왕도 영주도 없이, 장사하고 싶은 사람은 장사를 하고, 물건을 만들고 싶은 사람은 장인이 되는 '자유도시'가 만들어진 것이다. 그곳에서는 "길드 전체가 형제라는 감정을 지녀야 한다."는 규약을 공유했다. 길드는 일종의 협동조합으로 상인들과 공방의 장인들이 업종별로 공동체를 구성하고 있었다. 상인들은 길드의 보장 아래 안정적으로 거래할 수 있었고, 장인과 도제로 구성된 공방은 '완전 취업'이 가능한 시스템이었다. 길드는 자치적인 법률을 만들어 조합원 간의 분쟁을 조정하고 상호부조의 의무를 지켰다. 조합원이 아프면 병상을 지키고, 죽으면 장례는 물론 미망인의 생활까지 책임졌다. 도시 공동체는 강한 유대감을 갖고 있었으며 스스로 군대를 조직하고 성을 만들어 도시를 지켰다. "도시의 공기는 자유롭다."는 말도 생겨났다.

중세의 도시 가운데 우뚝 솟은 대성당들은 이들이 만들어낸 합작

중세 고딕 건축양식의 정수로 평가받는 파리의 노트르담 대성당. 높은 종탑과 건물 외관 곳곳을 장식하는 기괴한 형상의 조각들이 파리 시내를 내려다보고 있다. 노트르담 성당은 날씨에 따라 다른 빛깔과 느낌을 선사한다.

품이다. 근대인들에게 대성당은 기괴하게 크기만 큰 야만적인 건물이
었다. 외벽을 장식하는 길게 늘어진 인물 조각과 알 수 없는 동물과
괴물 조각 들은 도무지 합리적인 형상이 아니었다. 근대인의 눈으로
보기에 그것은 야만적인 형상이었다. 하지만 상상해 보자. 옹기종기
모인 집 사이 좁은 골목길을 따라 걷다가 대성당을 만난 순간을. 다
채로운 조각들로 장식된 웅장한 성당과 그 안을 장식하고 있는 형형
색색의 스테인드글라스를! 중세 대성당은 건축술의 비약적인 발전을
보여 주는 양식이며, 중세 도상들은 자연주의적 형태로는 담아낼 수
없는 종교적 세계를 보여 주는 상징들이다. 찬연하게 빛나는 고딕성
당의 스테인드글라스는 아름다운 자연의 빛이자 현대인이 잊고 사는
영성을 자극하는 천상의 빛, 그 자체다.

　문학은 또 어떠한가. 고대 그리스에 소크라테스와 플라톤이 있다면
중세엔 아우구스티누스와 토마스 아퀴나스를 비롯한 신학자들이 있
다. 고대에 호메로스의 서사시와 소포클레스의 비극이 있다면 중세엔
트리스탄과 이졸데의 운명적인 사랑 이야기와 아서 왕과 원탁의 기사
들의 무훈담이 있다. 고대와 중세, 이 중 어느 한쪽을 빛으로 다른 한
쪽을 어둠으로 정의할 수 있을까? 중세에 덧씌웠던 '암흑'을 걷어내고
중세인의 눈으로 중세라는 시공간을 본다면 어떨까? 그들은 어떻게
기도하고 어떻게 사랑했을까? 그렇게 거대하고 아름다운 성당에서
그들은 무얼 했을까? 21세기를 사는 우리에게 중세가 보여 주는 다
른 삶의 가능성은 없을까?

보카치오는 1313년 부유한 상인 보카치노 디 켈리노의 아들로 태어났다. 그의 어머니는 하층민 출신으로 평범한 여성이라고도 하고, 아버지가 파리 체류 때 만난 귀족 여성이라고도 한다. 출생지에 관한 기록도 엇갈려 피렌체 부근이라고도 하고, 파리라고도 한다. 어찌되었든 그가 여덟 살 되던 해에 아버지가 귀족 출신의 여자와 정식 결혼을 하면서 보카치오는 공식적으로 사생아가 되었던 것 같다. 그의 유년기를 정확하게 포착할 수 없는 이유는 얼마 안 되는 기록들이 서로 엇갈리기 때문이다.

당시 보카치오는 정계나 학계에서 그리 중요한 인물이 아니었다. 그런데 누가 정확하지도 않고 별로 자랑스럽지도 않은 그의 과거를 유포한 것일까? 재밌는 것은 그 루머의 제작자가 바로 보카치오 자신이라는 것이다. 그는 지인들과 주고받은 편지와 몇몇 작품들에서 자신의 가정사를 다루었는데, 정확한 사실을 써야 한다는 관념이 없었다. 보카치오는 역사학자가 아니라 타고난 이야기꾼이었던 것이다. 때문에 그의 어머니는 어떤 글에서는 신비한 귀족 여인이 되고, 어떤 글에서는 소박한 촌부가 되었다. 그런 방식으로 보카치오는 자기 인생까지도 써 내려갔다. 그중 가장 드라마틱한 부분은 역시 첫사랑이다.

보카치오가 스물세 살이 되던 해 부활제 전야, 그는 나폴리의 왕 로베르토의 딸 마리아를 만나 사랑에 빠진다. 첫 만남의 장소는 산 로렌초 성당! 교회는 예나 지금이나 연애와 사교의 메카였나 보다. 암튼 둘의 사랑은 뜨거웠고, 그녀는 '피암메타'라는 이름으로 보카치오의 여러 작품들에서 변주되어 등장하게 된다. 여기까지만 보면 둘의 사랑은 아름다운 로맨스인데 속사정은 그렇지 못했다.

보카치오가 마리아를 만났을 때 그녀는 이미 아퀴노 백작과 결혼한 유부녀였다. 게다가 그녀는 보카치오를 만난 지 얼마 되지 않아 다른 애인에게 관심을 돌려버린다. 마리아는 그렇게 보카치오를 잊었건만 청년 보카치오는 그녀 때문에 꽤 애를 태웠는지 『데카메론』의 서론에서도 또 그 얘길 꺼낸다.

저는 이루 말할 수 없는 인내와 고통의 시간을 보냈습니다. 사랑하는 여인이 무정해서가 아니라 왕성한 욕구에서 나온 과도한 불길이 제 가슴을 태웠기 때문입니다.

보카치오는 왜 그녀를 잊지 못했던 것일까. 보카치오가 열세 살 되던 해 그의 아버지는 아들을 나폴리의 한 은행에 견습사원으로 보냈다. 활발하게 무역이 이루어지는 대도시에서 가업을 이을 소양을 쌓길 바랐던 것이다. 헌데 나폴리 항은 동방무역의 거점으로 화려한 상품과 더불어 고대 그리스 문화가 가장 먼저 정박하는 곳이었다. 조토, 마르티니 등 당대를 풍미하던 화가와 작가 들이 그곳에 있었고, 소년 보카치오는 처음으로 고대의 이야기와 조우하게 된다. 세이렌의 노래처럼 고대의 이야기는 소년의 몸과 마음을 사로잡았다. 그는 아버지를 설득해 상술商術과 교회법을 공부한다는 조건으로 나폴리대학에 들어간다. 하지만 아버지가 피렌체로 떠나자 고전과 문학 연구에 매진하게 된다. 그 무렵 마리아를 만났다.

보카치오는 사랑에 빠진 여느 남자들이 그러하듯 애인에게 자기가 알고 있는 온갖 이야기들을 들려주었다. 아름다운 귀족 여인을 위해 시장 사람들 입에 오르내리는 가십거리나 그리스·로마의 옛이야기를 들려주는 청년 보카치오. 문학에 대한 열정과 여인에 대한 사랑이 청년에겐 별로 다르지 않았고, 그의 재능은 그 속에서 서서히 자라나고 있었다. 그것을 알아본 사람이 바로 마리아다. 그녀는 보카치오에게 작품을 써 보라고 권했다. 로마의 전설을 기반으로 사랑과 모험 이야기를 담은 보카치오의 처녀작 『필로콜로』는 그렇게 탄생했다. 전설로만 떠돌던 이야기가 소설로 다시 태어나는 순간이었다. 이는 또한 상인의 아들 보카치오가 이야기꾼으로 다시 태어나는 순간이기도 했다. 그는 이후 줄곧 이야기꾼, 작가로 살아갔다. 그리고 17년 후, 마리아는 피암메타라는 이름으로 『데카메론』에 함께하게 된다.

:: 『데카메론』, '넘버 쓰리'의 버려진 이야기

청년 보카치오의 마음을 빼앗은 것이 문학과 여인에 대한 사랑이

었다면 중년이 된 보카치오를 사로잡은 것은 고대였다. 보카치오에게 본격적으로 고대를 소개한 인물은 이탈리아의 국민시인이라 불리는 페트라르카였다. 그는 "온몸으로 고대를 대변했고, 모든 종류의 라틴 시를 모방했으며, 고대의 제반 문제를 다룬 논문 형식의 서간문을 썼다."(부르크하르트, 『이탈리아 르네상스의 문화』) 소문난 그리스 마니아였던 페트라르카는 그리스어를 읽지도 못하면서 호메로스의 서사시를 늘 품고 다녔다고 한다. 보카치오는 그의 영향 아래서 『일리아드』와 『오디세이아』를 번역하고, 그리스 신들의 계보를 집필해 나갔다. 그에게 명성을 안겨 준 것도 라틴어 문집과 고대 번역서였다.

노년의 보카치오를 사로잡은 것은 단테였다. 보카치오는 단테의 『코메디아Commedia』를 읽고 난 뒤 이런 제목으로는 작품의 위대함을 표현할 수 없다며 '신성한divia'이라는 단어를 덧붙였다. 그렇게 새로운 이름을 부여받아 우리에게까지 온 작품이 바로 'La Divia Commedia', 『신곡神曲』이다. 보카치오는 생애의 마지막을 단테를 연구하고 강의하면서 보냈다. 정치적인 이유로 피렌체에서 추방된 단테가 피렌체에서

안드레아 델 카스타뇨(Andrea del Castagno), 〈유명한 사람들〉, 1450
원래 피렌체 한 저택의 실내 벽면에 그려진 프레스코화로, 피렌체 출신의 세 장군, 세 명의 여인, 세 명의 유명 시인이 그림의 주인공들이다. 상단의 부분 확대 그림은 왼쪽부터 단테, 페트라르카, 보카치오. 세 사람의 자세가 사뭇 의미심장하게 다가온다. 단테와 페트라르카는 손짓을 건네며 대화를 나누는데, 보카치오는 한쪽 귀로 그들의 대화를 듣기만 한다. 자신이 듣고 있는 모든 이야기를 자기 책에 담았다는 듯 가장 큰 책을 앞으로 내밀고 있다.

다시 거론되고 연구될 수 있게 된 데에는 성실한 연구자 보카치오의 공이 크다.

　보카치오는 존경하는 스승 페트라르카, 그가 우러러 보았던 시인 단테와 더불어 이탈리아 문학의 아버지로 칭송받게 된다. 후대 사람들은 세 사람 모두에게 시인의 월계관을 씌워 주었다. 그러나 세 사람의 글쓰기는 장르부터 완전히 다르다. 가장 연장자인 단테의 대표작은 앞서 말한 『신곡』으로, 단테가 꿈속에서 고대의 시인 베르길리우스와 더불어 사후 세계를 여행하는 이야기를 담은 장편 서사시다. 단테는 라틴어로 글을 쓰는 전통을 깨고 당대 피렌체어로 아름답고 웅장한 서사시를 지어 극찬을 받았다. 단테는 그렇게 서사시라는 고대적 장르와 현대적 언어를 이어 주었다. 반면 페트라르카는 고대 문헌에 푹 빠져 도서관을 만들고 라틴어로 쓰는 저술 활동에 열성적이었다. 그러나 정작 그가 이탈리아의 대표 시인이 된 까닭은 시집 『칸초나리에』 때문이다. 『칸초나리에』는 라우라라고 하는 여인의 아름다움을 칭송하고 그녀의 죽음을 애도하는 서정시로 채워져 있다. 여인의 아름다운 눈과 피부, 금발의 머리처럼 아주 구체적인 이미지를 가지고 페트라르카는 사랑의 기쁨과 그녀를 잃은 슬픔을 노래했다.

　보카치오는 훌륭한 두 스승에게서 배웠으되 어느 누구도 따르지 않았다. 일단 그는 시인이 아니라 이야기꾼이다. 그는 죽음의 세계가 아니라 현재적 욕망에 관심을 두었고, 개인의 마음이 아니라 오랫동안 민중들 사이에 떠돌던 이야기를 기록했다. 단테가 피렌체어를 얼

피렌체 우피치미술관에 있는 단테, 페트라르카, 보카치오 조각상(왼쪽부터)이다. 서사시 형식으로
『신곡』을 쓴 단테는 시인의 상징인 하프를 들고 천국과 지옥의 심연을 꿰뚫어 보고 있다. 고대를 동
경하며 인간의 마음을 짧은 서정시로 담아냈던 페트라르카는 작은 메모지를 들고 하늘을 우러르고
있다. 보카치오는 읽다 만 책에 손가락을 끼우고서 우리에게 그 이야기를 전해 줄 것 같은 자세를 취
하고 있다. 각기 다른 스타일로 글을 썼지만 후대 사람들은 그들 모두에게 위대한 작가에게 주는 월
계관을 씌웠다.

마나 아름답게 사용할 수 있는지 보여 주었다면 보카치오는 피렌체의 속담, 야한 농담들을 맛깔나게 살려냈다. 나이로 보나 고상함으로 보나 보카치오는 이탈리아 문학의 '넘버 쓰리'다.

보카치오는 나이가 들면서 고대 문헌과 단테에게 열중한다. 그리고 조금씩 변해 갔다. 생활은 점점 금욕적이고 고상해졌으며 젊은 시절에 쓴 『데카메론』이 슬슬 맘에 걸렸다. 속되고 속된 책, 다종다양한 인간들이 우글거리는 100편의 이야기를 어찌할 것인가. 고민에 빠진 보카치오에게 한 사제가 세속적인 작품을 모두 불태우라는 충고를 더한다. 『데카메론』은 정말 불구덩이 속으로 들어갈 판이었다.

다행히도 페트라르카가 만류하여 『데카메론』은 분서焚書를 면하게 된다. 당시 페트라르카는 "속세적인 학문과 그리스도교적인 의식은 별개의 문제이며, 이들 양자 사이엔 결코 갈등이 있는 것은 아니"라고 편지를 보내 왔다. 페트라르카 역시 『데카메론』을 좋아한 것은 아니었으나 과거의 문헌들에서 새로운 가치를 발견하는 학자로서 책을 불태우게 할 순 없었다. 그가 보는 고대 문헌들도 오랜 세월 동안 금서이자 불온문서가 아니었던가. 학자로서 제자의 작품이 세속적이라 하여 불태우게 하는 것은 차마 하지 못할 일이었다. 길거리에서 주고받는 속된 이야기, 우습고 짧은 콩트, 당시 사람들이 살고 있는 골목 어딘가에서 일어날 것 같은 일들, 대단치 않은 그저 그런 사람들의 이야기들. 그 속에 자기도 알지 못하는 진실이 담겨 있다고 두 사람 모두 직감했던 것은 아닐까.

이런 이력은 『데카메론』의 특징을 잘 보여 준다. 종교적 영성과 감출 수 없는 혈기, 정신과 육체, 이성과 육체적 욕망, 천상과 대지, 낮의 질서와 밤의 혼돈, 영원히 변치 않는 신과 끊임없이 생성·소멸을 반복하는 자연, 이들 대쌍은 별개처럼 보이나 늘 공존해 왔다. 어느 한쪽만으로 이 세상을 다 담아낼 수 없다. 『데카메론』은 『신곡』으로는 담아낼 수 없는 세상의 다른 축을 담당한다. 그 세상은 고상한 언어로는 담을 수 없는 세계이기에 그의 언어는 속되고 속되다. 하지만 『데카메론』의 세계 없이는 지옥과 천국도 존재할 수 없고, 아름다운 서정시도 존재할 수 없다. 『데카메론』은 그렇게 성과 속을 가르는 재판에서 화형을 받고도 살아나 시공간을 관통하여 제 길을 걸어 왔다. 우리는 이제 아무리 묻어 두려 해도 사라지지 않았던 세상을 만날 차례다.

chapter 02

이야기,
죽음과
축제의 시간

"뭐 저런 인간이 다 있어! 나이도, 병도, 곧 닥쳐올 죽음도,
하느님마저도 두려워하지 않다니! 이제 하느님의 심판 앞에서
지금까지 저지른 온갖 나쁜 짓이 다 드러날 텐데, 살던 대로 죽고 싶은 모양이지?"

:: 서막, 1348년 페스트

하느님의 아들이 태어나신 지 1348년이 되던 해, 이탈리아의 여러 도시 가운데 가장 아름답고 고귀한 도시인 피렌체에 치명적인 흑사병이 돌았습니다. [중략] 병에 걸린 환자와 감염되지 않은 사람이 섞여 있으면 그 병은 불이 마른 장작이나 기름종이에 확 옮겨 붙듯 빠른 속도로 퍼져 나갔습니다. 더 끔찍한 상황도 있었습니다. 건강한 사람이라도 환자와 말을 주고받거나 접촉하기만 해도 이내 감염되어 전염된 사람들처럼 똑같이 죽어갔습니다. 뿐만 아니라 환자가 입었던 옷이나 그 밖의 물건들에 닿기만 해도 병이 옮겨 가는 것 같았습니다.

『데카메론』은 1348년 피렌체를 휩쓴 페스트의 '괴로운 추억'으로 시작된다. 사료에 의하면 1348년 한 해에만 당시 유럽 인구의 3분의 1이 페스트로 죽었고, 그 뒤에도 주기적으로 페스트가 유행하면서 14세기가 끝나갈 무렵 유럽 인구의 4분의 3이 사라졌다. 보카치오는 3월부터 7월까지 수십만 명이 넘는 환자가 죽어갔다고 적고 있다. 수

십만 명! 이는 약 30년 전에 피렌체 시에서 조사한 인구와 같다. 보카치오의 말이 사실이라면 불과 다섯 달 남짓한 기간에 피렌체에서 한 세대 전에 살던 사람들이 모두 사라진 셈이다. 페스트는 이렇게 지난 세대를 말끔히 지웠다.

페스트의 특징은 고통보다 징후가 먼저 나타난다는 것이다. 아프지도 않은 사람들에게 '종기나 멍울이 생기고 검은 반점들'이 나타난다. 그리고 사흘 뒤 '어김없이' 죽음이 찾아온다. 때문에 지어진 이름이 검은 죽음, 즉 '흑사병 black death'이다. 검은 반점은 곧 닥칠 소멸을 의미했다. 원인도, 치료법도 모른 채 마른 장작이나 기름종이에 불붙듯이 번져나가는 질병에 사람들은 경악했다.

당시 보카치오는 피렌체에서 수많은 사람들이 죽어가는 것을 목격했다. 그중엔 그의 아버지와 친구들도 있었다. 과거의 아름다운 피렌체는 페스트로 사라져 가고 있었다. 보카치오는 그 절멸의 순간에 관한 가장 생생한 증언을 『데카메론』 서두에 담았다. 그중 가장 유명한 대목은 '돼지의 죽음'이다.

지금부터 제가 하려는 이야기는 참 놀라운 것입니다. 저도 제 눈으로 직접 목격하지 않았다면 믿으려 하지 않았을 겁니다. 또한 아무리 믿을 만한 목격자가 말해 주었다 할지라도 기록하지 않았을지 모릅니다. [중략] 직접 본 일 중에는 이런 일도 있었습니다. 이 병으로 죽은 어느 가난뱅이의 누더기가 거리에 나뒹굴고 있었는데, 마침 그 누더기가 돼지 두 마리의 눈길을 끌었습니다. 이놈들은 꿀꿀거리며 누더기에 코를 박더니 곧바로 그것을 이빨로 물고서 이리저리 마구 휘둘러 댔습니다. 그러더니 삽시간에 독을 쐰 듯 경련을 일으키며 그들을 불행하게 만든 누더기 위에 털썩 쓰러져 죽고 말았습니다.

직접 목격하고도 믿을 수 없는 페스트의 실상에 대한 생생한 증언들. 때문에 어떤 사람들은 이 인상 깊은 서두를 두고 '리얼리즘 문학의 시작', '생생한 르포르타주reportage(기록문학)'라고 찬사를 보냈다. 『데카메론』의 짧고 강력한 서두는 역사적 증언으로서의 가치를 인정받은 셈이다. 그런데 프랑스의 시인이자 극작가인 앙토넹 아르토는 이 장면을 두고 단지 '돼지에 대한 터부'를 나타낼 뿐이라고 말했다.(『잔혹연극론』) 그저 소설가의 과장된 표현이라는 것이다. 무엇이 진실인지 우리는 모른다. 하지만 페스트가 어떤 병인지는 확실하게 보여 준다. 예고 없이 찾아오는 즉각적인 죽음! 사람과 동물을 가리지 않는 무차별적인 파괴력! 엄청난 치사율이 그것이다.

아르토에 의하면 '페스트는 고급스런 질병'이다. 페스트는 나병이나 천연두와 달리 살아 있는 사람에게 흔적을 남기지 않는다. 전쟁으로 한 도시가 무너지면 도시는 사라져도 전쟁의 흔적들은 남게 된다. 전쟁의 상처를 훈장처럼 달고 다니는 상이군인들은 우리에게 끔찍한 과거를 환기시킨다. 그러나 페스트가 지나가면 과거는 사라진다! 정확한 원인도 모르고, 환자를 오랫동안 괴롭히지도 않고, 합병증도 없

지만 환자는 거의 반드시 죽는다. 사망자는 빠른 시간 내에 매장되어 수만 명이 죽어도 그 실체를 확인할 수가 없다. 때문에 페스트는 단순히 한 인간을 공격하는 질병이 아니라 하나의 도시, 한 문명의 절멸을 의미했다. 그런데 바로 그렇기 때문에 더 이상 얽매일 과거도 없고 지켜야 할 예법도 없어지게 된다. 보카치오는 페스트가 휩쓴 피렌체에 규율을 벗어나 쾌락을 탐닉하거나, 모든 것과 단절하고 고독한 생활을 하거나, 소유자를 묻지 않고 남의 집을 넘나드는 사람들이 생겨났다고 전한다. 도덕을 지키고 체면을 가장할 이유가 사라졌기 때문이다. 페스트는 그렇게 모든 규율에 얽매이지 않을 자유를 부여한다. 절멸을 통해 완벽한 자유가 열린다는 역설! 이제 10명의 화자들은 자기가 하고 싶은 모든 이야기를 할 수 있다. 이야기 축제가 시작되는 것이다.

부지기수로 죽어 나가는 사망자를 매장하는 장면을 담은 그림(위)과 페스트에 감염된 환자를 그린 중세 세밀화(아래). 보카치오는 산타 마리아 노벨라 성당에 일곱 명의 부인들을 등장시키기 전, 1348년 피렌체를 휩쓴 흑사병의 위력을 다음의 문장으로 마무리한다. "아아, 갈레노스와 히포크라테스, 아스클레피오스 같은 사람들이 건강을 보장했을 그 훌륭한 남자들과 아름다운 여자들, 그 사랑스러운 젊은이들이 아침에 부모와 동료, 친구와 함께 식사를 하고 나서 바로 그날 저녁에 저세상에서 앞서 가신 분들과 저녁을 먹게 될 줄이야!"

:: 차펠레토 : 죽음 앞에 선 거짓말쟁이 (I, 1)

프랑스 부르고뉴로 출장 온 한 사내가 죽을병에 걸렸다. 그의 이름은 차펠레토. 피렌체 출신으로 대부업을 하는 어느 형제의 집에 머물고 있었다. 그 형제는 차펠레토가 병이 나자마자 즉시 의사를 부르고 극진한 간호를 했지만 소용이 없었다. 형제는 고민에 빠졌다.

"참 난감한 일이야. 이대로 저 인간을 집 밖으로 내보내면 사람들의 비난을 살 수밖에 없을 거야. 처음에는 환대하며 치료하느라 애썼지만 그건 우리를 성가시게 하지 않는 동안일 뿐이었고, 결국 죽을병에 걸리니 쫓아냈다고 하지 않겠어. 그런데 말이지, 저 인간은 워낙에 사악한 일생을 살아서 고해를 하거나 성당의 성사를 받을 생각이 전혀 없을 거야. 고해를 안 하고 죽으면 성당에서도 받아 주지 않을 테고 그러면 시신이 개처럼 나뒹굴 텐데. 에이, 설령 고해를 한다고 해도 마찬가지야. 그가 저지른 범죄가 너무 많고 끔찍해서 그를 용서해 줄 신부나 수도사는 아무도 없을걸. 어쨌든 죄 사함을 받지 못하면 시신이 도랑에나 굴러다닐 거야. [중략] 다들 이렇게 떠들어 대겠지. '성당에서도 받아 주지 않을 개 같은 이탈리아 놈들아, 이 땅에서 썩 꺼져라!' 그리고 우리 재산을 강탈하다 못해 죽일지도 몰라. 그러니 저 인간이 죽기라도 하면 우린 큰일나게 생겼다고."

당시에도 이주민에 대한 편견이 있었는지 이탈리아 출신 형제는 프랑스인이 자신들을 공격할 것을 걱정한다. 이런 걱정은 그들이 하는 일이 대부업이기 때문에 더했다. 대부업은 부정한 것으로 여겨졌기 때문에 이민족, 특히 유대인들이 맡아 했다. 돈을 빌려주고 이자를 취하는 것은 고리대금업자든 은행업자든 별반 다를 바가 없는 탓에 금융업자들은 지옥도라는 그림에 빠지지 않고 등장한다.

타지에 와서 인자한 상인을 가장하고 있었지만 차펠레토가 부르고뉴에 온 이유도 '떼인 돈을 받아내기' 위해서였다. 그게 그가 평소에 하던 일이고, 그 외에 가끔 하는 일로는 살인청부업, 문서 위조, 법정에서 위증하기 따위가 있었다. 그러고도 죄책감을 갖지 않는 게 그의 능력이었다. 죄책감은커녕 그는 오히려 거짓과 폭력을 즐겼다.

가뜩이나 남의 나라에서 인심을 잃을까 걱정하는 형제들에게 차펠레토의 죽음은 큰 걱정이 아닐 수 없었다. 그런데 바로 옆방에 누워서 이야기를 듣게 된 차펠레토가 형제를 불러서, 자신이 알아서 하겠다면서 고해 사제를 불러 달라고 청했다. 차펠레토 왈, "살아 있는 동안 하느님께 그 많은 불경을 저질렀는데 죽어가는 마당에 또 다른 불경을 좀더 저지른들 그다지 나쁘지도 않소. 그러니 가장 덕망 있고 지위가 높은 수도사를 데려오쇼." 그렇게 생애 처음이자 마지막 고해가 시작되었다.

"신부님, 일주일에 꼭 한 번은 고해를 하는 것이 제 습관입니다. 더 자주 한 적도 많아요. 그러나 솔직히 말하자면, 제가 아프고 나서부터 너무나 고통스러운 나머지 고해를 못한 지 일주일이 넘었습니다. 오늘로 팔 일째군요. [중략] 한 번도 고해성사를 해본 적이 없는 사람이라 여기시고 뭐든 하나하나 찬찬히 질문해 주세요. 아프다고 해서 봐주시면 안 됩니다. 몸을 아끼려다 나의 구세주께서 값진 피로 구원하신 내 영혼을 지옥에 떨어뜨리느니 차라리 육신을 괴롭히는 게 나으니까요."

수도사는 이 말에 크게 기뻐하며 참으로 성품이 좋은 사람이라고 여겼다. 그는 먼저 그런 태도를 따뜻하게 칭찬하고 나서 여자와 놀아난 죄가 있는지 묻는 것으로 고해성사를 시작했다. 혼자 사는 수도사들은 그게 젤 궁금했나 보다. 차펠레토가 "저는 어머니에게서 나온 그대로 숫총각입니다."라고 대답하자 수도사가 놀라서 대꾸했다. "이런! 하느님의 축복이 임하시길! 어찌 그리 고귀하게 살아오셨나요!" 수도사가 보기에도 그건 '참으로 대견한 일'이었나 보다.

고해는 이런 식으로 계속되었다. 탐식, 탐욕, 분노, 비방, 거짓 등등을 묻는 질문에 차펠레토는 모두 거짓으로 답해 수도사를 감탄시켰다. 헌데 그가 수도사를 감동시킬 수 있었던 것은 죄가 없다고 주장해서가 아니라 아주 작은 죄 때문에 큰 죄책감을 느낀다고 고백했기 때문이다. 그의 연기력은 탁월했다.

"제가 지금껏 한 번도 고해하지 않는 죄가 하나 남았습니다. 들춰내

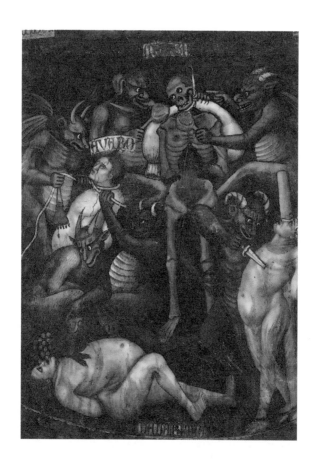

타데오 디 바르톨로(Taddeo di Bartolo), 〈지옥도〉, 1393

지옥에서 고리대금업자는 악마의 똥으로 표현된 돈을 먹고 있다.

자니 너무 부끄러워서 그 일을 떠올릴 때마다 이렇게 울고 맙니다. 너무 끔찍해서 하느님께서도 결코 용서하지 않으실 겁니다."

그러자 수도사가 말했습니다.

"자, 괜찮으니 말해 보세요. 지금까지 인류가 저지른 모든 죄와 앞으로 세상의 종말까지 저지를 모든 죄를 단 한 사람이 저질렀다고 해도 지금의 당신처럼 후회하고 회개한다면, 지극히 자비롭고 관대하신 하느님께서는 다 용서하실 겁니다. 그러니 용기 내어 말해 보세요!"

차펠레토 씨는 더 크게 울먹이며 말했습니다. [중략]

"신부님! 저를 위해 하느님께 기도해 주신다고 하시니 말씀드리겠습니다. 저는 어렸을 때 어머니한테 저주를 퍼부은 적이 있어요."

여기까지 말하고 나서 차펠레토 씨는 다시 더 큰 소리로 울기 시작했습니다.

수도사는 눈물을 흘리며 차펠레토의 모든 죄를 용서했다. 그리고 그가 먼저 차펠레토의 유해를 자신의 수도원에서 거두게 해주십사 청했다. '거짓말의 달인 차펠레토'와 '믿음의 달인 수도사'의 이 웃지 못할 촌극은 이렇게 차펠레토의 완승으로 끝난다. 차펠레토는 자기 인생 최고의 위증을 통해 누울 곳을 얻었다. 거짓말의 효과는 여기서 끝나지 않았다. 수도사는 그가 성자 같은 사람이라 하느님께서 그를 통해 기적을 행하실 것이라고 설교했다. 수도사가 '믿음의 힘'으로 거짓말쟁이가 된 것이다. 그런데 소문은 삽시간에 퍼져 사람들은 그를 성 차펠레토라 부르게 되었다. 거짓말쟁이는 성인이 되고, 성자에 가까운 수도사는 거짓말쟁이가 되는 순간이다. 『데카메론』의 첫 이야기는 이렇게 일상적인 가치평가를 뒤엎어 놓았다.

수도사의 순진한 믿음은 그의 직업병(?)이기도 하지만, 차펠레토의 고해가 죽음을 앞에 두고 벌어진 마지막 통회의 시간이었기 때문에 가능했다. 병과 죽음, 신체가 겪는 극심한 고통은 그의 말에 진실의 무게를 실어 준다. 유언이 갖는 힘도 여기에서 나온다. 인류는 오랫동안 망자가 마지막에 남기는 말은 그 말이 불합리하게 느껴질지라도 믿고 따라 주어야 할 의무감을 느껴 왔다. 죽음을 앞두고 하는 최후의 말 안에 살아 있는 자가 보지 못하는 다른 삶의 해법들이 있다고 여겨서일 게다.

차펠레토의 삶의 노하우는 그의 고해를 들으며 옆방에서 웃음을 참지 못한 형제의 입에서 나온다.

형제들은 서로 얘기를 주고받았지요.
"뭐 저런 인간이 다 있어! 나이도, 병도, 곧 닥쳐올 죽음도, 하느님마저도 두려워하지 않다니! 이제 하느님의 심판 앞에서 지금까지 저지른 온갖 나쁜 짓이 다 드러날 텐데, 살던 대로 죽고 싶은 모양이지?"

'아무것도 두려워하지 않기', 그렇게 '살던 대로 죽기!' 이것이 차펠레토의 비기秘技다. 차펠레토가 평생 동안 초지일관 거짓 증언과 살인

등을 마다하지 않았던 건 그것 말고는 다른 삶의 방식을 알지 못했기 때문이다. 돈도 명예도 그를 그만두게 할 수 없었다. 그는 단지 자기 본능에 충실했을 뿐이다. 죽는 순간, 마지막 고해를 하며 차펠레토는 거짓으로 울었지만 그보다 더 크게 속으로 웃었을 것이다.

서두에서 페스트가 가르쳐 준 것은 무차별적으로 찾아오는 죽음이다. 죽음의 신은 선악을 구분하지 않는다. 그렇다면 우리가 펼칠 삶의 기술은 무엇이 되어야 하는가. 아무것에도 얽매이지 않는 삶! 살던 대로 죽는 삶! 바로 그것이다. 차펠레토는 죽는 순간까지 선악을 떠나 즐겁게 산다는 자기 '곤조'를 지킨 덕에 당당히 『데카메론』 백 편의 이야기 중 첫머리에 올랐다.

:: 기스문다 : 난 떠나니, 모두들 안녕히 계세요 (Ⅳ, 1)

신사적인 귀족 탄크레디 공의 딸 기스문다는 "할 수만 있다면 비밀리에 멋진 애인 하나 가졌으면 하고" 바랐다. 그녀는 "그 어떤 여자보다 몸매와 얼굴이 아름다웠고, 젊고 발랄했으며, 여자로서는 넘칠 만큼 똑똑했다." 아버지는 누구보다 딸을 아꼈다. 딸도 그런 아버지의 마음에 보답하고자 귀족 여인으로서의 품위를 잃지 않았다. 그런 그녀가 멋진 남편이 아니라 '비밀리에' 멋진 애인을 구한 이유는 아름다운 부녀 사이에 문제가 하나 있었기 때문이다. 다름 아니라 아버지가 딸을 '너무' 사랑한 것이다.

탄크레디 공은 딸을 자기 곁에 두고 싶어 혼기가 다 지나도록 시집을 보내지 않았다. 그러다 결국 그럴듯한 집안을 찾아 느지막이 결혼을 시켰는데, 얼마 되지 않아 딸이 과부가 되어 아버지에게 돌아왔다. 아버지는 예쁜 딸이 돌아온 것이 마냥 좋았다. 당연히 재혼을 시킬 생각이 없었다. 그러나 기스문다는 육체의 기쁨을 맛보아 그것을 너무도 잘 알게 되었기에 비밀리에 애인을 찾을 수밖에 없었다.

딸을 재혼시키지 않는 것은 중세엔 이례적인 일이었다. 귀족들의 혼인은 가문 간의 계약과 다름없었다. 파혼과 재혼은 흔한 일이었다. 가문 사이에 관계가 안 좋아지거나 다른 지역으로 세력을 넓히고 싶을 때면 언제든 계약을 파기하고 딸을 데려와 다른 가문과 혼인시켰다. 기스문다도 풍속대로 재혼을 시켰으면 좋았으련만 괜한 아버지의 욕심 때문에 딸은 비밀을 갖게 된다. 그녀의 눈에 귀스카르도라는 젊은 하인이 눈에 들어온 것이다.

귀스카르도라는 그 청년을 보면서 여자의 마음에는 흠모의 정과 함께 점점 더 격렬한 불이 일어났답니다. 한편 눈치가 없지 않았던 그 청년도 여자의 마음을 읽어냈고, 그 마음을 남김없이 받아들여 그녀를 사랑하는 것 외에는 어떤 일에도 마음을 쏟지 않게 되었지요. 이렇게 두 사람은 남몰래 서로를 사랑하게 됐어요.

여자는 [중략] 편지를 한 통 써서 다음 날 만나기 위해 남자가 해야 할 일을 적어놓았어요. 그리고 편지를 갈대의 마디 사이에 넣어 귀스카르도에게 건네면서 시치미를 떼고 말했어요.

"하녀더러 오늘 밤 이걸 불쏘시개로 쓰라고 하세요."

귀스카르도는 그걸 받고서 여자가 왜 자기에게 그런 선물을 주었고 왜 그런 말을 했는지 이유가 있을 거라고 생각하면서 여자와 헤어져 집으로 가져갔습니다. 갈대를 유심히 살펴보니 금이 간 흔적이 있지 않겠어요. 그곳을 갈라 보니 안에 여자의 편지가 있었지요. 곧장 그걸 읽고 무엇을 해야 할지 이해한 청년은 세상 누구보다 행복한 기분이 들었습니다. 그리고 다음 날 실수 없이 여자를 만나기 위해 여자가 제시한 방법에 따른 준비에 착수했답니다.

대공의 저택 근처엔 동굴이 하나 있었는데 그곳에서 성 밑으로 이어지는 비밀 통로가 있었다. 통로는 오랫동안 사용되지 않아 가시나무와 잡초로 뒤덮여 남의 눈에 띄지 않았다. 그곳을 통하면 여자의 방으로 곧장 갈 수 있었다. 모두가 잊고 있던 비밀 통로를 기스문다가 기억해낸 것이다. 그녀는 공구를 가져다 오랫동안 닫혀 있던 그 문을 열었고, 귀스카르도는 가시덤불로부터 몸을 보호할 가죽옷을 갖춰 입고 깊은 동굴을 오르내릴 밧줄을 준비해 그녀의 방으로 입성했다. 사랑에 빠진 이들은 이렇게 더 똑똑해지는 모양이다.

아무도 몰래 사랑의 쾌락은 계속되었다. 그런데 딸을 너무 사랑한 아버지가 문제였다.

탄크레디 공은 딸이 시녀들과 노는 걸 보고는 방해하고 싶지 않은 마음에 아무도 모르게 기스문다의 방에 들어가 딸을 기다렸다. 그리고 침대 옆 의자에 앉아 커튼으로 빛을 가리고 그대로 잠이 들어버렸다. 그것도 모르고 기스문다는 조용히 방으로 들어와 문을 잠그고 비밀 통로를 통해 귀스카르도를 맞아들였다. 그리고 여느 때처럼 침대에 올라 장난을 치며 재미를 보았다. 그 소리에 깨어난 아버지는 인기척도 못하고 분노에 휩싸였다. 한참 뒤에 두 연인이 방에서 나가고 나서야 탄크레디 공도 그곳을 빠져나올 수 있었다.

다음 날, 탄크레디 공은 귀스카르도를 잡아들였다. 이미 죽을 것을 예감한 청년이 말했다. "사랑의 힘은 대공이나 저나 어쩔 수 없는 것입니다." 귀스카르도의 말마따나 탄크레디 공은 귀스카르도를 잡아들였지만 달리 할 수 있는 것이 없었다. 비탄에 잠긴 아버지는 며칠 뒤 딸을 찾아가 참담한 심정을 밝힌다.

"이런 정숙하지 못한 일을 저지르지 않을 수 없었다면, 귀족인 너의 신분에 어울리는 남자를 골랐어야 했다. 내 집에 드나드는 그 많은 사람 중에 하필 귀스카르도라니! 그자는 어린 시절부터 여태껏 오직 하느님의 자비로 우리 집에서 자란, 가장 천한 사람이 아니더냐! [중략] 널 어떻게 해야 할지 한숨만 나오는구나. 한편으로는 여느 아버지 이상으로 딸에게 품었던 애정이 크기에 그 사랑에 이끌리지만, 다른 한편 너의 그 어리석은 짓 때문에 가슴 깊이 분노를 느끼고 있다. 이 사랑은 너를 용서하라고 부추기고 있고, 저 분노는 너를 엄벌에 처하라고 말하고 있다. 하지만 결정을 내리기 전에 네가 어떤 생각을 하고 있는지 듣고 싶구나."

이렇게 말한 후 공은 머리를 숙이고, 심하게 매를 맞은 아이처럼 엉엉 울음을 터뜨렸어요. [중략] 기스문다는 슬픔에 사로잡힌 여자나 잘못을 추궁당하는 아이가 아니라 의연하고 당당한 여자로서, 눈물 한 점 비치지 않는 환한 얼굴로 아버지를 똑바로 바라보며 이렇게 대답했어요.

"탄크레디 대공님! 저는 변명하지도, 눈물로 자비를 구하지도 않겠어요. 부정하는 건 적절해 보이지 않고 애원하는 건 제가 원하는 바가 아니에요. 어떤 식으로도 대공님의 관대함이나 사랑에 매달리지는 않을 겁니다. 우선 정확한 이유를 말씀드려 제 명예를 지키고, 그 다음 사실에 의지하여 제 영혼의 신실함을 강하게 보여 드림으로써 일의 전말을 밝혀 드리고자 합니다."

눈물짓는 아버지에게 기스문다는 '아버지를 아버지라 부르지 않고' 공식 직함을 부른다. 아버지의 소유물인 딸이 아니라 독립적인 한 인간으로서 자기 생각을 밝히기로 한 것이다. 이미 그녀의 마음은 정리가 되었다. 귀스카르도는 죽을 것이고, 자신은 산다 해도 아버지의 구속으로부터 벗어날 길이 없으리라. 기스문다는 아버지의 허락 없이 애인을 찾았듯 자신만의 방법으로 마지막을 준비한다. 그 첫 시작은 '대공'을 향한 일장 훈계다.

"제가 그 사람을 사랑한 건 틀림없는 사실입니다. 저는 귀스카르도를 사랑해요. 목숨이 길게 남지 않았지만, 살아 있는 한 그를 사랑할 것이고, 죽고 나서도 사랑이란 게 있다면 저는 그에 대한 사랑을 멈추지 않을 것입니다. 제가 그를 사랑하는 것은 여자로서의 연약함 때문이 아니라 대공님이 저의 재혼을 소홀히 여기신 것과 그분의 사람됨 때문입니다.

탄크레디 대공님! 분명히 말씀드리건대, 대공님도 살과 피를 갖고 계시고, 대공님의 딸 또한 돌이나 쇠붙이가 아닌 살과 피를 지니고 있었습니다. 이제는 나이가 드셨지만 대공님도 청춘의 법칙이 어떻게 움직이고 청춘의 힘이 얼마나 강력하게 솟아오르는지 잘 기억하실 것이고 또 잘 아실 겁니다. 장년이 되어서는 무기로 단련을 하셨지만, 그럼에도 젊을 때나 늙은 때나 편하게 작은 희열을 느끼고 싶을 때 인간이 무엇을 원하는지 아실 겁니다. 저는 대공님이 주신 육체를 지닌 사람으로서 아직 긴 시간을 살지 못한 젊은 여자입니다. 그런 이유로 저는 욕망의 불꽃이 타올랐습니다. 특히 한 번 결혼을 했기에 그 욕망이 너무나도 격렬하게 치솟았고, 그것을 채우는 것이 얼마나 기쁜 일인지 알고 있습니다. 그리하여 사랑에 빠진 젊은 여자로서 그 힘이 이끄는 대로 따르다가 이렇게 거역할 수 없게 된 것입니다. [중략]

많은 여자들처럼, 저 역시 귀스카르도를 우연히 고른 것이 아닙니다. 여러 번 숙고한 끝에 다른 누구보다 훌륭하다 여겨서 그 사람을 선택했고, 다시 거듭 생각하여 그의 앞에 나섰으며 저와 그 사람의 지혜와 신중함으로 오랫동안 즐거움을 누렸습니다. 그런데 대공님은 진실보다는 비속하고 흔한 관습에 따르시는군요. 사랑의 죄 때문이 아니라 그가 신분이 낮은 사람이라고 더 심하게 꾸짖고 계시니까요. 제가 귀족 남자를 선택했다면 아무 근심도 하지 않으셨겠지요. 하지만 대공님, 책망해야 할 것은 저의 잘못이 아니라 운명의 잘못입니다. 운명은 너무나도 자주 품격 없는 자를 높이 올리고 고귀한 자들을 낮은 곳으로 떨어뜨리건만 대공님은 그걸 모르십니다. [중략]

대공님도 눈앞에 보이는 귀족 남자들을 떠올려 보시고 그들의 덕, 그들의 품성, 그들의 태도를 잘 생각해 보세요. 그리고 귀스카르도와 견주어 보세요. 악의 없이 판단하겠다는 마음만 있으시다면, 그 사람이야말로 가장 귀족적인 사람이며, 귀족이라 불리는 사람들이 얼마나 비천한지 인정하실 겁니다. 저는 귀스카르도의 덕과 품성에 관한 한 대공님께서 하신 말씀과 제 눈으로 본 것 외에 그 누구의 판단도 믿지 않았어요. 그렇게 누구보다 앞장서서 매사에 그를 칭찬하고 훌륭하다 추천하신 분이 대공님 말고 또 있을까요? [중략] 혹시 가난하다 하여 그렇게 말씀하시는 거라면, 그렇게 훌륭한 사람인지 알면서도 그에 맞는 대우를 하지 않으신 대공님 탓이겠지요. 가난은 고결함을 빼앗지 않으며 오히려 지나친 부가 그것을 앗아 가곤 하지요. 많은 왕들과 많은 귀족들이 과거에 가난했으며, 과거에도 그랬고 현재에도 그렇지만, 토지를 일구고 양을 치는 많은 사람들도 한때는 지극히 부유했습니다.

대공님은 최후의 처분을 결정하지 못하고 저를 어떻게 해야 좋을지 망설이고 계시는군요. 그런 망설임은 모두 버려 주세요. 젊으실 때도 쓰지 않으셨던 가혹한 형벌을 이렇게 늘그막에 내리려 하시니까요. 제 발 저에게도 그 가혹한 처분을 내려 주세요. 만약 이것이 죄라면 결코 애원하지 않겠어요. 그 죄의 가장 큰 원인은 대공님께 있으니까요. 분명히 말씀드리지만, 대공님이 귀스카르도에게 하셨던 일 혹은 앞으로 하실 일을 저에게도 똑같이 내려 주세요. 하지 않으시면 제 손으로 직접 하겠습니다. 자, 이제 나가 주세요. 가서 여인들과 함께 눈물을 뿌려 주세요. 그리고 우리가 행한 일이 둘 모두에게 똑같은 잘못이라 생각하신다면 냉정하게 저희를 모두 죽여 주세요.”

꿈쩍하지 않고 분명한 어조로 말을 이어가는 딸을 보고 탄크레디 공은 ‘대단하다’고 생각했다. 그렇다고 선선히 맘을 바꾸진 않았다. 대신 다른 고통을 준비했다. 귀스카르도의 심장을 도려내 황금잔에 담아 딸에게 보낸 것이다. 대공의 충복이 그것을 기스문다에게 전하며 명령받은 대로 말했다.

“아버님이 이걸 보내셨습니다. 아씨께서 대공께서 가장 사랑하시는 것으로 대공님을 위로하셨듯이, 아씨가 가장 사랑하시는 그것으로 아씨를 위로해 드린다고 말씀하셨습니다.”

하지만 기스문다는 자신의 잔인한 결심을 바꾸지 않았습니다. 아버지가 나간 후에 독뿌리와 독초를 가져오게 하여 그것들을 달여 독약을 만들고, 자기가 두려워하던 일이 일어나면 곧바로 마실 작정이었던 거지요. 그런 마당에 대공의 충복이 와서 전갈과 함께 선물을 전해 주자, 기스문다는 굳은 얼굴로 황금잔을 받아 들고 뚜껑을 열었어요. 심장이 보였고 아버지의 전갈로 미루어 귀스카르도의 심장이 틀림없을 거라고 확신했어요. 기스문다는 얼굴을 똑바로 들고 충복을 향해 이렇게 말했어요.

"이 안의 심장에 어울리는 무덤은 황금잔 이외에는 없지요. 대공님의 행동이 참으로 현명하시군요."

그녀는 "소란을 떨지 않고" 잔 위에 몸을 숙여 하염없이 울었다. 귀족적 품위, 초인에 가까운 자제력으로 소리 없이 울다가 미리 준비해 둔 독을 "자신의 엄청난 눈물로 씻긴 심장이 든 잔에" 부었다. 그리고 두려움도 없이 단숨에 마시고는 황금잔을 들고 침대에 누워 죽음을 기다렸다.

하녀들은 그녀가 마신 것이 무엇인지 몰랐으나 그녀의 수상한 행동은 탄크레디 공에게 바로 보고되었다. 대공은 불길한 예감에 딸의 방으로 내려왔으나 이미 때는 늦었다. 아버지는 울고 딸은 마지막 말을 남긴다.

"탄크레디 대공님! 눈물은 이보다 더 불행한 일이 있을 때까지 아껴 두세요. 저는 눈물을 바라지 않으니 저 때문에 울지 마십시오. 하고자

하던 일을 이루셨는데 어찌하여 눈물을 흘리십니까? 하지만 제게 베풀어 주시던 사랑이 아직 조금이라도 남아 있다면, 저와 귀스카르도가 남몰래 숨어 살던 것이 못마땅하셨더라도, 저를 위해 마지막 선물로 제 몸을 그이의 곁에, 대공님이 그의 시신을 버리라고 하셨던 바로 그곳에 함께 묻어 주시기를 부탁드립니다."

사랑하는 남자를 따라 가겠다며 아버지 앞에서 죽어가는 딸. 그녀는 미안하다는 말도 없이 사랑하는 그이 옆에 묻어 달란다. 불효도 이런 불효가 또 있으랴. 뭐 꼭 그렇게 죽을 것까지 없지 않을까. 이런 판단은 잠시 미뤄 두고 기스문다의 일장 연설을 다시 떠올려 보자.

먼저, 기스문다는 부정에 호소하며 오열하는 아버지를 향해 냉정하게 '대공님'이라는 호칭을 부름으로써 자신의 태도를 분명히 한다. 그녀는 지금 앞에 계신 아버지가 평소의 아버지와 다르다고 판단했다. 아닌 게 아니라 평소 탄크레디 공은 영지 안에서는 인간적이고 부드러운 인품으로 평판이 났으며, 집 안에서는 인자하고 자애로운 아버지였다. 타인을 평가할 때는 무엇보다 신분에 구애받지 않아서 높이 칭송받았다. 이것은 곧 탄크레디 공이 딸에게 전했던 가르침이기도 했을 것이다. 그런데 지금 귀스카르도를 대하는 그의 처사는 기스문다가 지금까지 알아 온 아버지의 모습과 어긋난다. 그녀에게 아버지는 문득 낯선 존재가 되어버렸다. 그렇기에 대공이라고 부를 수밖에 없는 것이다.

윌리엄 호가스(William Hogarth), 〈귀스카르도의 죽음을 애통해하는 기스문다〉, 1759

좋은 가문과 부. 그것은 삶이 힘들다고 느껴질 때마다 누구나 한번쯤 꿈꾸는 든든한 배경일 것이다. 그러나 세상에 공짜는 없다. 가문의 부와 지위를 유지하기 위해서는 그만한 대가가 요구된다. 결혼부터 행동 하나하나까지 이미 결정된 방식을 따라야 하고 아버지의 허락을 구해야 한다. 어떠한 자유도 허락되지 않는 삶. 그것이 대공의 딸 기스문다의 운명이다. 여기에다 기스문다에게는 한 가지 족쇄가 더 있다. "이 세상 그 어떤 딸도 받아 보지 못했을 엄청난 사랑"! 그 사랑 덕에 그렇게 똑부러지고 당당하게 컸지만, 그녀는 더 이상 아버지의 과도한 부정父情에 묶여 있을 수 없을 만큼 지혜로워졌다.

기스문다는 분명하게 말한다. 자신이 고른 귀스카르도는 됨됨이가 바른 사람이고, 사태가 이 지경에 이른 것은 딸의 재혼을 소홀히 다룬 대공의 잘못이라고. 그녀의 사랑은 자연스러웠고, 아버지의 사랑은 지나쳤다. 동양에서는 모자란 것만큼 지나친 것을 경계했다. 모자라서 생긴 실패는 자기 성찰의 계기가 되지만 과욕은 자신은 물론 타인까지 파멸로 이끌기 때문이다. 탄크레디 공의 딸에 대한 사랑은 이해할 수 있는 수위를 넘어서 '집착'에 가깝다. 병적인 욕망이 자연스러운 욕망을 가둘 수는 없는 법이다. 현명한 기스문다도 이런 이치를 알았으리라. 하여, 정숙한 여인이라는 평판도 유지하고 아버지와 직접적인 대결도 피하면서 반듯한 청년과 만나는 방법을 찾아낸 것이다. 귀스카르도 정도의 남자라면 '자신의 명예와 영혼의 신실함'을 지킬 수 있겠구나. 그러나 탄크레디 공의 마음은 딸의 연설 앞에서도 흔들리지 않았고, 결국 귀스카르도의 심장을 도려내고야 말았다. 현명한 판단력을 잃고, 지금껏 실천해 왔던 자비심도 잊은 채 일개 권력자 '대공'이 되어버린 것이다. 기스문다의 훈계는 자상한 아버지가 아니라 그런 모습의 '대공'을 향한 것이었다.

기스문다의 죽음은 그녀의 잘못된 선택이 낳은 과보가 아니다. 그것은 사랑이라는 이름으로 자신을 구속하는 권위로부터 그녀가 얻을 수 있는 유일한 '자유'였다. 그리하여 대공도 딸의 마지막 부탁대로 두 사람을 함께 묻어 주게 되었으니, 이는 딸의 유언을 들어 주기 위해서라기보다는 자신이 범접할 수 없었던 존엄한 인간에 대한 예우였으리라.

:: 안드레우초 : 죽기엔 너무 어리석은 (Ⅱ, 5)

안드레우초는 페루자에서 말을 사러 나폴리에 간 상인이다. 나폴리 항은 외지 장사꾼들이 모여드는 곳으로 유명했다. 그런 곳엔 으레 어두운 뒷골목과 도둑들도 많은 법이다. 그런데 바보같이 안드레우초는 금화가 든 지갑을 자랑스럽게 흔들고 다니며 흥정할 때마다 펼쳐 보았다. 하필 먼 곳에서 그 모습을 지켜보는 젊은 여인이 있었다. 그녀는 마침 함께 있던 할머니가 안드레우초에게 반갑게 인사하는 걸 보고 할머니로부터 그에 관한 정보를 알아냈다. 가족과 친척들 이름까지 속속들이 캐낸 여인은 사람을 시켜 안드레우초를 집으로 불렀다. 그녀가 사는 곳은 말페르투조, '사악한 굴'이라는 뜻으로 항구 근처의 우범지역이었다. 그런데도 안드레우초는 젊은 여인이 부른다는 말에 우쭐해져서는 한걸음에 달려갔다.

여인은 그를 보자 얼싸 안고 눈물을 흘리며 입을 맞추고 반가운 인사를 건넨 뒤 자신을 소개했다. "나는 바로 당신의 누이동생이랍니다." 그 말인즉, 귀족의 미망인이던 그녀의 어머니는 장사를 하러 온 아버지와 신분을 초월한 사랑에 빠져 자신을 낳았는데, 아버지는 그들을 버린 채 페루자로 떠나버렸다. 이렇게 막장 드라마 한 편을 술술 풀어낸 여인은 얘기를 마치고 다시 안드레우초를 얼싸 안고 눈물을 흘리며 이마에 입을 맞추었다. 그리고 자신의 말을 증명하려는 듯 줄줄이 그의 친척들에 관해 말하며 안부를 물었다. 안드레우초는 그녀의 말을 덜컥 믿어버린다. 아버지가 과거에 귀족 여인과 사랑을 나눌 만큼 멋진 남자였다는 게 싫지 않았나 보다. 그녀는 주도면밀하게도 안드레우초를 알아보게 된 이런저런 사연까지 길게 이야기하여 믿음을 심어 주었다.

저녁시간이 되어 여인은 그럴싸한 정찬을 대접했다. 그리고 돌아가야 한다는 안드레우초를 만류하며 나폴리는 한밤중에 다니기엔 위험한 곳이니 하룻밤 묵어 가라고 청했다. 물론 그 침실이야말로 나폴리에서 가장 위험한 곳이었다. 잠자리를 정돈해 주고는 그녀가 하녀들과 함께 물러나자 안드레우초는 속옷 바람으로 화장실을 찾았다. 날

씨가 굉장히 더웠기 때문이다. 그런데 무심코 널빤지 위에 발을 올리는 순간 널빤지가 내려앉으면서 아래로 곤두박질치고 말았다. 화장실은 집과 집 사이를 연결해서 만든 것으로 오물통은 좁은 골목 안에 있었다. 다행히 상처를 입지는 않았으나 온통 오물을 뒤집어쓰게 된 그는 소리 높여 여인을 불렀다. 그러나 그녀는 그의 지갑과 옷가지를 챙기고는 오히려 문을 단단히 걸어 잠갔다.

안드레우초는 간신히 오물통을 빠져나와 문을 두드리며 여인을 불렀지만 아무 소용이 없었다. 그때서야 그는 속았다는 것을 깨달았다. "세상에 이런 일이 있나! 눈 깜짝할 사이에 500피오리노와 누이를 잃었구나!"

안드레우초는 돌을 쥐고 미친 사람처럼 문을 두드리기 시작했다. 그러자 이웃 사람들이 창문으로 얼굴을 내밀고는 선량한 여자를 괴롭히는 불한당 취급을 하면서 "마치 한 마을의 개들이 다른 마을 개에게 짖어 대듯이" 욕을 퍼붓기 시작했다. 그때 몇몇 사람들이 다가와 이렇게 말해 주었다. "이보시오! 어서 돌아가는 게 좋을 거요. 아니면 오늘 밤 거기서 죽을지도 몰라요."

안드레우초의 불행은 여기서 멈추지 않았다. 마음을 다잡고 숙소로 돌아오는 길에 몸에서 나는 냄새가 너무 심해 바닷가에 몸을 씻으러 갔다. 그때 손에 등불을 들고 오는 두 남자를 만나게 된다. 안드레우초는 피하고 싶었으나 지독한 냄새 때문에 그들에게 들키고 말았다. 그들이 까닭을 묻자 안드레우초는 순순히 자초지종을 털어놓았다. 그러자 두 사람이 말했다.

"이보시오. 당신이 돈을 잃기는 했지만, 똥통에 떨어진 것은 신에게
감사드리고도 남을 일이요. 내 장담하건대, 당신이 깜빡 눈이라도 붙였
으면 대갈통은 고사하고 목숨도 부지하지 못했을 거요. 이렇게 끙끙거
려 봐야 무슨 소용이오? 당신은 그 몇 푼 잃어버린 대신에 하늘의 별
이라도 따게 될 터이니 두고 보시오. 아니, 그렇게 입을 뺑긋거리다 그
놈 귀에 들어갔다간 뼈도 못 추리게 될 거요."

그렇게 안드레우초를 달랜 두 사람은 뭔가 의논하더니 안드레우초
에게 잃었던 돈보다 더 큰돈을 벌 일을 제안한다. 그 일은 다름 아니
라 그날 죽은 나폴리 대주교의 무덤을 도굴하는 것이었다. 주교는 호
화로운 옷을 입고 거대한 루비반지를 끼고 대리석 관에 안치되어 있
었다. 안드레우초는 자포자기하는 심정으로 그들을 따라갔다.

얼마 가지 않아 두 사람 중 하나가 안드레우초의 몸에서 나는 악취
가 너무 고약하니 근처 우물에 가서 몸을 먼저 씻자고 했다. 일이 안
되려고 하면 뒤로 넘어져도 코가 깨진다고, 우물에 가 보니 밧줄은
있는데 두레박이 없었다. 두 사람은 안드레우초를 밧줄에 묶어 우물
에 내려보낸 뒤, 그가 밧줄을 흔들면 다시 올려 주기로 했다.

그들의 도움을 받아 안드레우초는 우물 아래로 내려갔습니다. 몸을

다 씻고 밧줄을 잡아당긴 순간, 후텁지근한 밤에 범인과 한바탕 추격전을 벌인 한 무리의 경찰들이 목이 말라 우물로 다가왔습니다. 두 남자는 저기서 사람들이 다가오는 것을 보자마자 누군지 확인하지도 않고 달아났지요. 목이 탄 경찰들은 방패와 무기, 겉옷을 옆에 내려놓고는, 가득 찬 물통이 올라올 것을 기대하며 밧줄을 끌어 올렸습니다. 그리고 안드레우초를 보게 되었지요. 우물 위에 다다른 그는 밧줄을 풀면서 난간을 손으로 꽉 붙잡았고, 이 광경을 본 경찰들은 공포에 질려 비명도 지르지 못하고 밧줄을 던지고는 젖 먹던 힘까지 내어 달리기 시작했습니다. 안드레우초 또한 놀란 가슴을 쓸어내렸지요. 만약 그가 우물 난간을 제대로 붙잡지 못했다면, 아마 바닥으로 곤두박질쳐서 치명적인 부상을 입거나 죽어서 우물을 나갔을 테니까요. 땅에 내려선 그를 더욱더 놀라게 한 건 경찰들이 두고 간 무기였습니다. 그것은 함께 온 일행의 것이 아니었습니다.

그는 왠지 알 수 없는 전율을 느끼며, 다시 한 번 자신의 불행한 운명에 탄식했습니다. 그러고는 무기에는 손도 대지 않고 우물을 떠나 어디로 가야 할지도 모른 채 걸었습니다. 그때 안드레우초는 그를 우물에서 꺼내 주려고 돌아오는 두 일행과 마주쳤습니다. 그를 본 두 사람은 [중략] 웃음을 터뜨리며 자기들이 왜 도망갔는지, 그를 꺼내 준 사람들이 누구인지 말해 주었습니다. 하지만 벌써 자정이 다 되었던 터라, 그들은 수다를 멈추고 성당으로 향했지요.

주교의 무덤은 웅장한 대리석으로 만들어졌기 때문에 찾기 쉬웠습

작가 미상, 15세기 채색삽화

삽화에 보이는 다닥다닥 붙은 집들은 화재에 취약해서 불이 나면 단번에 도시가 전소되는 참사가
일어나기도 했다. 그러나 다른 한편으로 중세 도시는 화장실과 마당, 우물 등을 공유하며 가족의
경계를 가르지 않고 하나의 공동체를 이루며 살았다. 『데카메론』을 읽으며 중세인의 생활상을 상상
해 보는 것도 큰 재미가 될 것이다.

니다. 그들은 가져온 쇠막대로 무덤 뚜껑을 들어 올렸습니다. 뚜껑이 꽤나 무거웠지만 한 사람이 들어갈 정도의 높이로 들어 올려 쇠막대를 받쳐 놓을 순 있었지요. 이 일이 끝나자 한 사람이 말했습니다.

"누가 들어가지?"

"난 아니야."

다른 하나가 말했습니다.

"나도 아니야"

앞선 사람이 다시 말을 받았습니다.

"그럼 안드레우초더러 들어가라 하자."

"난 못해."

안드레우초가 말했습니다. 그러자 두 사람이 그를 향해 돌아서며 말했지요.

"뭐라고? 안 들어간다고? 내 맹세코, 네가 안 들어가면, 네가 뒈질 때까지 이 쇠막대로 네 대갈통을 부셔 줄 테다."

죽지 못해 주교의 무덤 속으로 들어가게 된 안드레우초는 그때서야 비로소 생각이란 걸 하기 시작했다. '안에 있는 걸 다 꺼내 주면 내가 무덤에서 나오려 할 때 올려 주지 않고 전부 저희가 챙긴 다음 도망쳐버리겠군.' 그래서 그는 자기 몫을 챙기기 위해 가장 값비싼 반지를 손가락에 꼈다. 그런 다음 주교의 지팡이, 장갑, 모자, 셔츠까지 벗겨서 그들에게 주고는 이제 아무것도 없다고 말했다. 그들이 거듭 반지를 찾아보라 했지만 안드레우초는 보이지 않는다고 대답하며 찾는 시늉을 했다. 그러는 사이 그들은 뚜껑을 받쳐 놓은 막대기를 치워버리고 안드레우초를 관에 가둔 채 도망쳐버렸다. 안드레우초가 머리와 어깨로 뚜껑을 들어 올리려 했지만 소용이 없었다.

비탄에 잠겨 있는 그에게 사람들이 성당으로 들어오는 소리가 들렸다. 그들 역시 주교의 무덤을 털러 오는 것이었다. 맙소사! 그들은 수도사들이었다.

"뭐가 무섭다는 거야? 대주교가 너를 잡아먹기라도 할까 봐? 시체는 생사람 안 잡아먹어. 그렇다면 내가 들어가지."

수도사는 무덤 가장자리에 상체를 기대고 두 다리부터 안으로 넣어 들어가려고 했다. 이를 본 안드레우초는 일어나서 수도사의 한쪽 다리를 붙잡고 아래로 잡아당겼다. 수도사는 이걸 느끼고는 비명을 지르며 무덤을 뛰쳐나갔다. 다른 이들도 몹시 놀라 무덤을 열어 둔 채 도망가버렸다. 안드레우초는 주변이 조용해지자 무덤 밖으로 나와 오던 길을 되짚어 여관으로 돌아갔다. 그리고 서둘러 나폴리를 떠났다.

안드레우초는 죽을 고비를 세 번이나 맞이하고도 살아남았다. 그의 종잡을 수 없는 하루를 요약하자면 이렇다. "가만히 생각해 보니 말 사러 갔다가 반지 하나 끼고 돌아온 셈이 된 거죠." 억세게 운수 사나운 이날 안드레우초를 살린 건 무슨 조화였을까? 어리석어도 그처럼 철두철미하게 어리석다면 그것마저도 살아가는 데는 요령이 되는 것일까? 여하튼 안드레우초가 살아가면서 다시는 이런 봉변을 당하지 않도록 신의 가호를 빌어 주는 수밖에.

:: 메멘토 모리!, 삶의 찬가

『데카메론』의 이야기들은 종잡을 수가 없다. 차펠레토의 고해에는 눈물과 웃음, 진실과 거짓이 함께 있고, 기스문다의 유언에는 신분사회에 대한 날선 비판과 사랑의 열정, 그리고 그 모든 것에 대한 초연함이 함께 있으며, 안드레우초의 하루엔 똥과 주교의 루비반지가 함께 있다. 이렇게 온갖 이야기들이 자유롭게 오갈 수 있는 까닭은 서두에 놓인 페스트 때문이다.

> 페스트는 다른 말을 쓸 수 있는 권리 및 삶과 세계를 다르게 접근할 수 있는 권리를 주었다. 모든 제약들을 벗겨버렸을 뿐만 아니라 사람과 신 모두가 침묵하고 있는 규범들도 벗겨버린 것이다. 삶은 그 일상적인 쳇바퀴에서 벗어나고, 거미줄 같은 제약들은 찢겨졌으며, 모든 공식적이고 계급 제도적인 경계들은 쓸려 나간다. 페스트는 자유롭고 솔직해질 수 있는 외적, 내적 권리를 부여하는 특수한 분위기를 형성하였다.
> — 미하일 바흐친, 『프랑수아 라블레의 작품과 중세 및 르네상스의 민중문화』, 아카넷, 422쪽

페스트는 죽음이 아니던가? 그런데 어떻게 그 안에서 성과 속이 뒤섞이고, 신분과 가족관계의 엄격한 위계가 깨어지고, 살아 있는 바보와 죽은 성직자가 웃음을 만들 수 있단 말인가? 이는 중세의 죽음이 갖고 있던 복합적인 이미지 때문이다.

중세 내내 죽음은 중요한 화두였다. 유아 사망률도 높았고 주기적으로 찾아오는 전염병과 기근이 있었다. 경작지에서 얻을 수 있는 소출이 얼마 되지 않았던 탓에 많은 것을 숲에서 얻었다. 숲은 겨울이면 죽음을 맞이했고 봄이 되면 어김없이 살아났다. 죽음과 부활이라는 기독교 교리가 유럽 전역에 자연스럽게 퍼질 수 있었던 것도 이 같은 경험 때문이었다. 삶의 이면엔 언제나 죽음이 자리하고 있었다. 이는 역으로 죽음 속에 삶이 있음을 가르쳐 주는 것이기도 했다.

"너 자신을 알라."는 소크라테스의 말은 "네가 언젠가 죽는다는 것을 알라."는 문구로 변주되어 무덤에 새겨졌다. 종교는 "메멘토 모리 Memento mori!(죽음을 기억하라!)"를 외치며 현세의 덧없음과 영혼의 구원을 각인시켰다. 밀레니엄에 벌어질 최후의 심판과 부활에 대한 믿음도 팽배했다. 이 세상의 모든 것이 언젠가 한순간에 사라져버릴 거란 믿음은 그들의 삶을 경건한 종교적 수행으로 이끌었다. 은둔 수행자와 고행자 그리고 수많은 성직자들이 있었고, 그들이 고귀한 삶을 살았다는 소문이 퍼지면 성인으로 추앙되었다.

그런데 죽고 나서 시신도 부패하고 나면 도대체 최후의 심판에 구원받을 사람을 어떻게 가려낼 수 있을까? 중세인의 소박한 질문에

'교회'가 해답을 제시했다. 교회에 안치된 자는 구원된다는 것이었다. 때문에 중세인들은 거의 모두 성스러운 장소, '교회'에 묻히길 원했다. 성당은 그 자체가 납골묘였고 성당의 뜰은 공동묘지였다. 성직자부터 일반인에 이르기까지 온갖 시신들이 성당으로 왔고, 전쟁터에서 죽은 사람의 뼈도 고향 성당으로 보내졌다. 차펠레토의 죽음을 두고 벌이는 형제들의 근심은 여기서 비롯되었다. 어떤 성당도 그의 시신을 받아 주지 않을 것 같았기 때문이다.

재밌는 것은 시신이 성당 안에 들어가면 그뿐, 묘비나 봉분을 만드는 관습이 오랫동안 없었다는 것이다. 많은 시신들이 성당 뒷마당에서 자연적으로 풍화되었다. 성당의 공동묘지에 가면 자연스레 썩어 가는 시신을 볼 수 있었다. 중세 교회는 도시 공동체의 의례와 일상에 있어 핵심적 공간이었다. 예배는 그들의 일상이었고, 공동묘지는 도시의 산책코스였다. 그런 곳에서 시신이 썩어 가고 있다니! 그들은 죽은 자들의 정원을 산책하고 죽은 자들 가운데서 예배를 드렸다. 죽음을 생각하는 것은 중세인의 일상이었다. 그것은 역으로 삶에 대한 강한 애착을 불러 일으켰다. 죽은 자들은 이미 성소에서 안식을 찾았으니 걱정할 필요가 없다. 중요한 것은 살아 있는 사람들이다. 공동묘지를 산책하면서 썩어 가는 시신을 마주하는 산자들이 생각해야 할 것은 그렇게 되기 전에 '어떻게 최대한 기쁨을 누리며 살 것인가'였다. 하여 중세 교회에 새겨진 "메멘토 모리!"는 결코 죽음의 찬가가 아니었다. 그것은 가장 역설적인 삶의 찬가였다!

『데카메론』이 서두에 페스트를 놓은 것은 죽음을 전제할 때에만 만나게 될 새로운 기쁨이 있기 때문이다. 죽는 순간에도 태연하게 도덕을 조롱하는 차펠레토, 아버지에게 일장 연설을 하면서 죽어가는 기스문다, 죽은 대주교의 반지를 훔치고도 유쾌하게 고향으로 돌아간 안드레우초. 그들에게 죄와 벌을 물을 수 있을까? 차펠레토는 교회가 하지 말라는 짓만 골라서 하고도 성인이 되었고, 기스문다는 죽은 듯이 사는 삶 대신 원 없이 자기 뜻을 밝히고 죽는 것을 택했다. 불쌍하기 짝이 없는 안드레우초의 경우는 어떠한가. 빠져 죽을 뻔한 우물에서는 경찰을 놀라서 달아나게 하고, 생매장될 뻔한 무덤에서는 평생 구경도 못해 볼 루비반지를 얻었다. 이 모든 게 죽음을 매개로 벌어진 일들이다. 예측 불가능한 삶의 가능성. 이것이 페스트가 전하는 죽음의 본질이다. 악인이 성인이 되고, 벗어날 수 없을 것 같던 아버지와 결별하고, 어리석은 자가 상상도 못했던 일들을 행한다. 자신이 완전히 달라지는 사건, 이는 놀랍고도 두려운 일이다. 하여 페스트라는 '죽음의 사건'을 경험하고자 한다면, 일상의 권태와 무력감을 한방에 날려버리는 깜짝 놀랄 사건을 만나게 될지도 모른다. 그러니 죽음을 기억하라!

chapter 03

종교,
성과 속의
이중주

"하느님께서 보내셔서 왔네. 누가 게 있는가?"
밸콜로레는 위층에서 그 소릴 듣고는 이렇게 대답했습니다.
"어서 오세요, 신부님. 무슨 일로 이 더위에 다니시나요?"
"왜 왔냐고? 하느님의 은총이 있길 바라며 그대와 잠시 시간을 보낼까 하고 왔네.
실은 시내로 가는 자네 남편을 만났네."

:: 성 프란치스코회 : 가난한 이들의 밀고자 (I, 6)

"우리 집엔 그리스도도 나가떨어지게 할 만한 기막힌 포도주가 있다."

모든 일은 이 한마디 말 때문에 시작되었다. "지혜보다는 돈이 훨씬 많은 어떤 사람"이 술에 취해 떠벌인 이 말이 이교도를 조사하는 프란치스코회 수사(가톨릭교회에서 수도회에 입회하여 신앙생활에 모든 것을 바친 남자 수도자. 사제서품을 받으면 수사신부가 된다)의 귀에 들어갔다. 수사는 당장 그를 잡아들여 조사에 착수했다. 물론 불러들일 땐 '조사'란 말은 꺼내지도 않았다. 그저 친근하게 그날의 술자리에 대해 이런저런 일을 묻다가 그런 말을 한 적이 있느냐고 물었다. 사내는 순진하게 이러저러한 상황에서 그런 말을 했다고 설명했다. 그러자 수사는 돌연 태도를 바꾸었다.

"그러니까 당신은 그리스도를 친칠리오네[당시 이름난 술꾼]나 당신들 같은 술고래로 만들겠다는 말이로군. 술이라면 환장해서 술집을 떠날 줄 모르는 주정꾼처럼 말이야. 천박하게 지껄이기만 하면서 뭐 별일이 아니라며 얼렁뚱땅 넘어가려고 하나 본데, 절대로 당신 생각처럼 가벼운 문제가 아니야. 우리 원칙대로라면 화형을 당하고도 남을 일이란 말이다."

화형이라니! 집에 있는 술 자랑 좀 하려다가 졸지에 신성모독죄에 걸려든 사내는 잔뜩 겁이 났다. "신앙심이 굳건하지 못한 사람보다는 돈 많은 사람을 찾는 데 더 열심"이었던 수사는 위협적인 얼굴로 사내를 몰아붙였다. 그는 동정을 구걸하며 엄청난 액수의 돈을 수사에게 안겨 주었다. "갈레노스 의학서에는 적힌 바 없지만 그 처방은 금세 효력을 발휘했고, 덕분에 그 사람을 위협하던 불은 다행히 십자가로" 바뀌었다. 돈을 받은 수사가 화형 대신 매일 성당에 나와 미사를 드리고 식사하기 전에 자기를 보고 눈도장을 받으라고 한 것이다.

사내는 수사의 말을 따라 매일 미사를 드렸다. 그러던 어느 날 "그대들은 각자 (현세에서 베푼 것의) 백배를 받고 영생을 얻으리라."는 복음을 들었다. 그는 이 구절을 마음 깊이 새겨 두고 점심 무렵 조사관 수사를 찾았다.

조사관이 그에게 오늘 아침 미사는 드렸느냐고 물었습니다.
그 사람은 즉각 대답했지요.

"그럼요, 신부님!"

조사관이 다시 물었어요.

"그러면 설교를 들으면서 의심이 들거나 뭐든 질문하고 싶은 것은 없었는가?"

"들은 것 중에서 아무것도 의심할 만한 것은 없었습니다. 오히려 처음부터 끝까지 다 진실이라고 믿습니다. 하지만 한 가지, 신부님은 물론이고 모든 신부님들께 매우 동정심을 품게 만드는 구절을 하나 들었지요. 신부님들이 저세상에 가시면 틀림없이 지독한 곤경에 처하겠구나 하는 생각이 들었기 때문입니다."

"그래, 우리를 동정하게 만든 그 구절이 무엇인가?"

"신부님! 복음서에 나오는 구절이었는데, '그대들은 각자 백배를 받으리라.' 뭐 그런 내용이었습니다."

"그건 맞는 말이지. 그런데 어째서 그 구절이 당신의 동정심을 불러일으켰다는 말인가?"

"신부님, 사실을 말씀드리자면, 제가 이 성당에 드나들고부터 봤는데 말이지요. 성당에서 날이면 날마다 죽을 한두 솥씩 끓여서 밖에 있는 불쌍한 사람들에게 듬뿍듬뿍 퍼 주던데요. 신부님들이 드시고도 너무 많이 남아돌기 때문이지요. 그러니까 각자 백배를 돌려받았다가는 신부님들이 죽에 빠져 익사하지 않으시겠어요."

수사는 이 말을 듣고 당황했다. "돼지한테나 주든지 차라리 버리면 좋을" 음식을 가난한 사람들에게 나눠 주는 수사들의 위선적인 자선을 건드렸기 때문이다. 그래서 이제 다시는 올 필요 없으니 하고 싶은 대로 하라며 사내를 돌려보냈다. 위선적인 수도사를 향한 복수는 이렇게 유쾌하게 끝이 났다.

『데카메론』곳곳에는 성직자들을 향한 풍자와 조롱이 넘쳐난다. 어떤 이들은 이를 교회 권력을 향해 당당하게 저항하기 시작한 인간의 탄생, 르네상스의 산물로 간주한다. 그러나 교회 권력은 르네상스 시대에 더욱 부패하고 비대해졌고 종교재판과 마녀사냥 역시 중세가 끝나가던 무렵부터 더욱 거세졌다. 탁발한 음식을 나누며 '가난한 자들의 위로자'를 자처했던 수도사들은 '가난한 자들의 밀고자'가 되어 거리를 오갔다. 토지는 물론 가축에게도 십일조를 걷기 시작하면서 떠돌이 양치기들은 더욱 깊이 산으로 숨어들었다. 중세 내내 세력을 키운 교회가 거대 권력이 되어 세금과 도덕을 주관했기 때문이다.

교회는 서서히 인간의 행위뿐만 아니라 '말'과 '마음'까지도 점검하기 시작했다. 1215년 제4차 라테란 공의회(전세계 가톨릭 주교단이 모여 중요한 교리나 사목의 문제를 협의·결정하는 종교회의)에서 개인이 성직자에게 죄를 고백하는 고해성사가 탄생했다. 그러나 농담으로 수도사를 조롱하는 이 사내는 아직까지 그런 검열의 위협에 완전히 얼어버리지 않았다. 보카치오가 담은 중세의 이야기에는 검열이 본격화되기 이전 민중적인 정서들이 녹아 있다. 신과 교회를 받아들이는 방법은 다양했다. 신의 법은 아직 하나의 초월적인 도덕으로 굳어지지 않았고 민중은 자기가 살던 방식대로 신을 받아들였다. 신은 절대적인 권위가 있었지만 다른 한편으로 아주 친근했다. 감시권력이 촘촘해지기 이전이라 소위 언론의 자유도 보장되었다. 수사들의 위선을 대놓고 풍자하는 사내는 조금은 교회법이 엉성했던, 그래서 보다 자유로웠던 중세의 산물이다. 중세에는 "수많은 저질스러운 일 중에서도 성직자들의 추잡하고 더러운 생활이야 마음만 먹으면 누구라도 어렵지 않게 입에 올리거나 풍자하거나 꾸짖을 수 있었다."

"악마는 십자가를 싫어하고 수도사는 일을 싫어한다."

"수도사 가로되, 일하기도 싫고 그렇다고 죽을 수도 없으니, 나에게는 역시 비럭질이 최고지."

"개는 짖고, 이리는 우우거리며, 수도사는 거짓말한다."

"저 남자는 카르멜 수도사처럼 색마에다, 베른하르트 수도사처럼 먹보이며, 프란치스코 수도사처럼 대주가에다가, 카푸친 수도사처럼 몸에서 냄새가 나며, 예수회 수도사처럼 교활하기 짝이 없다."

속담과 노래, 민담과 같은 소소한 자료들을 수집한 독일의 역사학자 에드와르트 푹스가 전하는 중세 속담들이다. 속담에 따르면 어디 하나 멀쩡한 수도회가 없다. 『데카메론』에 나오는 성직자들 역시 어디에 내놔도 빠지지 않는다. 부패한 성직자와 황금으로 치장한 교회! 여색과 탐식, 음주와 교활함에 탁월한 수도사와 수녀! 그 이야기들은 대부분 성직자에 대한 풍자와 조롱이다. 그렇다고 성직자가 절대 악인으로 등장하지도 않는다. 그들은 그저 남들 눈에 잘 띄는 위치에 있기에 남들보다 많이 욕망을 들킬 뿐이다. 그래서 『데카메론』에서 표적이 된 성직자들은 부패하고 탐욕스런 절대 권력자라기보다는 '인간적인, 너무나 인간적인' 한 사람인 경우가 더 많다. 수도자의 무채색 의복 안에 감춰 둘 수 없는 원색적인 욕망들이 꿈틀대는 현장으로 더 깊숙이 들어가 보자.

:: 시골 신부 :

하느님의 은총으로 그대와 함께 있으려고 왔네 (Ⅷ, 2)

바를룽고에 지적인 매력이라곤 없으나 일요일이면 나무 그늘 아래
서 재밌는 얘기를 들려주어 교구 사람들의 환심을 얻는 주임 신부가
있었다. 그는 "여자와 관련된 일이라면 왕성한 성격을 자랑하는 훌륭
한 신부"였다. 혹 남자들이 외출이라도 하면 어떤 신부보다도 앞장서
여자들을 방문하여 성물과 성수, '양초 동강'까지 가져다주면서 축복
의 기도를 하고, 신자들의 "아내들을 정복하기 위해 십자군의 깃발을
높이 쳐드는 성직자"! 그는 그런 사람이었다.

주임 신부는 교구 여자들을 다 좋아했지만 그중에서도 농사꾼 벤
티베냐의 아내 벨콜로레 부인을 제일 좋아했다. 그녀가 성당에 오는
날이면 있는 힘을 다해 성가를 부르며 그녀를 바라보았다. 그러나 안
타깝게도 그의 노랫소리는 마치 당나귀 울음소리처럼 들렸다. 신부
는 자기 채소밭에서 손수 가꾼 신선한 마늘 묶음, 꼬투리콩 한 바구
니, 양파 한 다발 등을 보내기도 하고 기회가 생길 때마다 곁눈질로
그녀를 다정하게 바라보곤 했다. 그럼에도 마을 사람들은 물론 그녀
의 남편조차 낌새를 채지 못할 정도로 노련했다.

그러던 어느 날, 주임 신부는 노새에 짐을 가득 싣고 시내로 가는
벤티베냐와 마주쳤다. 신부는 다가가 어디를 가는지 물었다. 벤티베
냐는 재판소에서 출두하라는 연락이 와서 높은 분께 도움을 좀 받고

자 시내에 가는 길이라고 대답했다. 신부는 속으로는 쾌재를 불렀으나 겉으로는 걱정하며 축복을 빌어 주었다. 그렇게 벤티베냐를 보내자마자 신부는 벨콜로레에게 달려갔다.

"하느님께서 보내셔서 왔네. 누가 게 있는가?"

벨콜로레는 위층에서 그 소릴 듣고는 이렇게 대답했습니다.

"어서 오세요, 신부님. 무슨 일로 이 더위에 다니시나요?"

"왜 왔냐고? 하느님의 은총이 있길 바라며 그대와 잠시 시간을 보낼까 하고 왔네. 실은 시내로 가는 자네 남편을 만났네."

신부는 넉살 좋게 벨콜로레에게 작업을 건다. 시골 아낙은 여느 때처럼 그의 마음을 모른 척하고 남편이 맡기고 간 양배추 씨를 고르기 시작했다. 자신이 '갑'이라는 걸 단박에 직감했던 것. 신부는 애간장이 탄다.

"자, 그런데 말이야, 벨콜로레! 나를 이런 식으로 그냥 죽게 만들 셈인가?"

벨콜로테는 웃음을 터뜨리며 말했습니다.

"어머, 신부님! 제가 뭘 어쨌는데 그러시죠?"

"어쨌다는 건 아니지만, 내가 원하고 하느님께서도 명하신 걸 극구 마다하니까 하는 소리네."

"아유! 어서 빨리 돌아가세요, 어서요! 아니, 신부님들도 그런 일을 하시나요?"

"당연히 우리가 다른 남자들보다 더 잘하지! 왜 그러면 안 되나? 좀 더 말해 줄까? 우리는 그쪽 일에 비책을 갖고 있다네. 왜인 줄 아나? 우리는 모아 놨다가 빼거든. 그건 그렇고, 솔직히 내게 말해 봐. 자네, 뭐 필요한 게 있는데도 말을 못 꺼내는 거 아닌가. 그냥 얘기해 보지 그러나. [중략] 신발? 비단 리본? 아니면 고급 양털로 만든 허리띠는 어떤가? 뭐가 갖고 싶은가?"

"신부님, 제발 그만 좀 하시죠! 그런 것들 이미 다 갖고 있다고요. 그렇게 저를 절절히 원하신다면, 저를 위해 좀 도와주지 그러세요. 그럼 신부님이 원하시는 모든 걸 해드릴게요."

"뭘 원하는지 빨리 말해 보게. 내 기꺼이 들어주지."

"저는 이번 토요일에 털실로 짠 작은 물건 때문에 피렌체에 갈 거예요. 만약 신부님께서 5리라만 꾸어 주시면, 그날 진홍색 치마와 축제 날 허리에 두르는 허리띠를 전당포에서 찾으려고 해요. 허리띠는 제가 시집을 때 가져온 것이거든요. 물론 그 정도 돈은 갖고 계시겠죠? 그것들이 없어서 성당이나 다른 좋은 곳에 전혀 가지를 못했거든요. 그래 가지고 제가 신부님이 원하시는 걸 어떻게 할 수 있겠어요."

"이거 아주 운이 좋구먼! 그런데 당장은 그 돈이 주머니에 없네. 하지만 토요일 이전까지는 자네가 원하는 걸 주겠네."

"그렇군요. 역시, 모든 신부님들은 약속은 그럴듯하게 하시지만 지키

는 게 아무것도 없죠. [중략] 지금 가진 게 없으시면 당장 가서 가져오
세요." 하고 벨콜로레가 말했습니다.

"아이고! 나보고 지금 집까지 가란 말인가? 지금 여기에 아무도 없
으니 절호의 기회일세. 내가 돌아왔을 때 혹여 다른 사람이 있다면 방
해가 될 텐데. 지금같이 좋은 상황이 언제 또 올지 누가 안단 말인가!"

"마음대로 하세요. 가고 싶으면 가시고 싫으면 관두시든가요."

이 신부 참 뻔뻔하다. 그녀와의 만남이 '내가 원하고 하느님이 명하
신 것'이라니! 깜짝 놀라는 척하지만 시골 여인도 사제가 그렇고 그런
사람이란 것쯤은 알고 있다. 사제도 그걸 숨기지 않는다. 그러나저러
나 시골마을 사제들이 신용이 없긴 없었나 보다. 벨콜로레는 신부의
간절한 말에는 꿈쩍도 하지 않는다. 신부는 뭔가 현물을 내놔야 할
판이다.

"그럼 진한 청색 외투를 담보로 두고 가겠네. 이래야 날 믿지 않겠
나."

그러자 벨콜로레가 얼굴을 들며 말했습니다.

"아, 그 외투 말인가요? 그걸 팔면 얼마나 쳐 줄까요?"

"뭐, 그게 얼마나 나가냐고? 이건 두아지오 제품으로, 트레아지오는
문제없다는 걸 알아 두면 좋겠네. 우리 쪽에서는 콰트라지오는 한다고
하는 말들도 있네만. 고물상업자 로토한테서 7리라 주고 산 게 보름도

채 되지 않았다네. 이런 진한 청색류의 외투들에 대해 잘 아는 불리에 토 말로는 내가 5리라 정도는 싸게 샀다고 하더구먼."

"어머, 정말요? 아유, 믿을 만한 얘긴지 모르겠네요. 어쨌든 이리 줘 보세요."

여자는 꽤 꼼꼼하다. 외투를 살펴보고 잘 챙겨 둔 이후에야 신부의 청을 받아들인다. 이렇게 거래는 성사되고 그들은 헛간으로 가서 "달 콤한 입맞춤" 함께 즐거운 시간을 오래오래 가졌다.

그런데 성당으로 돌아온 사제는 제단에 바쳐진 양초를 다 모아도 5 리라의 절반도 안 된다는 걸 깨달았다. 그도 가난했던 것. 돈이 없다 는 걸 확인한 사제는 꾀를 냈다. 사제는 어린아이를 시켜 벨콜로레에 게 돌 절구통을 빌려 온 뒤, 그녀가 남편과 식사할 시간을 노려 보좌 신부에게 심부름을 보내면서 이렇게 시켰다.

"벨콜로레한테 이 절구통을 가져다주면서 이렇게 말하렴. '신부님께 서 대단히 감사하답니다. 그리고 아까 어린아이가 담보로 놓고 간 외 투를 돌려주셨으면 합니다.' 하고 말이야."

보좌 신부가 절구통을 갖고 벨콜로레의 집에 가니 여자는 마침 벤티 베냐와 식탁에 마주 앉아 밥을 먹고 있었습니다. 그는 절구통을 내려 놓고 신부가 시킨 대로 말했습니다.

벨콜로레는 외투를 돌려 달라는 말을 듣고 뭔가 대꾸하려 했으나,

그때 마침 벤티베냐가 얼굴을 찡그리며 이렇게 말했습니다.

"뭐라고, 신부님한테 담보를 받았다고? 아이고, 맙소사! 콱 머리를 한 대 쥐어박을까 보다. 당장 돌려주고 오지 못해? 이 못된 여편네야! 신부님이 필요하시다고 했으면 뭐든 빌려드리고 왔어야지. 앞으로는 신부님께서 설사 우리 집 당나귀를 원하신다고 말씀하셔도 절대 안 된단 소리 하지 마!"

벨콜로레는 잔뜩 부어 가지고 일어나 납작한 옷상자에서 외투를 꺼내 보좌 신부에게 주며 이렇게 말했습니다.

"신부님께 이렇게 전해 주세요. 다시는 제 절구로는 소스를 만들지 못할 것이고, 이번 일로 신부님 명예가 완전히 실추되었다고 말예요."

외투를 갖고 돌아간 보좌 신부는 그녀의 말을 전했습니다. 그러자 신부는 껄껄 웃으며 말했습니다.

"그 여자를 다음에 만나거든 절구를 빌려주지 않는다면 나도 절굿 공이를 빌려주지 않을 거라고 하여라. 피차일반이 아니냐고 말이다."

절구니 절굿공이니 하는 말은 흔한 성적인 은유다. 그런데도 벤티 베냐는 마누라가 자기에게 화가 나서 마구 지껄인 것으로만 알고 마음에 담지 않았다.

벨콜로레는 화가 나서 가을까지 신부와 말을 섞지 않았다. 하지만 신부가 그녀를 지옥 마왕의 입으로 보내버리겠다고 위협하자 화해의 선물로 포도즙과 햇밤을 보냈다. 그런 뒤로 두 사람은 남몰래 실컷 재미를 보았다. 신부의 궁한 처지는 여전히 바뀌지 않아, 5리라를 주는 대신 그녀의 탬버린 가죽을 수선하고 방울도 달아 주면서 기쁘게 해 주었다고 한다. 호색가 시골 사제의 사랑 이야기는 이렇게 해피엔딩으로 끝이 났다.

'마늘과 양파'로 구애를 하고, 5리라도 없어 결국 탬버린을 고쳐 주는 시골 사제는 조금은 지질하지만 그만큼 인간적이다. 오히려 우스워 보이는 건, 남들 다 아는 절구랑 절굿공이가 무엇을 뜻하는지도 모르면서 아내를 타박하기만 하는 남편 벤티베냐다. 여기서 문득 궁금증해진다. 왜 중세 민담은 순진한 남편을 불쌍히 여기지 않고 시골 사제와 탱탱한 젊은 아낙의 연애를 귀엽게 묘사할까?

종교가 권력화되기 이전에, 시골 사제는 흔히 생각하듯 경건한 종교인도 아니었고 부패한 교회 권력자도 아니었다. 그들의 중요한 업무는 달력을 보고 농사시기를 알려 주거나 성인의 축일에 맞추어 축제를 관장하는 것이었다. 교구민 대부분이 문맹이던 시절이니 출생신고와 사망신고 같은 공문서 작성도 사제의 몫이었다. 정해진 수입은 없었고 마을 대소사를 챙겨 준 대가로 헌금을 받거나 스스로 농사지어서 생활했다. 사제는 면서기나 마을 이장처럼 마을에 꼭 한 명쯤 있어야 하는 마을 일꾼이었다. 집안마다 돌아가면서 마땅한 아이가 있으면 도시로 보내 사제 교육을 시켰고, 그 아이들이 고향으로 돌아와 사제 노릇을 했다. 때문에 종교적 소명의식은 크게 없었다. 시골 사제들은 자기 가족과 이웃을 돌보는 사람이었으니 당연히 농민들의 삶과 밀착해 있었다. 그들이라고 특별히 성스럽고 순결한 인간이 아니었던 것이다. 도시에서 떨어져 공동체를 이루며 사는 수도사나 수녀들 역시 마찬가지였다.

중세 초기의 수도사와 수녀는 '독신 서약'을 했으나 '순결 서약'을 하진 않았다. 수도원의 시초는 대부분 빈민들의 공동체였는데, 그 안에는 순결 관념이나 투철한 종교적 신념이 있지 않았다. 단지 가난한 사람들이 먹고 살기 위해 생산수단을 공유하며 모여 살았던 경제 공동체였던 것. 그렇게 모여서 집약적인 노동을 하자 기술이 발전했고, 차츰 생산력이 높아지면서 수도원은 번창했다. 결혼은 경제적인 이유로 배제되었다. 혈연관계란 어떤 사회적 조직보다 강력하게 작용하여 공동체의 재산을 사유화하려는 경향을 낳기 때문이다. 수도원은 동거는 허용했으나 가족을 형성하고 재산을 세습하는 일은 금했다. 수도원의 독신 서약은 애당초부터 순결과는 전혀 관계가 없었기에 "성적 향락을 포기한다는 의미"는 더더욱 없었다. 독신 서약은 도덕적인 순결 서약이 아니라 실용적인 규약이었던 것이다.

중세 내내 성은 음란한 것이 아니었다. 중세 민중은 '순결 담론'이 갖고 있는 부자연스러운 면을 직감했으리라. "신이 허락한 모든 쾌락을 즐기는", 자연스럽고 자유로운 영혼을 가진 귀여운 시골 사제 이야기는 그런 민중의 입을 통해 전해졌다. 탬버린을 울리며 춤을 추는 건강한 여인을 사랑하는 지극히 인간적인 사제의 몸과 마음을 응원하면서.

:: 광장의 이야기꾼 치폴라 :
가브리엘 천사의 날개를 보여 주겠소 (VI, 10)

예로부터 양파가 많이 나던 체르탈도 거리에 성 안토니오회 수도사
하나가 해마다 찾아와 헌금을 걷어 가곤 했다. 그의 이름은 치폴라,
이탈리아어로 '양파'라는 뜻이다. 그는 애교 있는 붉은 얼굴을 한 왜
소한 사나이였는데 이름 덕분에 사람들에게 크게 환영을 받았다. 수
도사라고는 하나 아무런 학문도 배운 적이 없었다. 그럼에도 유쾌하
고 유려한 능변으로 수사학의 대가로 받아들여졌다.

치폴라가 주로 활동하는 시기는 온갖 축제가 열려 사람들의 마음
이 들뜨는 8월이다. 어느 해 8월, 치폴라는 산에 있는 수도원에서 내
려와 근방 마을의 선남선녀들이 미사를 보러 몰려드는 시간에 성당
에 나타났다. 그는 나서서 이렇게 말했다.

"신사 숙녀 여러분, 여러분도 잘 아시다시피 해마다 여러분은 거룩한
성 안토니오 님의 가난한 종들에게 여러분의 재산이나 신앙의 정도에
따라 밀이나 곡식을 기꺼이 내어 주십니다. 그것은 성 안토니오 님께
서 여러분의 소와 당나귀, 돼지와 양을 지켜 주시기 때문이지요. 그 외
에 매년 한 차례 약간의 회비를 내게 되어 있으며, 특히 우리 수도회에
가입된 분들은 그렇게 하기로 되어 있습니다. 나는 그런 헌금들을 모
아 가기 위해 우리 수도원장님을 대신하여 여기에 온 것입니다. 그러므

로 여러분은 하느님의 축복을 받으시고 오후가 지나 종소리가 울리거든 이곳 교회 앞 광장으로 모여 주시기 바랍니다. 거기서 내가 늘 하던 식으로 설교를 할 것이니, 여러분은 십자가에 입을 맞추십시오. 여러분 모두 거룩한 성 안토니오 님을 지극정성으로 생각하시니, 내가 몸소 바다 건너 성지에서 실어 온 가장 신성하고 아름다운 성물을 여러분께 특별한 은총으로 보여 드리겠습니다. 그것은 천사 가브리엘의 깃털 중 일부로서, 천사가 나사렛에 수태고지受胎告知(예수의 잉태 사실을 알려 준 일)를 하러 오셨을 때 성모 마리아의 방에 두고 가신 것입니다."

가브리엘 천사의 날개깃이라니! 아예 작정하고 헌금을 걷어 가려는 이 간 큰 수도사는 스케일부터가 남다르다. 치폴라의 이야기를 듣고 있던 사람들 중에는 브라고니에와 피치니라는 짓궂은 청년들이 있었다. 두 사람 역시 성 안토니오 수도회 소속이었으나 '천사의 날개깃'이라는 터무니없는 성물 이야기를 듣고는 그를 놀려 주어야겠다고 마음먹었다.

두 청년은 치폴라가 보여 주겠다는 천사 가브리엘의 날개깃을 찾아내려고 그가 묵고 있는 여관에 몰래 숨어들었다. 마침 수도사의 하인은 방을 비워 두고 여관의 하녀를 꼬셔 보려고 정신을 빼고 허풍을 늘어놓고 있었다. 그들이 치폴라의 행낭을 찾아 열어 보니 그 속에 비단 보자기로 싼 작은 상자가 있었고 그 안에 앵무새 깃털이 한 개 들어 있었다. 치폴라가 선남선녀들에게 보여 줄 천사의 깃털이 틀림없었다. 두 사람은 크게 기뻐하며 그것을 꺼낸 다음 방구석에 있는 숯을 하나 꺼내어 그 안에 넣어 원래대로 해 놓았다.

　치폴라가 소속된 안토니오회는 당대에 성물聖物로 신자들을 유혹해 헌금을 걷는 수법으로 꽤나 정평이 나 있었다고 한다. 그러나 이런 배경만 보고 치폴라 역시 감언이설로 혹세무민하다가 민중에게 당하는 성직자의 전철을 밟을 거라 상상하진 마시라. 『데카메론』의 매력은 그런 성직자들을 악의 전형으로 단순화시키지 않는 데 있다. 보카치오는 수도원 권력의 속임수를 풍자하면서도 치폴라의 치명적인 매력이 다름 아니라 그 '구라'임을 보여 준다.

　약속된 날이 되어 광장은 천사의 깃털을 보러 온 사람들로 가득 찼다. 깃털을 빼돌린 두 청년들도 치폴라의 당황한 모습을 잔뜩 기대하고서 광장으로 갔다. 사람들이 모이자 치폴라는 하인을 시켜 크게 종을 울리고는 지체 없이 설교로 들어갔다. 그리고 천사 가브리엘의 날개를 보여 줄 단계에 이르자, 사뭇 엄숙한 기도를 드리고 초를 밝힌 다음, 천천히 비단 보자기를 풀어 작은 상자를 꺼냈다. 그는 상자를 높이 들고 유물에 대한 찬사를 올리고 마침내 뚜껑을 열었다. 물론 그의 눈에 들어온 것은 깃털이 아니라 상자 속에 가득한 검은 숯이었다. 그는 부주의한 하인을 욕하지 않았다. 다만 하인이 그런 줄 알면서도 물건을 맡긴 자신을 조용히 저주했다. 그러고는 얼굴빛 하나 변하지 않고 우렁찬 목소리로 말했다.

"오, 하느님! 당신의 거룩한 힘을 영원히 찬양하겠나이다!"

그리고 상자의 뚜껑을 닫고 사람들에게 돌아서서 이렇게 말했습니다. "신사 숙녀 여러분! 나는 아주 젊었을 때 윗분의 명을 받아 태양이 떠오르는 곳을 돌아본 적이 있습니다. 포르첼라나 가문의 특권을 얻도록 최선을 다하라는 엄명을 받고서 말입니다. 그 특권은 인정받을 만한 가치는 전혀 없지만 우리 모두에게 아주 유용한 것입니다. 그런 연유로 저는 길을 떠났습니다. 비네자를 떠나서 보르고 데이 그레치를 향해 나아갔고 거기서 가르보 왕국으로 말을 몰아 발다카를 통과해서 파리오네에 이르렀습니다. 거기서 온갖 고생 끝에 사르데냐에 도착했습니다. 그런데 왜 나는 내가 방문한 지역들을 모두 말씀드리고 있는 걸까요? 성 조르조 해협을 지나서 트루피아국[사기의 나라]과 부피아국[농담의 나라]으로 가니 여러 민족들이 아주 많이 살고 있었습니다. 그 뒤에 도착한 멘초냐국[허위의 나라]에서는 우리 형제들과 다른 교단 수사들을 수도 없이 만났습니다. 그들은 모두 번거로운 일을 피하면서 하느님의 사랑을 향해 나아갔고, 다른 사람의 고통은 별로 생각하지 않으면서 자기들에게 필요한 것만 쫓아다녔습니다. 그 나라에서는 일정한 모양으로 찍히지 않은 황금덩이가 통용되고 화폐는 전혀 사용되지 않았습니다. 그리고 나서 아브루치 땅으로 갔는데, 거기서는 남자든 여자든 나막신을 신고 산을 타며, 돼지 내장으로 소시지를 만들었습니다. 조금 더 가니 막대기에 빵을 꿰어 들고 포도주를 가죽 부대에 넣어서 가지고 다니는 사람들의 마을이 나타났습니다. 그곳을 떠나 바스크 산악 지대로 들어서니 골짜기 물이 모두 산기슭 쪽으로 흐르고 있었습니다. 이렇게 해서 얼마 가지 않아 산속 깊숙한 곳에 있는 인도의 파스티나카까지 도달한 것입니다. 내가 걸친 수도복을 두고 맹세하건대 그곳에서 나는 큰 도끼와 돛 들이 날아다니는 모습을 보았습니다. 보지 못한 사람은 결코 믿을 수 없겠지요. 이 일에 대해서는, 그 나라에서 만난, 호두를 개서 잘게 자른 껍질을 파는 대상인 마소델 사지오가 내 말이 거짓이 아니라고 확인해 줄 겁니다. 하지만 나는 그곳에서 원하는 것을 찾지 못했기에 인도에서부터는 바다를 건너야 했습니다. 그리하여 방향을 바꾸어 여름에는 차가운 빵을 은전 네 닢에 팔고 따뜻한 빵은 공짜로 주는 성지들에 도착했습니다. 나는 그곳에서 예루살렘에서 가장 훌륭한 대사교인 존경스러운 신부님 논미블라스메테 세보이피아체 님을 만나게 되었습니다."

연극에 필요한 결정적 소품이 바뀌었는데도 떨지 않는 이 거짓말쟁이의 담력은 보통이 아니다. 게다가 그는 아예 자기는 '사기'와 '농담'의 나라를 거쳐, 온갖 성직자들이 머무는 '허위'의 나라, 자기들에게 필요한 것만을 쫓아다니는 곳에서 왔노라고 당당히 밝힌다. 그리고 자신이 만난 신비한 동방의 대사교大司敎를 소개한다. 우스꽝스럽게 긴 이름 '논미블라스메테 세보이피아체'는 이탈리아어로 '원컨대 날 헐뜯지 마시오'라는 뜻이다. 여행담을 빌어 온갖 말장난을 섞어 가며 거짓말쟁이라고 '커밍아웃'을 한 이 수도사는 이렇게 미리 사과도

해둔다. 이제 본격적으로 작업에 돌입하는 일만 남았다.

"그분은 내가 늘 입고 있던 거룩한 안토니오 님의 수도복에 경의를 표하시더니 당신께서 몸소 가지고 다니시는 성물聖物들을 봐 주기를 원하셨습니다. 어찌나 많은지 전부 세어 보려고 들면 사흘 밤낮을 세어도 다 셀 수 없을 것 같더군요. 그러나 여러분을 실망시키지 않기 위해서 몇 가지만 말씀드리겠습니다. 대사교님께서는 먼저 제게 완전히 처음처럼 견고한 성령의 손가락을 보여 주셨고, 다음으로 성 프란체스코에게 모습을 나타내신 세라핌[최상급 천사]의 깃털 뭉치, 게루비니[2등급 천사로 지혜의 천사]의 손톱 조각, 살뜰한 베르붐[상상의 인물]의 갈비뼈 한 조각과 성녀 카롤리카[상상의 인물]의 의복, 그리고 동방박사 세 사람에게 나타난 별빛을 잠깐 보여 주셨으며, 성 미켈레가 악마와 싸울 때 흘린 땀이 담긴 작은 병과 성 나사로[죽었다가 예수의 명으로 부활했다고 성서에 기록된 인물]를 죽음에 이르게 했다는 턱뼈와 그 밖의 다른 것들을 보여 주셨습니다. [중략] 그분은 거룩한 성물들을 나에게 나눠 주셨습니다. 그리고 성 크로체의 치아 중 하나를 선물해 주셨고, 솔로몬 신전의 종소리를 담은 작은 병이라든가 요전에 말씀드린 가브리엘 천사의 깃털, 성 게라르도 다 빌라마냐의 나막신 한짝을 주셨습니다. 후에 그것을 피렌체에서 게라르도 디 본시에게 주었는데 그는 그것을 몹시 소중하게 간직하고 있습니다. 그분은 또 성 로렌초가 화형을 당해 순교하셨을 때 그의 육신을 태우고 남은 숯을 내게 주셨습니다.

나는 이 모든 것을 경건한 마음으로 지니고 다녔고, 지금도 모두 갖고 있습니다."

천사의 날개깃은 아무것도 아니었다. 그는 성령의 손가락, 천사의 손톱, 성녀의 치아, 게다가 솔로몬 신전의 종소리를 담은 병도 보고 왔단다. 자꾸 듣다 보면 익숙해지고, 익숙한 말은 자기도 모르게 믿게 되는 것일까. 사람들은 어느새 그의 말에 빠져들기 시작한다. 치폴라의 말은 막힘이 없다.

"그런데 대사교께서는 그것들이 진짜 유물로 밝혀지기 전까지는 사람들에게 보여 줘서는 안 된다고 당부하셨습니다. 그러나 지금은 그것들이 기적을 나타내기도 했고, 대사교께서도 편지로 확실한 것들이라고 하니, 그것들을 보여 주어도 된다는 허락을 받은 셈입니다. [중략] 그런데 실은 가브리엘 천사의 깃털은 상하지 않도록 작은 상자에 넣어 갖고 다니며 성 로렌초가 타면서 남은 숯은 다른 상자에 넣어 둡니다. 그런데 그 둘이 비슷해서 서로 바뀌기가 일쑤였는데 오늘도 그런 일이 일어났군요. 간단히 말씀드리면 깃털이 든 상자를 가져왔다고 생각했는데, 그것이 숯이 든 상자였습니다. 하지만 나쁜 일이라고 생각하지는 않습니다. 오히려 거룩한 하느님의 뜻이라고 확신합니다. 하느님께서 이틀 뒤 이곳에서 성 로렌초 축제가 열린다는 걸 알려 주시려고 몸소 내 손에 숯이 든 상자를 쥐어 주신 것입니다. 내가 여러분께 성 로렌초가 타고 남은 숯을 보여 드림으로써 성인이 지니셨던 신앙심이 여러분의 영혼에 불타오르게 하라는 것이 하느님의 뜻일 겁니다. 내가 원했던 깃털이 아니라 거룩하기 그지없는 육체를 태우고 남은 이 축복받은 숯을 전해 주신 데에는 그런 높은 뜻이 있는 것입니다. 축복받은 아들들이여! 이제 모자를 벗고 이리로 나오셔서 경건한 마음으로 봐 주시기 바랍니다."

열띤 목소리로 이야기를 이어오던 치폴라는 그 숯으로 이마에 십자를 그으면 1년간은 화상을 입지 않을 거라는 말을 덧붙였다. 우렁찬 웅변을 이렇게 마치고 그는 성 로렌초 찬가를 부르며 숯을 꺼내 들어올렸다. 완벽한 퍼포먼스! 반응은 폭발적이었다. 사람들은 함성을 지르며 밀려들어 치폴라를 에워싸고는 저마다 그 숯으로 십자를 그려 달라고 아우성치며 이전과는 비교할 수 없을 만큼 많은 헌금을 냈다.

광장의 사기꾼 치폴라. 근대인의 눈에 비친 그는 혹세무민하는 나쁜 성직자일 것이다. 그러나 그는 권력을 동원하여 협박하거나 지옥의 공포를 설하며 헌금을 갈취하는 여느 성직자들과는 다르다. 치폴라는 파렴치한 성직자라기보다는 산속에서 조용히 살다가 일 년에 한 번 부자들이 사는 마을에 나타나는 '생계형 사기꾼'이다.

중세에 생겨난 탁발 수도회는 대부분 정말 가난한 사람들이 함께 먹고 살기 위해 만들어진 식탁 공동체였다. 그들은 개인 소유물이랄 것이 없었기에 마을의 빈집이나 공터에서 주거와 농사를 함께했고,

틴토레토(Tintoretto), 〈성 로렌초의 순교〉

로렌초 성인은 화형에 처해져 순교했는데, 이에 관해서는 전설 같은 이야기가 전해진다. 로마의 행정관이 교회의 재산을 강탈하려 하자 로렌초가 그것을 가난한 이들에게 모두 나눠 주었다. 이에 황제 앞에 끌려와 화형에 처해졌다. 커다란 석쇠 위에 산 채로 눕혀 뜨거운 불의 고통을 견디던 로렌초가 말했다. "한쪽이 잘 익었으니 이제 뒤집어 주시게." 의연한 죽음으로 로렌초는 성인이 되었다. 치폴라는, 믿거나 말거나, 무려 천년 전 이 순교 성인을 태운 숯을 가지고 있노라고 떠벌리고 있는 것이다.

작가 미상, 15세기 채색삽화

두 청년이 치폴라의 앵무새 깃털을 훔치지만, 치폴라는 더욱 막강한 '뼝'으로 광장에 모인 사람들의
신심을 끌어내어 현금을 걷는 데 성공했다. 여섯 번째 날 열 번째 이야기의 결말은 이렇다. "이 날개
는 그날 숯이 올린 값어치 이상으로 다음 해에 돈을 벌어 주었다고 합니다." 치폴라는 앵무새 깃털
을 다음 해의 연기 소품으로 훌륭히 써먹었던 것.

말재주 좋은 사람들을 거리로 내보내 탁발로 생계를 이었다. 공동생활과 공동노동은 생산력 향상으로 이어졌다. 마땅한 경작지가 없었던 그들은 숲을 개간하고, 늪지를 메우고, 제방을 쌓았다. 1100년경 농사법을 비약적으로 발전시킨 것도 수도회였고, 약탈자로부터 인근 주민들을 보호해 준 것은 수도원의 견고한 돌담이었다. 최초의 여성 학자이자 저술가들은 수녀원에서 나왔으며, 중세의 과학과 의학도 수도원에서 발생했다. 장중한 음악과 견고한 금속 세공품과 조각 등이 발전한 곳도 수도원이었다. 성서는 물론, 여러 성인들의 이야기들을 보관하고 축제를 주관하는 곳도 성당이었다. 문화의 보고, 엔터테인먼트 산업의 메카가 수도원이었던 것이다.

교회의 권위는 이렇게 물질적인 지원과 문화적인 아이콘들을 만들면서 공고해졌다. 그러던 것이 중세 후반에 와서는 거리를 돌아다니며 고위 성직자나 권력자의 비밀 종교경찰 노릇을 하며 민중을 핍박해서 사람들의 눈총을 받게 되었다. 협박과 금품갈취는 그들의 전매특허였다. 푹스는 수도원의 이 같은 배신(?)이 생겨난 원인을 화폐의 등장으로 꼽는다. 곡식과 농산물로 부를 축적할 때만 하더라도 보관할 수 있는 양에는 한계가 있었다. 어차피 썩어버릴 곡식을 이웃과 나누는 것은 당연한 수순이었다. 그런데 화폐의 등장으로 수도원은 무한한 부를 축적할 수 있게 되었고 자선행위에 인색해졌다. 온갖 도덕 계율을 앞세워 헌금을 걷고, 귀족과 결탁하여 서로의 부와 권력을 공고히 했다.

치폴라는 그들과 다르다. 그는 앵무새 깃털 하나를 들고 광장에 서려고 했다. 가난하고 배운 것 없지만 말재간 하나로 산 위의 수도원을 먹여 살리는 민중의 또 다른 초상인 것이다. 일 년에 한 번씩 벌이는 그의 연극은 나름 가난한 수도사들의 생계가 걸린 일이다. 이것이 실패하면 그의 수도원 식구들은 더욱 굶주려야 할지도 모른다. 21세기 한국에서 '모 외계행성에서 온 새로운 스타'라는 우주적인 컨셉으로 대중문화의 아이콘을 만들듯, 치폴라도 자기 시대의 대중에게 먹히는 컨셉으로 퍼포먼스를 완성시켰다. 미지의 세계에서 온 듣도 보도 못한 성물, 유쾌한 언어유희와 밀도 있는 스토리, 그리고 제의적 퍼포먼스. 그는 '이것은 허위이고 거짓'이라고 선언하고는 비네자부터 인도까지 돌아오는 스펙터클한 로드무비를 선사했다. 광장에 모인 이들은 그의 이야기를 통해 시공간을 넘나들며 이국을 경험했다. 헌금은 그들이 스타에게 선사한 관람료인 셈이다.

치폴라를 조롱하던 청년들 역시 "허리가 끊어질 만큼 웃어 대며" 그 자리에서 깃털을 돌려주었다. 천사의 날개를 들고 광장의 예술인이 '지상 최대의 쇼'로 컴백할 것을 기대하며!

:: 연옥에 간 틴고초 : 여기선 그런 건 죄도 아니라네 (VII, 10)

시에나에 틴고초와 메우초라는 두 청년이 살았다. 다른 사람들과 왕래 없이 둘만 항상 붙어 있어서 사이가 좋은 것처럼 보였다. 틴고초와 메우초도 남들처럼 주일이면 교회에 갔다. 설교 시간의 단골 주제는 사람이 죽고 나면 그 영혼이 살아 있을 때 했던 행위에 따라 천국과 지옥에 가서 상과 벌을 받는다는 말씀이었다. 두 사람은 사후세계에 대해 교회에서 가르쳐 주는 것보다 좀더 자세히 알고 싶었다. 그러나 방법이 없었다. 하여 만일 어느 한쪽이 먼저 죽으면 남아 있는 사람에게 돌아와 사후세계에 대해 알려 주자고 굳게 맹세했다.

그러던 어느 날 틴고초가 어떤 아이의 대부가 되었는데 그 어머니가 아주 미인이었다. 틴고초는 메우초를 데리고 대자의 집을 자주 찾아가 그 어머니와 이야기를 나누었다. 두 청년은 어느새 그 우아한 부인을 사모하게 되었다. 틴고초는 자신의 마음을 친구에게 드러내지 않았다. 대자의 어머니를 사랑하는 것을 죄악이라고 여겼기 때문이었다. 메우초도 속마음을 친구에게 드러내지 않는데 그 속사정이 틴고초와 달랐다. 메우초는 친구가 대자의 어머니를 좋아하는 것을 눈치채고 있었다. 그런데 자기 역시 그녀를 좋아한다는 걸 틴고초가 알게 되면, 경계하고 질투하여 그녀에게 자기 험담을 할까 걱정이 되었다. 아이의 대부인 틴고초가 그녀를 만나는 데 더 유리한 조건에 있다는 것도 마음에 걸렸다.

그러던 차에 틴고초가 마침내 대자의 부인을 자기 뜻대로 차지하게 되었다. 아이의 대부라는 지위를 이용하여 자주 만나 선물과 달콤한 말로 유혹할 수 있었기 때문이다. 메우초도 이 사실을 알고 있었지만 다음을 기약하며 모르는 척했다.

한 여인을 향한 두 친구의 사랑은 이렇게 그 여인을 먼저 차지한 틴고초의 승리로 끝날 듯했다. 그러나 틴고초가 "부인의 달콤한 땅을 소유하고서 어찌나 파고 어찌나 힘을 쏟았던지" 그만 병에 걸리고 말았다. 쉽게 말하면 지나치게 정력을 소모한 나머지 목숨이 위태로운 지경에 이른 것이다. 병은 급격히 나빠졌고 얼마 안 있어 그는 세상을 떠나고 말았다. 그리고 죽은 지 사흘째 되는 날, 예수가 다락방에 있던 제자들에게 나타나듯 메우초를 찾아왔다.

"누구시오?"

메우초가 깨어나 말했습니다.

"나 틴고초네. 자네에게 약속한 대로 저세상 얘기를 들려주려고 돌아왔어."

메우초는 순간 공포에 휩싸였지만 이내 마음을 가라앉히고 말했습니다.

"잘 왔네, 내 형제여!"

그리고 그에게 길을 잃었냐고 물었습니다.

"길을 잃어버리면 그 어떤 것도 제자리로 돌아오지 못한다네. 내가 길을 잃었다면 어떻게 여기에 있을 수 있겠나?"

"아니, 그런 말이 아니네! 자네가 지옥 구덩이에서 불로 벌 받는 망령들 중 하나인지 묻는 거야!"

"그건 아니지만 무척 괴롭기는 하다네. 내가 지은 죄로 인해 무거운

벌을 받아야 하니까.˝

틴고초는 이 세상에서 지은 죄에 따라 저 세상에서 어떤 벌을 받는지 하나하나 말해 주었다. 다 듣고 나서 메우초는 이 세상에서 그를 위해 해줄 일이 있는지 물었다. 틴고초는 당연히 있다며 자기를 위해 "미사를 올리고 기도를 하고 또 헌금을 해 달라"고 부탁했다.

망자를 위한 기도! 이는 우리에겐 익숙하지만 인류사적으로 보면 낯선 일이다. 고대인들은 죽은 자들을 '위해' 기도하지 않고, 죽은 자들'에게' 기도했다. 차례나 제사를 생각해 보자. 음식을 차려 놓고 향을 피우며 조상의 혼을 불러들이는 이유는 조상에게 감사하며 후손을 잘 돌보아 달라고 기원하기 위함이다.

자연에 의지하여 살아갈 수밖에 없었던 고대 농경사회의 삶은 매우 불안정했다. 하늘과 땅은 풍요를 주기도 했지만 일순간에 모든 것을 앗아 가기도 했다. 노자老子의 말마따나 천지天地는 불인不仁하다! 천지가 어질지 않다 함은, 자연이 인간의 선악을 분별하여 악한 자에게만 천재지변을 내리지는 않는다는 뜻이다. 그런 자연 속에서 인간이 조금이라도 여유를 갖게 된 것은 농토를 개간하고 물길을 잡은 조상들의 엄청난 노역 덕분이다. 농경사회의 후손들은 자신들의 삶이 조상들의 노고 덕분이라는 걸 알았고 조상들에게 감사해야 할 의무를 느꼈다. 그들은 조상신들이 자신들을 위해 천신天神에게 좋은 날씨를 달라고 청탁도 넣어 줄 수 있다고 생각했다. 그렇다면 역으로 후손들이 조상에 대한 의무를 다하지 않을 때, 조상신들은 후손에게 해코지를 할 수도 있다. 이처럼 인류가 생각한 최초의 영혼은 천신과 소통할 수 있다는 것만 빼면 인간과 다를 바가 없었다. 먹는 거 좋아하고, 삐지고, 보복한다. 산 사람들은 망자'에게' 정성스럽게 기도와 제사를 바치고 호의를 베풀어 주십사 기원하는 것이 자연스러웠다.

그런데 그런 조상들은 어디에서 뭘 하고 있을까? 중국의 유학儒學은 이런 질문에 별다른 답을 제시해 주지 않는다. 그와 달리 동서양의 종교와 신화는 사후세계에 대한 여러 가지 모델을 제시했다. 그중 메소포타미아 지역의 고대 서사시 '길가메시'는 광활한 먼지와 어둠의 왕국, 지옥에 관한 이야기를 전한다. 무덤도 없고 살아 있는 사람들로부터 제사도 못 받는 영혼들은 화가 나서 지옥에 있는 다른 영혼들을 괴롭힌다. 그들은 유령이 되어 괴로움 속에 이승을 떠돌며 살아 있는 사람들을 괴롭히기도 한다. 산 사람들은 그들을 달래 주어야 한다.

기독교는 이런 메소포타미아의 저승 모델을 이어받아 유대인이 본래부터 갖고 있던 천국과 지옥의 이분법과 혼합했다. 착한 사람은 천국에, 악한 사람은 지옥에! 태초의 신은 그리 섬세하지 못했는지 조금 착한 사람, 조금 나쁜 사람을 구분하지 못했다. 그런데 인간의 삶이 복잡해지면서 저승에도 문제가 생겼다. 천국에는 가지 못하나 지옥에 보내지기엔 죄가 그리 크지 않은 영혼들을 어찌할까? 이에 대한 해답처럼 등장한 것이 연옥煉獄이다. 연옥은 쉽게 말하면 천국과 지옥, 그 사이의 공간이다. 천국행 티켓을 얻지 못했으나 지옥행은 면한 영혼들이 속죄를 하는 유예의 공간. 12~13세기를 거치며 '지은 죄에 따라' 벌을 주는 꼼꼼한 저승이 형성된 것이다. 그 형상은 지옥을 닮았으나 천국으로 갈 수 있다는 희망이 있다는 점에선 엄연히 지옥과 달랐다. 이를 가장 생생하게 그려낸 것이 단테의 『신곡』 중 '연옥편'이다.

태어난 것부터가 원죄라고 규정하는 기독교의 사고방식으로 따져 물으면 인간은 존재 자체가 죄다. 당연히 신체적 본능과 세속의 온갖 욕망에 순응하는 행위들 역시 죄가 된다. 그 모든 죄를 죽기 전에 다 고해하고 속죄하지 못하면 바로 지옥행이었다. 그런데 기근과 역병 따위로 갑자기 죽게 되어 미처 속죄할 기회를 갖지 못한다면 어찌해야 하나. 죽음을 일상적으로 경험하던 중세인에게 이건 심각한 문제였다. 이에 가톨릭교회는 그리스 신화나 민간 설화에 나오는 이승과 저승의 사이 공간을 연옥이란 이름으로 수용하여 해법을 제시했다.

연옥이 생겨나면서 이승의 윤리도 변했다. 세속적인 기쁨을 영위해도 천국으로 갈 수 있는 가능성이 열렸기 때문이다. 또한 죽은 자의 죄를 산 사람이 '대속代贖'할 수 있게 되었다. 현세의 사람이 죽은 사람을 위해 기도와 희생을 하여 대신 속죄하면, 죽은 사람이 연옥에서 받는 형벌이 가벼워질 수 있다는 것이 대속이다. 연옥과 대속 개념의 탄생은 사람들 사이의 관계가 변하고 다른 삶의 가능성이 열렸다는 것을 방증한다.

용서받지 못할 죄가 거의 없어졌다. 심지어 고리대금업자(은행업자)까지도 그 후손들이 성당 하나쯤 지어 바치면 천국에 들어갈 수 있다. 사람들은 주변 사람들이 지금은 물론 죽은 뒤에까지 나와 연관되어 있다는 생각을 하게 되었다. 가문, 혈연이 중시되고 도시 공동체의 유대가 강화된 것이다. 실제로 르네상스가 시작될 무렵 피렌체에는 거대 가문들이 등장했다. 사람들은 가문을 위해 크고 작은 예배당을 지어 신에게 바쳤다. 저승엔 연옥이, 이승엔 각 가문의 성당이 동시에 생겨난 셈이다. 당시 성당들은 르네상스 문화의 보고로 지금까지도 그 가치를 인정받고 있다. 그러나 연옥 개념은 아직까지도 논쟁적이다. 신교는 연옥을 부정했고 가톨릭은 연옥에 대한 판단을 유보했다. 그럼에도 12세기에 연옥은 분명한 형상으로 사람들에게 각인되어 마치 패자부활전 같은 갱생의 희망을 갖게 했다. 교리에 적시된 중죄만 짓지 않으면 언젠가 천국에 갈 것이다! 그런데 친구를 찾아온 틴고초는 더 희망적인 메시지를 던져 준다.

틴고초가 떠나려 할 때 메우초는 그 부인이 떠올라서 고개를 들어 말했습니다.

"지금 막 생각났는데 말이야, 자네 여기 있을 때 함께 자곤 했던 그 부인과 관련해 저세상에서는 어떤 벌을 주던가?"

"형제여! 저세상에 가보니 내 모든 죄를 소상히 알고 있는 사람이 있더군. 그 사람이 내게 벌을 받고서 내가 지은 죄를 씻을 곳으로 가라고 명령하지 않겠나. 거기서 나는 나와 똑같은 벌을 받고 있는 수많은 동료들을 만났네. 그들 속에 섞여 있다 보니, 그 부인과 저질렀던 일이 생

도메니코 디 미켈리노(Domenico di Michelino), 〈단테〉, 1465

단테가 피렌체를 향하여 『신곡』을 들려주고 있다. 왼쪽 화면에 어두운 지하 세계로 표현된 지옥
과 천국으로 올라가는 계단 형태로 표현된 연옥이 있다. 지옥행을 면한 영혼은 연옥에서 고행
을 하면 천국으로 가는 계단을 오를 수 있다.

작가 미상, 15세기 채색삽화

왼쪽에는 린고초와 메우초가 대자의 어머니와 이야기를 나누는 모습이, 오른쪽에는 린고초의 영혼이 생전의 약속대로 메우초를 찾아와 사후세계에 대해 알려 주는 모습이 그려져 있다. 죽은 이의 영혼이 살아 있는 사람을 찾아와서, 살면서 지은 죄는 죽어서 얼마든지 씻을 수 있다고 알려 준다면 삶의 무게는 조금 더 가벼워지지 않을까? 린고초가 들려준 연옥의 실상에는 당대 민중 그리고 모든 인간의 보편적 바람이 고스란히 반영되어 있는 듯하다.

각나는 거야. 그래서 받고 있는 벌보다 훨씬 더 큰 벌을 받는 게 아닐까 생각해 보았더니, 시뻘겋게 타오르는 거대한 불속에 있는데도 무서워서 몸이 덜덜 떨리더라고. 옆에 있던 사람이 나보고 그러는 거야. '불속에서도 그렇게 몸을 떠는 걸 보아 하니, 여기 있는 다른 자들보다 더 무거운 죄를 지은 거지요?' 그래서 내가 '반갑소, 형제. 내 한때 지었던 큰 죄를 생각하니 앞으로 받을 심판이 두렵기 짝이 없구려.'하고 답했지. 그랬더니 그자가 무슨 죄를 지었냐고 물어보더군. '그 죄란 게 뭐, 대자의 어머니와 놀아난 일인데, 너무 놀았던 나머지 병에 걸렸지 뭐요.' 내가 이렇게 대답하자 이번엔 비웃으면서 말하더군. '아이고, 이 사람 참 바보같이. 걱정 붙들어 매시오. 여기선 그 정도는 아무 문제도 되지 않는다오.' 그 얘길 듣고서 적이 안심이 됐지."

"그 정도는 전혀 문제 삼지 않는다오." 이 말은 산 자와 죽은 자 모두에게 새로운 '복음'이었다. 저승의 법은 이승의 법과 다르다! 쾌락은 어떤 경우에도 '죄'가 아니다! 그렇다고 쾌락이 무조건 '선'도 아니다. 중독을 불러오는 모든 것이 그렇듯 생명의 진액이 다 소진되는 것도 모르고 그것만 좇을 '위험'이 있기 때문이다. 틴고초가 그 때문에 죽지 않았던가.

연옥에서 들려오는 목소리가 우리에게 주는 교훈은 간단하다. 선악에 대한 교회의 가르침을 무조건 믿는 '무지'를 떨쳐버릴 것. 그리고 현세의 기쁨을 위한 '삶의 기술'을 터득할 것.

튀니지의 한 도시에 사는 어느 부자에게 알리베크라는 어린 딸이
있었다. 이제 열네 살이 된 이 아이는 기독교 신자는 아니었으나 도시
에 사는 많은 기독교인들을 보고 자신도 하느님을 영접하고 싶다고
생각했다. 그런 그녀에게 어떤 사람이 테바이다라는 적막한 사막 지
역에 가면 하느님을 잘 영접할 수 있다고 알려 주었다. 다음 날 아침,
신을 알고 싶다는 순수한 호기심에 처녀는 아무에게도 알리지 않고
충동적으로 사막을 향해 떠났다. 그리고 많은 어려움을 겪은 뒤에 적
막한 사막에서 작은 움막에 살고 있는 훌륭한 은자를 만났다.

은자는 알리베크에게 어디를 가느냐고 물었다. 그녀는 하느님을 영
접할 방법을 찾아 가는 길이라고 대답했다. 훌륭한 은자는 처녀가
"어리고 매우 예쁜 것"을 보고 "악마에게 홀릴까 두려워" 다른 은자
를 소개해 주었다. 그런데 소개를 받아 찾아간 곳 역시 마찬가지였다.
그렇게 나아가다 루스티코라는 젊은 은자가 머물고 있는 움막에 이르
렀다. 루스티코는 '촌스러운' 혹은 '소박한'이란 뜻이다.

이 젊은 은자는 겁도 없이 "자신의 굳은 공덕으로 큰 시험을 한번
이겨 보리라" 생각하며 처녀를 데리고 있기로 결심했다. 그는 그녀를
위해 움막 한곳에 잠자리를 마련해 주었다. 그러나 침대에 누운 그는
처녀의 숨소리를 들으며 하룻밤도 지나기 전에 오직 처녀의 젊음과

미모만 생각하게 되었다. 결심은 섰다. 문제는 어떻게 "자기가 그렇고 그런 남자라는 걸 모르게 하면서" 그녀를 품을 수 있을까 하는 것이었다. 그는 골똘히 생각하여 방법을 찾았다.

다음 날, 루스티코는 이런 저런 질문을 통해 처녀가 아직 순진하다는 것을 알아냈다. 그는 하느님을 영접하는 최선의 길은 "하느님이 옛날에 벌하셨던 악마를 다시 지옥에 몰아넣는 것"이라고 힘주어 강조했다. 처녀가 그 방법을 묻자, "그건 곧 알게 되지. 내가 하라는 대로 하면 돼." 하더니 옷을 홀홀 벗고 완전히 벌거숭이가 됐다. 처녀도 그렇게 했다. 그리고 두 사람은 마주 보고 기도하는 자세로 무릎을 꿇었다. 루스티코의 몸이 예쁜 아가씨를 보자 꿈틀거리며 살아났다. 그걸 본 알리베크가 깜짝 놀라 물었다.

"루스티코 님! 이게 뭐죠? 제 눈앞에 이렇게 불쑥 튀어나온 그것 말이에요. 저에겐 그런 게 없는데요?"

"오, 아이야! 이것이 바로 내가 말했던 악마라는 것이란다. 알겠느냐? 이것이 이렇게 날 고통스럽게 만드는구나. 얼마나 괴롭히는지 더는 견딜 수가 없단다."

"아아, 하느님, 감사합니다. 루스티코 님보다 제가 좀더 좋은 상태인 것 같네요. 저한테는 그런 악마가 없으니까요."

"맞는 말이다. 하지만 너에게는 내게 없는 것이 있단다. 바로 이 악마가 있을 곳이란다."

"그것이 무엇인가요?"

"지옥이지" 루스티코가 계속 말했어요.

"내 맹세하건대, 하느님께서 나를 구원하시기 위해 너를 이곳에 보내셨단다. 이 악마가 내게 이런 고통을 준다 하더라도 이제 네가 나를 가엾게 여겨서 내게 있는 이 악마를 지옥에 보내 준다면, 너는 내게 참된 위안을 선사하는 것이며, 하느님을 최대의 기쁨으로 영접하는 것이 된단다. 너는 그것을 위해 일부러 여기까지 온 것이 아니냐."

신실한 믿음을 지닌 처녀가 대답했습니다.

"오, 신부님! 제게 지옥이 있다 하시니 좋으실 대로 쓰십시오."

이 처녀 얼굴만 예쁜 게 아니라 신앙심도 투철하여 아픔까지 참아내니, "오만하던 악마의 머리도 수그러져 마침내 제풀에 얌전해"졌다. 그러나 그 뒤에도 몇 번씩이나 악마가 돌아왔고 그때마다 알리베크는 그놈을 물리치느라 애를 썼다. 그러다 보니 그녀 역시 악마를 무찌르는 일이 좋아졌다.

"악마를 지옥에 돌려보내는 것만큼 참되고 복된 일을 저는 지금까지 경험해 본 적이 없어요. 그러니 하느님을 영접하지 않고 쓸데없는 일에 매진하는 사람은 제가 보기에 어리석은 자들입니다."

그리고 이와 같이 즐거운 일을 위해 그녀는 시시때때로 루스티코에게 가서 이렇게 말하곤 했습니다.

"신부님! 저는 하느님의 뜻을 이룩하기 위해 이곳에 왔지 게으름 따위를 부리려고 온 것이 아닙니다. 그러니 어서 악마를 지옥으로 넣어 버리자고요."

사정이 이렇게 되고 보니 아무리 젊은 루스티코라 해도 그녀를 감당할 수가 없었다. 게다가 그는 매일 '풀뿌리와 물만 먹고' 사는 은자가 아니던가. 그러니 기력이 다 빠져 "다른 사람 같으면 땀을 흘릴 법한 상태에서 오히려 추위를 느낄 정도"가 되었다. 그는 처녀에게 핑계를 대기 시작했다. "하느님 덕분에 우린 그놈의 오만을 완전히 제압했으니" 좀 얌전히 있으라고. 처녀는 루스티코가 '악마를 지옥에 처넣자'는 요구를 하지 않자 어느 날 이렇게 말했다.

"루스티코 님! 신부님의 악마가 혼쭐이 나서 더는 신부님을 곤혹스럽게 만들지 않더라도 저의 지옥을 그대로 두지 말아 주세요. 제가 저의 지옥으로 하여금 신부님이 지닌 악마와 사악한 것들을 몰아내는 것을 도왔던 것처럼 이젠 제 안에 자리한 지옥을 잠재우기 위해 신부님께서 그 악마를 이끌고 와 주셔야 해요."

그는 하는 수 없이 이따금씩 "사자 입에 누에콩을 던지는 것 같은" 정도로만 그녀의 요구를 만족시켜 주었다. 때문에 그녀는 늘 자기가 원하는 만큼 하느님을 영접하지 못한다며 투덜거리곤 했다.

그러던 어느 날 알리베크의 고향에 불이 나 그녀의 가족과 친척들이 모두 죽고 말았다. 기한 내에 그녀가 나타나지 않으면 집안의 재산은 모두 성당에 봉헌될 판이었다. 그때 도박으로 가산을 탕진한 한 청년이 유산을 노리고 그녀를 찾아 나섰다. 그는 사막에서 알리베크를 찾아내고는 싫다는 그녀를 도시로 억지로 끌고 와서 결혼을 준비했다. 결혼식이 있기 전 마을 여인들이 사막에서의 일을 묻자 그녀는 남김없이 이야기를 들려주었다. 여인들은 웃으며 곧 하느님을 영접할 수 있게 될 거라고 알리베크를 위로했다. 그리고 온 도시에 그녀의 일을 퍼뜨리자 "하느님을 가장 잘 영접하는 방법은 악마를 지옥에 몰아넣는 것."이라는 속담이 생겨났다.

기독교도에게 신체는 말 그대로 악이었다. 열네 살 소녀의 잠든 모습을 본 루스티코는 자연스럽게 신체를 악마와 지옥으로 명명했다. 이교도 소녀 알리베크에게 이것은 낯선 비유였겠지만 기독교도에게는 자연스런 비유다. 영혼만이 영원하기에 신체를 돌보고 신체적 욕망을 따르는 것은 그것만으로 죄악으로 여겨졌기 때문이다. 신체는 필연적으로 늙고 병들어 언젠가 죽음에 이르게 될 덧없는 것이었다. 그런데 인간으로 태어난 이상 몸뚱어리를 가지고 있을 수밖에 없으니 늘 죄 속에 있게 된다. 그런 가운데 육욕에 빠지지 않기 위해 속세를 떠나 고행을 하는 이들이 성자처럼 추앙되었다. 성 앙트완느가 그 대표적 인물이다.

플로베르의 소설, 『성 앙트완느의 유혹』은 성 앙트완느가 고행 중에 악마에게 받은 온갖 유혹을 모조리 이겨내어 성인이 된 과정을 그린다. 헌데 정작 소설의 주인공은 성인이 아니라 '유혹', 즉 인간의 무의식 속에 있는 부글거리는 욕망들이다. 음식, 여성, 지식 등이 악마의 탈을 쓰고 나타나 성자를 유혹한다. 그러나 우리는 안다. 유혹은 '악마'가 아니라 그의 '무의식'적 갈망이라는 걸. 그렇지 않다면 악마가 어떻게 앙트완느가 가장 원하는 모습으로 나타났다 사라질 수 있겠는가. 성자는 끝까지 몰랐지만, 악마는 인간의 무의식적 욕망에 덧씌워진 가면이었다.

『맹자』의 한 구절대로 식탐과 여색을 즐기는 것은 인간의 본성이다.(食色性也) 그런데 기독교는 성性을 악惡으로, 금욕을 성聖으로 만들어버렸다. 욕망이 악마가 되고, 악마가 다시 욕망이 되는 기괴한 메커니즘! 자연스런 욕망을 누르면 괴물이 되어 나타나는 법이다. 신체를 악으로 규정하고 몸을 괴롭히는 고행은 갈수록 심해져서 스스로에게 채찍질을 하고 가시가 박힌 허리띠를 하고 다니는 데 이른다. 21세기 유럽의 대도시에서도 예수의 고통을 체험해 보겠다는 사람들이 사순절이면 나타나 고행 중에 혼절했다는 뉴스가 해외토픽에 나온다. 고통 속에서 경험하는 특별한 영적 체험. 이것은 마조히즘(피학적 이상 성욕)과 무엇이 다를까?

중세의 민중들에게 육체적 쾌락은 죄이고, 고통은 숭고한 미덕이라는 이분법이 없었다. 그들의 사고는 단순하다. 최고로 즐거운 것이 최고로 좋은 것이다. 하여 인간이 상상한 최고의 고통은 지옥에 있고,

인간이 상상한 최고의 즐거움은 천국에 있다. 성스러운 영역도 세속적 욕망의 반영물이었던 것이다. 성性 행위를 성聖 행위로 단번에 뒤바꿔 버리는 은자 루스티코의 어법은 그들에게 성과 속이 자연스럽게 섞여 있었음을 보여 준다. 오랫동안 중세를 연구해 온 하위징아는 중세인들이 "너무 성聖스러웠기 때문에 익숙한 모든 것을 신앙적인 표상으로 만들어버렸다."(『중세의 가을』)고 말한다. 종교는 그들 삶에 매우 밀접하고 깊게 들어와 있었다. 날마다 다른 성인들의 축일이 돌아오고, 매주 거룩한 주일이 있고, 씨뿌리기와 추수 같은 연례행사도 감사와 기도의 날이 되었다. 아무리 존엄한 신과 성인들이라 해도 이쯤 되면 친숙해지기 마련이다. 중세인들은 이렇게 진정 신을 사랑했으며, 모든 시공간에서 신을 느꼈다. 그리고 순진하고 소박한 마음을 다하여 자신의 신앙을 표현했다.

여기 15세기의 종교화들을 보자. 15세기는 미술사에서 르네상스로 분류되나, 앞서 언급했듯 하위징아에 의해 '중세의 가을'로 불린 시기이다. 최후의 만찬 장소를 자기 집 주방으로 선택하고 자기 식구들이 예수와 열두 제자의 시중을 든다.(바우츠의 그림) 성모는 이웃집 아줌마의 모습으로 벽난로 앞에서 가슴을 드러내고 수유를 한다. 그 뒤로 난로의 열기를 가리는 화염가리개가 성모의 후광처럼 빛난다.(캉팽의 그림) 심지어 한쪽 가슴을 다 드러낸 에로틱한 여인의 모습으로 성모를 표현한 제단화도 있다!(푸케의 그림) 하위징아는 같은 책에서 당시의 상황을 이렇게 전한다.

디르크 바우츠(Dirck Bouts), 〈최후의 만찬〉, 1464

로베르 캉팽(Robert Campin),
〈벽난로 가리개 앞의
성모와 아기예수〉, 1425

장 푸케(Jean Fouquet),
멜룬 두 폭 제단화 중 〈성모자〉,
1450 또는 1452

중세엔 인간의 삶 전체가 그토록 종교로 가득 차 있었고, 따라서 정신적인 것과 세속적인 것 사이의 구분이 매순간 시야에서 사라질 위험이 있었다. 한편으로는 일상생활의 모든 것이 성화될 수 있었던 반면, 다른 한편으로는 일상생활과 분리할 수 없이 융해되어 있던 모든 신성한 것들이 낮추어지고 진부하게 될 수도 있었다.

우리는 흔히 한 시대의 지배적 이념 같은 것을 이해하고자 할 때 압도적인 위엄과 엄숙주의, 어떤 예외도 두지 않는 촘촘한 장악력 같은 것을 기대하게 된다. 중세의 기독교와 중세인의 삶에 대해서도 마찬가지다. 그런데 하위징아는 매우 신선한 관점을 제시한다. 너무나 지배적인 것은 그 지배력이 흐려질 위험, 비속한 것으로 추락할 가능성에 노출되어 있다는 것이다. 중세의 그림들과 알리베크와 루스티코의 이야기가 그러한 예이다. 때문에 이를 단순히 엄숙한 기독교에 대한 비난어린 풍자로 읽어서는 안 된다. 하느님을 일상적인 삶 속에서 친숙하게 다룬 그림과 문학작품 들은 깊고도 순진한 신앙심의 표현이었다. 중세인들은 성聖과 속俗을 명확히 구별하려고 하지 않았다. 아니, 구별할 필요가 없었다. 그들이 느끼기에 실제적인 삶에서는 성과 속의 이분법이 견고하게 작동하지 않았다. 멋진 이성을 만나고 굶주림에서 벗어나는 일만큼 황홀한 것이 어디 있으며, 죽어서까지 좋은 곳에서 살겠다는 욕망만큼 세속적인 것이 어디 있으랴. 중세인들은 그 둘의 차이가 없음을 솔직하게 인정했던 것이다.

chapter 04

에로스,
성^性스런 그들의
불온한 라이프

Eros

"그렇다면, 남편은 그가 원하는 충분한 위안을 얻었을 만큼 저를 가졌다지만,
그것으로는 모자란 저는 어떻게 하란 말입니까?
저의 넘치는 욕망을 개에게나 던져 주어야 할까요?
그게 아니라, 저를 자신보다도 애틋하게 사랑해 주는 한 신사에게 그것을 바치는 편이,
제게 있는 것을 무시하거나 더욱 나쁜 곳에 사용하는 것보다 훨씬 더 나은 일이 아닐까요?"

:: 마세토 : 수녀원에 간 사나이 (Ⅲ, 1)

옛날 어느 마을에 신성하기로 유명한 수녀원이 있었다. 그곳엔 여덟 명의 젊은 수녀와 원장 수녀가 살고 있었는데 남자라고는 늙은 집사와 키 작은 정원사, 누토뿐이었다. 그런데 정원사 누토 마저도 일이 고달프고 급료가 적다고 투덜거리며 고향으로 돌아가버렸다.

누토의 고향 마을 사람 중에 마세토라는 사내가 있었다. 그는 빼어나게 잘생긴 데다 체격도 좋은 사내였다. 도대체 누토가 수녀원에서 어떻게 살았는지, 마세토가 무척 궁금해하며 꼬치꼬치 캐묻자 누토가 말했다.

"나는 크고 아름다운 정원에서 일했다네. 거기서 장작도 패고 물도 긷고 여러 가지 잡일도 좀 했었지. 하지만 보수가 보통 적어야지, 원. 신발 한짝도 마련할 수가 없었다네. 게다가 수녀들이 모두 어려서 하나같이 몸이 악마에 홀린 것 같았다니까. 뭘 해도 좋아하질 않는 거야. 정원 일을 하고 있으면 하나가 와서 이걸 해 달라고 하고, 다른 수

녀가 와서 또 저걸 해 달라고 하는 거야. 또 다른 수녀는 아예 내 손에
서 괭이를 낚아채 가며 내가 괭이질도 못하는 약골이라고 하지 않겠
어? 한두 번도 아니고 자꾸 그러니까 너무 귀찮아서 일을 팽개치고 그
냥 밖으로 나돌곤 했지. 거기다 이런저런 일들이 겹치고, 일도 할 만큼
했다고 생각해서 그냥 나와 버렸네. 그런데 내가 그만둘 때 집사가 혹
시 이 일을 할 다른 사람을 아느냐고 묻더군. 그래서 알아보고 금방 보
내 주겠다 약속은 했네만 적당한 사람을 못 구했네. 하느님이라면 모
를까 누가 그런 일을 대신할 사람을 찾을 수 있겠는가!"

누토의 말을 듣자 마세토는 그 수녀들과 함께하고 싶은 마음에 온몸
이 달아올랐습니다. 자기가 그토록 원했던 것을 이룰 수 있겠다는 확
신이 들었거든요. 그러나 누토에게 이런 의도를 밝힐 수는 없으므로
내색하지 않고 이렇게 말했습니다.

"오, 그런 곳이라면 잘 그만두셨네요! 남자 혼자 그 많은 여자들 사
이에서 어떻게 지내겠습니까. 차라리 악마들과 지내는 게 낫지요. 여자
란 대개 일곱 번 중에 여섯 번은 자기가 뭘 원하는지 모르잖아요."

말은 그렇게 했지만 마세토는 수녀들이 왜 정원사를 괴롭혀 왔는
지, 그녀들이 바라는 게 정확히 무엇인지 간파했다. 혼자 사는 여자
들의 악마적 히스테리! 그 원인은 뻔하다. 일찍이 히스테리 증상으로
프로이트를 찾아왔던 수많은 부르주아 여성들이 그러했듯, 수녀들 역
시 성적으로 억압되어 있었던 것이다. 수녀원의 담장으로도 가둘 수

없고, 검은 옷과 흰 베일로도 숨길 수 없는 젊은 수녀들의 성 에너지! 마세토는 생각만 해도 흐뭇하다. 수녀원, 그곳은 그를 기다리는 천국과 같았다.

마세토는 당장이라도 수녀원으로 달려가고 싶었다. 그러나 "자기가 젊고 유별나게 잘생긴" 게 걱정이었다. 수녀원은 금남의 집이 아니던가. 아무리 정원사가 필요하다고 해도 그처럼 젊고 수려한 남성을 받아줄 턱이 없었다. 그러나 바람이 간절했기에 묘안이 하나 떠올랐다. "그곳은 여기서 꽤 멀리 떨어져 있으니 아무도 나를 모를 거야. 그러니 벙어리 노릇을 하면 받아주겠지." 그는 완벽한 신변 위조를 위해 어디 간다는 말도 없이 누더기 차림으로 도끼 한 자루만 메고 수녀원을 찾았다.

수녀원 집사를 만난 그는 벙어리 흉내를 내며, "제발 먹을 것을 주십시오, 그 대신 장작을 패 드리겠습니다." 하는 시늉을 했다. 집사는 기꺼이 먹을 것을 주고는 벌목, 장작패기, 짐 나르기 따위를 시켰다. 마세토가 힘이 세어서 시키는 일을 척척 해내자 집사는 그를 며칠 더 묵게 하며 왜소했던 전직 정원사가 하지 못했던 일들도 시켰다.

그러던 중 마세토는 수녀원장 눈에 띄었다. 집사는 마세토가 정원일도 잘하고 벙어리여서 "젊은 수녀들을 희롱할 염려도 없다."며 그를 정원사로 쓰자고 제안했다. 수녀원장도 마다할 이유가 없어 신발 한 켤레와 헌 두건을 주라고 하고는 채용을 허락했다. 입사 시험 한번 간단하다. 신원 증명도 없고, 추천서도 필요 없다. 그저 해야 할 일을 할 수 있는 건장한 체격과 능력만 볼 뿐. 이렇게 짧은 테스트를 거친 뒤 마세토는 드디어 금남의 정원에 입성하게 된다. '나를 당신네들 정원에 들이기만 하면 깜짝 놀랄 정도로 잘해 주지.' 그는 빙그레 웃으며 생각했다.

젊고 잘생긴 정원사는 단박에 어린 수녀들의 관심을 끌었다. 수녀들은 그가 일을 할 때면 주변을 맴돌며 까닭 없이 놀리기도 하고 외설스런 말을 내뱉기도 했다. 마세토가 짐작했던 대로 그녀들 역시 평범한 소녀였던 것이다.

앞서 말했듯이 수녀원은 애당초 순결과는 상관없는 경제적 공동체였다. 그러다 교회권력이 강성해지면서 여러 가지 규율이 강화되었다. 여성들은 신앙심과 상관없이 다양한 이유로 수녀원으로 보내졌다. 수녀원은 여성의 교육기관이자 품행이 좋지 않은 처녀들의 교도기관이 되었다. 가난한 집에서 입 하나 덜려고 어린 딸을 수녀원에 밀어 넣기도 했다. 수녀복을 입었을 뿐 안에서는 뜨거운 피가 요동치는 수녀들. 그녀들이 눈앞에 있는 젊은 총각을 가만 두지 않는 것은 당연하다. 수녀들은 정말 그를 건드려 보고 싶다!

그러던 어느 날 마세토가 누워서 쉬고 있을 때 젊은 수녀 둘이 다가왔다. 마세토는 잠든 체하며 그들의 말을 들었다.

"내가 생각해 봤는데 우리는 이곳에 갇혀서 너무 딱딱한 삶을 강요받고 있어. 여기에 발을 들여놓는 순간 남자라곤 고작 늙은 집사와 벙어리 정원사가 전부야. 우리 수녀원에 오는 부인들이 그러는데 세상에서 남자랑 어울려 노는 것만큼 재밌는 게 없대. 그래서 죽 생각해 봤어. 아무 남자랑 놀아날 수는 없으니 이 벙어리의 도움을 받아서 그 여자들 얘기가 사실인지 알아보자고 말이야. 그런 일이라면 이 남자가 제격이지. 무슨 생각을 하는지 말을 하고 싶어도 못하니까. 아둔하고 좀 덜 떨어졌지만 젊고 힘도 좋아 보여. 어때? 네 생각을 듣고 싶어."

"어머, 어떻게 그런 말을! 잊었어? 우린 하느님께 순결을 서약했어!" 상대편이 대답했어요.

"생각해 봐. 우린 긴 세월 동안 많은 맹세들을 했어. 그리고 무엇 하나 완벽하게 지키지 않았잖아? 그리고 우리가 지키지 못한다 해도 하느님께서는 얼마든지 다른 여자를 찾으실 거야."

그 수녀 한번 똑똑하다. 지금 자신이 지루해 죽을 판인데 하느님을 왜 걱정해야 하는가! 신은 그야말로 전지전능하지 않은가? 그러니 알아서 하시겠지. 그러나 현실적인 문제가 남았다. "만일 배가 부르면 어떻게 하지?" 여자의 부정함이 밝혀지면 그 자리에서 아버지나 남편이 즉결 심판을 내릴 수 있었고, 법정에 세워 사형에 처할 수도 있는 시대였다. 게다가 그녀들은 수녀가 아닌가. 쾌락을 좇는 것 자체가 그들을 수녀원에 맡긴 아버지와 교회의 권위 모두에 도전하는 일이 된다. 두려운 게 당연하다. 그러나 호기심이 더 크다. 먼저 말을 꺼낸 대담한 수녀가 말했다.

"일어나지도 않은 일을 걱정부터 하는구나. 때가 되면 그때 생각하자고. 그런 문제는 닥치면 수없이 많은 해결 방법이 생길 거야. 우리가 입만 다물면 비밀이 새어 나갈 리가 없잖아."

미래는 아직 알 수 없지만, 욕망은 이미 너무 뚜렷하다. 그녀들의 욕망은 그야말로 육체적인 성욕이다. 이들에게 '마세토를 사랑하느냐?'고 묻는다면 비웃을 것이다. 그들은 신이 허락한 즐거움, 자신들에게만 허락되지 않은 그 기쁨의 순간을 위해 용기를 낼 뿐이다.

때는 모두가 낮잠을 자는 오후, 수녀들은 주위를 살피고 돌아왔다. 대담한 수녀가 먼저 마세토를 흔들어 깨웠다. 잠든 체하고 수녀들의 이야기를 듣고 있던 마세토는 지체하지 않고 일어났다. 수녀는 유혹의 몸짓을 하더니 그의 손을 잡고 헛간으로 그를 데리고 들어갔다.

마세토는 그녀를 따라가 크게 애쓰지 않고도 바라는 것을 이루어 주었습니다. 소원을 이룬 수녀는 충실한 동료로서 친구에게 자리를 넘겼고, 마세토는 계속 벙어리 행세를 해가며 그녀들이 해 달라는 대로 다 해주었답니다. 헛간을 떠나기 전까지 그녀들은 벙어리의 사람 타는 재주를 시험하고 또 시험했답니다. 그러고 나서 수녀들은 서로의 경험을 속속들이 공유하며 생각대로 너무나 즐거운 경험이었다고 입을 모았지요. 그날부터 두 수녀는 시간이 날 때마다 벙어리와 즐거운 시간을 보냈습니다.

작가 미상, 15세기 채색삽화

금남의 집 수녀원에서 이런 일이 벌어지리라고 누가 감히 상상이나 했을까. 보카치오는, 금기는 그것이 가장 강력하게 작동하는 곳에서 은밀하게 깨어진다는 사실을 아주 우스꽝스럽게 일깨워 준다.

두 수녀의 우정(?)이 사뭇 감동적이다. 그녀들은 질투를 모르고 그저 함께 만들어 갈 수 있는 쾌락에 집중한다. 그녀들은 심지어 아주 이성적이다. 정원사와 즐기는 시간을 잘 배분하고, 남자와 더욱 즐겁게 만날 수 있는 방법도 토론한다.

그렇게 세 사람만의 비밀스런 쾌락이 이어지던 어느 날, 다른 수녀가 자기 방 창문으로 헛간을 들락거리는 이들을 보게 되었다. 그녀는 처음에 원장에게 보고하여 벌을 받게 해야지 하고 생각했으나 마음을 고쳐먹고 자신도 마세토가 "경작해 주는 몸"이 되었다. 그렇게 소문은 퍼져 여덟 명의 어린 수녀들 모두가 그와 함께하게 되었다. '모태솔로' 원장 수녀만 그 즐거움을 모르니 안타까울 뿐이다! 그런데 원장 수녀님에게도 빛나는 오후가 찾아왔다.

어느 무더운 여름날, 이런 일이 벌어지고 있다고는 꿈에도 모르던 수녀원장이 홀로 정원을 산책하고 있었습니다. 그러다 편도나무 그늘에서 한가롭게 낮잠을 즐기는 마세토를 발견했지요. 밤일이 워낙 많다 보니 낮에 일할 힘이 거의 남아 있지 않았지요. 그때 바람이 휙 불어 옷을 들추자 마세토의 그것이 완전히 모습을 드러냈습니다. 혼자서 그걸 본 수녀원장은 그 광경에 눈을 떼지 못하고 우두커니 서서 젊은 수녀들이 사로잡혔던 욕망에 굴복하고 말았습니다. 마세토를 깨워 자기 방으로 끌고 간 수녀원장은 여러 날 동안 그를 놓아주지 않았답니다.

늦게 배운 도둑질이 무섭다 했던가. 수녀원장은 며칠 동안이나 마세토를 품고 놓아주질 않았다. 그러자 수녀들은 "정원사가 밭일을 해주지 않는다"고 요란스레 불만을 쏟아냈다. 다시 시작된 히스테리! 수녀원장은 그를 놓아줄 수밖에 없었다. 그러나 틈만 나면 그를 불렀다. 이쯤 되면 아무리 건장한 청년이라 하여도 감당할 수가 없다. 그래서 어느 날 밤, 수녀원장과 함께 있을 때 마세토가 아기 같은 혀짤배기소리로 말을 꺼냈다.

"원장님! 제가 듣기로 암탉 열 마리에 수탉 한 마리는 괜찮지만 열 남자가 한 여자를 만족시키기는 힘들다고 해요. 그런데 전 지금 아홉 명을 감당하고 있거든요. 무슨 말을 하시든 저는 더 이상 못합니다. 사실수녀님들께 너무 봉사를 해서 지푸라기 하나 들기도 힘들어요. 그러니 저를 내보내 주시든가, 아니면 다른 대책을 마련해 주세요."

수녀원장은 깜짝 놀랐어요. 이제껏 그가 벙어리인 줄만 알았으니까요.

"이게 무슨 일이야! 네가 벙어리라고 알고 있었는데?"

"맞아요, 원장수녀님. 전엔 그랬었죠. 하지만 태어날 때부터 벙어리는 아니었습니다. 병을 앓고 난 후 말을 잃었지요. 하지만 하느님의 은총으로 오늘 밤 씻은 듯이 나았습니다."

원장 수녀는 그 말을 믿기로 했다. 그리고 그로부터 젊은 수녀들과 있었던 일에 관해서도 들었다. 마세토가 바보 벙어리여서 금남의 집에 받아준 것인데 이제 그가 말을 하게 되었으니 어찌해야 할까? 마세토를 쫓아내면 그가 나쁜 소문을 낼까 두렵고, 계속 두어도 집사의 눈에 띄게 될까 무서웠다. 원장 수녀는 수녀들을 모아 놓고 해결책을 찾아보기로 했다.

때마침 늙은 집사가 죽었다. 오랫동안 수녀들을 보좌해 주면서 동시에 감시하던 사람이 사라진 것이다. 느닷없이 찾아온 그의 죽음은 수녀들에게 해방을 알려 주었다.

수녀들은 마세토가 입을 열게 된 것이 그녀들의 기도와 수호성인의 공덕 때문이라고 만장일치로 결정했다. 그리고 적당한 규칙을 정해 마세토가 무리하지 않게 배려해 주었다. 덕분에 마세토는 건강하고 즐겁게 수녀원에서 오래오래 살았고, 수많은 어린 수녀와 수도사들의 아버지가 되었다. 그렇게 "자식을 키우는 수고와 비용도 치르지 않은 채 늙은 아버지가 된 마세토는 선견지명으로 젊음을 잘 보내고 난 뒤 어깨에 도끼 한 자루를 메고 떠났던" 마을로 돌아왔다.

아홉 명의 여자와 한 남자의 행복한 일생! 이에 딴지를 거는 이들에게 보카치오는 화자의 입을 빌려 이렇게 말한다.

여자가 흰 두건을 쓰고 검은 옷만 입으면 그것으로 목석같은 수녀까지는 아니더라도 여자이기를 포기하거나 여성으로서의 욕구가 사라진다고 믿는 우둔한 자들이 세상에는 많습니다. 그리고 행여 자신의 믿음에 반대하는 사람이라도 나타나면 거대하고 극악무도한 죄악이 나타나 순리를 거스르기라도 하는 양 매우 분개합니다. 그들은 스스로에 대해서는 전혀 생각하지도 못하지요. 자기들은 물릴 때까지 원하는 대로 별의별 짓을 다하면서도 권태나 고독의 힘이 얼마나 강한지 모르기 때문이죠. 또, 땅을 갈고 팽이질을 하고 거친 밥을 먹고 힘들게 사는 것만으로 모든 욕정이 사라지고 지능과 지혜마저 없어질 거라 생각하는 자들이 여전히 많습니다. [중략] 그렇게 믿는 자들이 어떻게 뒤통수를 맞는지 여러분께 짤막한 이야기로 보여 드리고자 합니다.

감춰진 것은 언젠가 드러나게 마련이다. 그런데 성적 욕망을 드러내는 것은 언제나 그것을 가두려는 권력, 즉 가족제도나 종교에 대한 크고 작은 도발이 된다. 마세토의 이야기에서 신을 향한 순결 서약은 깨어지고 수녀원은 이상한 가족 공동체(?)가 되어버렸다. 세상에 이런 공동체는 한 번도 존재한 적이 없었다.

한 명의 여성과 한 명의 남성으로 완결된 한 쌍이 아니라, 계속 변화하는 커플이 있고, 종잡을 수 없는 성적 욕망이 넘쳐흐른다. 당연히 순결이란 도덕이 들어설 자리도 없고, 결혼제도가 들어올 틈도 없다. 작은 수녀원 안에 관능적인 에너지가 넘쳐난다. 그 속에서 생명이 만들어진다. 아이가 계속 수태되고, 탄생하며, 자라난다. 서로 서로가 엮여 있으니 서열을 말할 수도 없다. 이렇게 가장 엄격할 것 같은 수녀원이 모든 경계가 사라진 곳이 되었다. 법과 제도의 손이 미치지 않은 성역聖域이자, 세상 어느 곳보다도 성性적으로 자유로운 곳! 마세토는 그곳에서 '아이를 기르는 고통도 모르고', '하등의 비용도 드는 일 없이' 자녀를 낳고 길렀다. 그런 불가능한 삶이 가능해지는 곳! 마세토가 갔던 수녀원은 중세의 고단한 남성들이 꿈꾸었던 유토피아는 아니었을까?

:: 리사베타 : 내 꽃병 훔쳐 간 그 나쁜 사람은 누구인가 (Ⅳ, 5)

메시나에 젊은 상인 세 형제가 살았습니다. 산 지미냐노 사람인 아버지가 죽고 나서 막대한 재산을 물려받게 된 사람들이었죠. 그런데 그들에게는 리사베타라고 하는 정말 예쁘고 착한 여동생이 있었어요. 그런데 누구와도 혼인을 하지 못하고 있었습니다. 형제들이 운영하는 가게 중 하나에는 로렌초라는 피사 출신의 청년이 있었는데, 전체 가게 일을 맡아 하고 있었지요. 그는 외모도 훌륭하고 성격도 좋은 사람이라 자주 그와 마주치던 리사베타는 그에게 특별한 감정을 품기 시작했습니다. 로렌초도 시간이 지나다 보니 그 사실을 알게 되었고, 이내 다른 아가씨들을 향한 마음을 접고 그녀에게만 애정을 주었답니다. 그렇게 일이 진행되었고, 서로 같은 감정이었기에 두 사람은 머지않아 확신을 갖고 가장 열망하던 일을 이루게 되었습니다.

즐겁고 비밀스런 행복이 이어지던 어느 날, 로렌초의 방으로 들어

가는 리사베타를 큰 오빠가 보고 말았다. 그는 영리한 젊은이였기에 발끈하여 동생에게 달려가지 않고 여러 가지 상황을 생각하며 다음 날을 기다렸다. 이튿날, 큰형은 형제들을 불러 누이동생의 일을 이야기했다. 셋은 자기들과 누이동생에게 수치가 되지 않도록 모든 일을 아무도 모르게 조용히 처리하기로 했다.

그들은 전과 다름없이 로렌초와 이야기하기도 하고 시시덕거리기도 했다. 그러다가 세 형제는 교외로 놀러가는 것처럼 꾸며 그를 한적한 곳으로 데리고 나갔다. 그리하여 인가에서 멀리 떨어진 장소에 이르자 완전히 방심하고 있던 로렌초를 죽여 땅속에 묻었다. 그리고 메시나에 돌아와 그를 다른 곳에 출장 보냈다고 소문을 냈다. 로렌초는 그렇게 쥐도 새도 모르게 죽었다.

세 형제는 식구나 다름없었던 로렌초를 죽이고도 평상시처럼 일을 계속했다. 리사베타는 아무것도 모르고 기다림에 지쳐 가다 로렌초는 언제 오냐고 오빠들에게 자꾸 묻게 되었다. 오빠 중 하나가 이렇게 말하고 말았다. "너 왜 그러는 거냐? 네가 로렌초와 무슨 관계가 있기에 이렇게 자꾸 물어보는 게야? 다시 한 번 물어봐라, 네가 바라는 대답을 해줄 테니까." 리사베타는 어쩐지 두렵고 이상해서 더 이상 묻지도 못한 채, 온갖 것을 추측하며 하염없이 눈물을 지으며 계속 기다리고만 있었다. 그러던 어느 날, 리사베타의 꿈에 로렌초의 영혼이 나타났다.

"오오, 리사베타, 그대는 내가 돌아오지 않는다고 슬퍼하며 나를 부르고 눈물로 비난을 하는구려. 하지만 나는 이제 이승으로 되돌아갈 수 없는 사람이란 것을 알아주오. 당신이 마지막으로 나를 본 그날, 그대의 오빠들이 나를 죽였소."

그렇게 말한 후, 그는 자기가 묻힌 곳을 얘기해 주고는 이제 자신을 부르지도 기다리지도 말라고 부탁하고는 흔적도 없이 사라졌어요.

꿈속에서 들은 로렌초의 이야기는 희미했지만 그녀가 붙들 수 있는 건 그것밖에 없었다. 리사베타는 믿을 만한 하녀와 함께 산책을 간다고 핑계를 대고 로렌초가 일러 준 장소를 찾아갔다. 그곳에 아직 흙이 덜 마른 곳이 있었는데 흙을 파보니 과연 불행한 연인의 시신이 있었다. 마냥 앉아 울 수도 없고 시체를 수습해 마을로 가져갈 수도 없다. 그렇다고 그냥 그 자리에 두고 가고 싶지도 않았다. 여기서 그녀는 엽기적인 행동을 감행한다. 휴대가 간편하게(?) 로렌초의 머리만을 잘라 아무도 모르게 집으로 돌아온 것이다.

리사베타는 집에 돌아와 크고 아름다운 꽃병을 가져다가 거기에 연인의 머리를 묻고 그 위에 고운 향내가 나는 나무 한 그루를 심었다. 그것은 꽃병이 아니라 연인과 다름없었다. 리사베타는 꽃병을 한시도 멀리 하지 않았다. 나무에는 오직 그녀의 눈물과 붉은 장미를 우려낸 물 외에는 어떤 것도 뿌리지 않았다.

나무는 나날이 풍성하고 아름답게 자랐지만, 어여쁘던 리사베타는

작가 미상, 15세기 채색삽화

리사베타의 오빠들이 잔혹하게 살인을 하는 장면과 리사베타가 꿈에서 본 장소를 찾아내어 로렌초
의 머리를 수습하는 장면이 하나의 그림에 표현되어 있다.

나날이 수척해졌다. 이를 의아하게 여긴 이웃들이 오빠들에게 리사베타의 안부를 묻기 시작했다. 이에 오빠들도 무언가를 짐작하고 처음에는 리사베타를 꾸짖다가, 나중에는 누이동생 방에서 기분 나쁜 꽃병을 치워버렸다. 그러고는 리사베타가 아무리 졸라도 돌려주지 않았다. 그런데도 누이동생이 끝끝내 포기하지 않고 끈질기게 요구하자, 동생의 집착을 이상히 여긴 오빠들이 마침내 꽃병의 흙을 파내어 로렌초의 머리를 보고 말았다. 그들은 소문이 날 것을 두려워하여 로렌초의 머리를 적당한 땅에 묻고 조용히 도시를 떠났다. 그러나 리사베타는 울기를 그치지 않았고, 꽃병을 돌려 달라고 애원하다가 죽고 말았다.

세월이 흐르면서 리사베타의 불행한 사랑은 많은 사람들에게 알려졌다. 그리고 누군가가 만든 노래가 오늘날까지도 불리게 되었다고 한다.

내 꽃병을 훔쳐간
그 나쁜 사람은 누구일까

리사베타의 이야기는 워낙 짧은 데다 대화도 별로 없이 긴박하게 진행되기 때문에, 그들의 사랑이 왜 이토록 잔인한 비극으로 끝날 수밖에 없었는지 이해되지 않는 부분이 많다. 대체 로렌초는 왜 죽임을 당해야 했을까? 세 오빠는 평소 다정하게 지내던 여동생과 로렌초에

윌리엄 홀먼 헌트(William Holman Hunt), 〈리사베타와 꽃병〉, 1868

리사베타와 로렌초, 이 불행한 연인의 사랑을 그림에 담고자 한다면 어떻게 그려야 할까? 고급스러운 실내에 어울리는 아름다운 여인과 풍성한 꽃병. 이 그림에서 비극의 흔적은 보이지 않는다. 화가는 아주 작은 암시로 그녀가 리사베타임을 알려주려는 것 같다. 꽃병 아래에 돋을새김된 작은 해골과 꽃병을 뒤덮은 여인의 머리카락. 두 사물의 조합은 보면 볼수록 기이하고 오싹한 느낌을 준다.

게 단 한 번의 상의도 없이 그처럼 극단적인 방법을 취해야 했을까? 그런 상황에서도 오빠들에게 항의 한 번 하지 못하고 끝까지 소극적인 리사베타의 태도도 납득하기 어렵다. 이런 의문들을 풀기 위해서는 이야기의 전면에 드러나지 않은 그 시대의 풍속과 인정에 대한 이해가 필요해 보인다.

세 형제는 메시나 출신의 상인이다. 메시나는 시칠리아 섬에 위치한 해상 교통의 요지다. 좋은 입지 덕에 예부터 번성한 상업항이었다. 이로 보아, 이 집안이 무역업에 종사했으리라는 추측이 가능하다. 아버지로부터 막대한 재산을 상속받았다고 하니 지중해 무역으로 크게 성공한 집안이었을 것이다.

경제적 성공에 비하면 상인의 신분적 지위는 낮았다. 신분 질서가 동요하게 되면서 세습귀족과 혼인이 성사되는 경우도 있었으나 극히 제한적이었다. 대체로 결혼은 같은 신분계층 내에서 이뤄졌고, 가능하면 '있는' 집안과 혼인하여 가문의 위상을 높이고 사업의 번성을 도모했다.

상인은 전통적인 특권층(성직자와 귀족)에 속하지 않지만 경제적 성공을 기반으로 점차 사회적 영향력을 확대해 갔다. 그러나 높아진 사회적 지위에도 불구하고 오랜 혈통으로 보장되는 '세습귀족'과 구별되었다. 이에 자신들을 '신흥귀족'이라고 부르며 그들 나름의 귀족적 전통을 만들려고 노력했다. 이제껏 정통 귀족의 전유물로 여겼던 교양, 문화적 소양, 도덕, 에티켓 등을 배우고 익히는 일이 중요해졌다. 이들이 나중에 신흥 부르주아계급 혹은 근대적 시민계급을 형성하게 된다. 이 계급의 여성들에게는 보다 더 엄격한 도덕적 실천이 요구되었다. 여자라면 모름지기 품행이 올바르고 정숙해야 했다. 리사베타의 비극은 이와 같은 사회적 배경에서 잉태되었다.

그녀는 부잣집 고명딸이다. "정말 예쁘고 예의 바른 여동생"이라는 짧은 언술에는 그녀의 성장환경과 성격이 함축되어 있다. 그녀는 오빠들의 귀여움을 받으면서 고생이라곤 모른 채 순종적이고 정숙한 여인으로 양육되었다. 그녀가 좋은 집안과 결혼만 해준다면 가업은 지금보다 더 번성할 것이다. 이 모든 장밋빛 미래가 보장되려면 여인이 순결해야 했다. 결혼은 계약이었고 합법적으로 태어난 아들은 살아 있는 계약의 증표가 되었다. 그런데 여인의 순결이 의심스럽다면 모든 것이 수포로 돌아갈 것이다. 순결이라는 도덕은 이렇게 특정한 사회적 조건 속에서 등장했다. 하여, 오빠들이 누이동생을 잘 보호(혹은 감시)하고 잘 간수해 왔는데 가게 일이나 거들던 사내와 정분이 나다니! 그냥 둘 수 없었다. 더구나 그는 그녀가 순결하지 않다는 걸 아는 유일한 증인이었으니 살려 둘 수 있겠는가.

오빠들의 일처리는 일사천리였다. 누이동생의 결혼은 집안의 미래가 걸린 중대한 사안이다. 뼛속까지 장사꾼인 오빠들에게 로렌초는 문제가 되지 않았다. 그는 유용하지 않다면 기꺼이 버려도 되는 하인이었다. 누이동생 역시 수익성 좋은 상품일 뿐이었다. 상인에게 모든 일은 남는 장사여야 한다. 오빠들의 잔인한 행동은 이처럼 철저한 손익계산 안에서는 당연한 결론이었다.

가문의 명예와 돈. 많은 이들이 이 두 가지를 지키기 위해 살아간다. 현재와 미래의 안락한 삶을 보장해 줄 것 같은 돈과 명예를 동서고금을 막론하고 그 누가 쉽게 포기할 수 있겠는가. 그렇게 이익을 추구하는 인간들 사이에서 리사베타의 사랑은 아주 예외적인 사건이다. 그녀의 사랑은 돈과 명예라는 그들의 가치를 송두리째 무시한다. 때문에 설령 그녀의 사랑이 알려졌다고 해도 주변 사람들로부터 이해받지는 못했을 것이다. 그녀가 저항이나 항의 한번 시도해 보지 않은 까닭도 여기에 있을 듯하다. 자신의 욕망을 감추고 검열하면서 죄의식을 느끼는 자폐적 존재. 어디서 많이 본 듯한 모습이기 때문일까? 가족과 사회의 울타리 안에서 그저 울면서 천천히 죽어간 리사베타의 이야기는 더 비극적으로 다가온다. '예쁘고, 착하고, 조용히 자라 주었으면' 하는 소박한 바람과 염려 앞에 우리의 욕망과 자유는 안녕한지, 눈에 보이진 않지만 우리 안에서 우리를 침묵하게 만드는 억압은 없는지, 한번쯤 생각해 볼 일이다.

:: 기타 부인 : 동네 사람들, 내 남편 좀 보소 (VII, 4)

옛날 아레초에 토파노라는 부자가 있었는데, 그는 기타라고 하는 대단히 아름다운 여인을 아내로 맞았습니다. 그런데 어찌된 영문인지 토파노는 아내를 의심하기 시작했어요. 이를 알게 된 아내는 분노했습니다. 기타 부인은 남편이 자신을 의심하는 이유를 여러 번 물었으나, 남편은 대충 얼버무리거나 터무니없는 평계만 늘어놓았지요. 마침내 기타 부인은 이유 없이 자기를 괴롭히는 남편을 한번 단단히 골탕 먹여주겠다고 결심했습니다.

기타 부인은 마을 남자들 가운데 오래전부터 자기에게 은근한 눈길을 보내 온 청년을 끌어들이기로 했다. 부인이 뜻을 내비치자마자 청년은 화답했고, 그렇게 두 사람의 관계는 일사천리로 발전했다. 이제 기타 부인은 남편을 골려 주려는 원래 목적은 밀쳐 둔 채, 이 관계를 지속시킬 방법을 궁리하기 시작했다. 마침 토파노는 술을 무척이나 좋아하던 터여서 그것을 이용하는 것이 제격이었다. 기타 부인은 자주 남편에게 술을 권했고, 만취가 되도록 마시게 만들어 남편이 곯아떨어지고 나면 애인을 집으로 불러들여 마음껏 즐겼다. 일이 여러 차례 성공하게 되자 부인은 대담해져서, 때로는 자기 쪽에서 몰래 찾아가 밤을 지새우고 오기도 했다.

어느 날, 토파노는 부인이 늘 자기에게만 술을 권할 뿐 본인은 한모금도 마시지 않는 것을 눈치채고는 의심을 품게 되었다. 그래서 하루는 술을 마시지도 않고 몹시 취한 체 비틀거리며 들어와 혀 꼬부라진 소리를 하다가 잠든 척하였다. 아내는 이에 깜박 속아 이전처럼 집을 빠져나가 연인의 집에서 한밤중까지 즐겼다. 토파노는 아내가 나가는 것을 확인하고는 문을 잠그고 창가에 앉아 아내가 돌아오기를 기다렸다.

이윽고 아내가 돌아와 문이 잠긴 것을 보고 엄청나게 화를 내면서 문을 억지로 열려고 애를 썼다. 그러자 남편은 창문을 열고 이렇게 말했다.

"여보! 괜히 기운 빼지 마. 그래 봐야 소용없을 거야. 그냥 있던 데로 돌아가시지! 당신, 이 집엔 절대 못 들어와. 내가 당신 친지나 이웃들 앞에서 똑같이 되갚아 주기 전까지는."

부인은 손이 발이 되도록 빌며 제발 문을 열어 달라고 사정하기 시작했어요. 자신은 남편이 생각하는 그런 곳에 있었던 게 아니라 이웃집 여자가 요즘 밤이 길고 잠도 안 와 혼자는 외롭다고 해서 같이 놀다 온 것뿐이라고 해명했습니다. 그러나 아무 소용이 없었어요. 냉정한 남편은 아레초 사람 모두에게 이 사실을 알려 고개도 못 들게 해야겠다고 결심한 차였으니까요.

통사정을 해도 문이 열리지 않자, 아내는 이제 방법을 바꿔 남편을 위협하기 시작했어요.

"이 문을 열지 않으면, 당신을 세상에서 가장 불행한 남자로 만들 거예요."

아내의 말에 토파노가 대답했어요.

"네깟 것이 뭘 어쩌겠어?"

사랑의 신에게 가르침을 받은 총명한 아내는 이렇게 대답했어요.

"당신이 내게 누명을 씌워 창피를 준다면 나는 곧장 옆에 있는 이 우물에 몸을 던질 거예요. 나중에 내가 차가운 시체로 발견되면 사람들은 모두들 당신이 술에 취해 나를 우물에 던졌다고 믿을 걸요. 그럼 당신은 도망치지 않을 수 없을 것이고, 가진 재산도 다 날리겠죠. 아니면 살인자 취급을 받으며 목이 날아가고 말 거예요."

마침 그날 밤은 길에서 사람을 만나도 분간하지 못할 정도로 깜깜했다. 그녀는 우물 곁으로 다가가 커다란 돌을 집어 들고 "오, 주님, 용서해 주십시오."라고 외치면서 우물 속에 던져버렸다. 돌은 우물에 빠지며 엄청나게 큰 소리를 냈고 남편은 깜짝 놀라 두레박을 찾아 들고는 냅다 집 밖으로 뛰어나가 우물로 달려갔다. 부인은 문 뒤에 착 달라붙어 있다가 남편이 나가자마자 집안으로 들어가 문을 잠가버리고 창가에 서서 노래라도 부르듯이 이렇게 말했다.

"술을 마시려면 기술적으로 마셔야죠. 하지만 지금은 아니죠. 밤새도록 마시면 비록 술에 물을 타서 마시더라도 좋지 않다고요."

아내의 목소리에 토파노는 속았다는 것을 깨닫고 집으로 돌아갔어요. 그러나 문은 이미 잠겨 있었지요. 토파노는 어쩔 수 없이 문을 열어 달라고 사정하기 시작했어요.

전까지는 낮은 목소리로 말하던 아내가 이제는 거의 울부짖으며 말

작가 미상, 15세기 채색삽화

삽화가 마치 달라진 그림 찾기를 해보라고 말하는 듯하다. 좌우의 동일한 배경에서 토파노와 기타의 위치만 달라졌다. 조금 전까지 의기양양하던 토파노는 '닭 좇던 개 지붕 쳐다보는' 꼴이 되고 말았다. 아내 사랑하는 방법도 모르고, 아무런 까닭도 없이 의처증만 키운 사내에게 이 방법 말고 달리 약이 있을까.

했어요.

"이 원수 같은 주정뱅이야! 십자가에 맹세코, 오늘 밤은 한 발짝도 집에 못 들어올 줄 알아! 당신 술주정은 이제 지긋지긋해! 당신이 어떤 인간인지, 얼마나 늦게 집에 들어오는지 사람들에게 좀 알려야겠어."

토파노도 아내에게 질세라 마주 보고 소리를 지르고 욕을 해댔다. 그러자 이웃 사람들이 모두 달려 나와 남자든 여자든 모두 토파노를 비난하고 꾸짖기 시작했다. 이런 소동은 순식간에 퍼져 나가 마침내 부인의 친정에까지 알려지게 되었다. 부인의 친정 식구들은 당장 달려와 "토파노를 붙잡아 뼈가 부서질 만큼 두들겨" 주었다. 그러고는 그녀를 데리고 친정으로 돌아갔다.

토파노는 지나친 질투심 때문에 이런 결과가 빚어졌다는 걸 생각하며 온갖 사과문을 보내 부인을 보내 달라고 애걸했다. 그리고 심지어는 "자기 눈에만 띄지 않으면 어떤 재미를 보아도 상관없다.", "절대 시새우지 않겠다."는 약속까지 하고서야 부인을 데려올 수 있었다. 이렇게 남편의 터무니없는 의심으로 시작된 이야기는 부인의 완벽한 승리로 끝이 났다.

이 싸움에서 기타 부인이 이긴 건 당연하다. 시작과 끝을 부인이 주도했기 때문이다. 그녀는 이유 없이 의심하는 남편에 대적하여 "뜨거운 눈길을 보내는 청년"을 선택했고, 남편의 권위를 피해 "애인의 침실"을 차지했다. 그녀는 자신의 젊음이 얼마나 가치 있는 것인지 알았다. 지금이 아니면 누릴 수 없는 그것! 그 즐거운 쾌락을 가로막는 모든 것을 가만두지 않으리! 그녀에겐 모든 게 투명했다.

반면 토파노의 세계는 늘 모호하고, 그는 뭐든 정확히 알고 있는 게 없다. 일단 그는 자신이 왜 아내를 질투하는지 모른다. 그는 아내가 자기에게 왜 술을 주는지, 자신이 취한 사이 무슨 일이 벌어지는지도 몰랐다. 결정적으로 유리했던 그날 밤에도 새벽에 돌아온 아내가 정말 어디를 갔었는지, 어둠 속에서 들려오는 소리가 무엇인지 몰랐다. 왜냐? 그는 몸보다 머리가 앞서는 타입이기 때문이다. 의심하고, 추리하고, 짐작하고. 그러면 뭔가 확실한 것이 나올 것 같지만 천만에 말씀! 수사의 시작은 어떤 전제도 하지 않고 사실을 수집하는 것이다. 고로 발로 뛰는 탐사 없이는 불가능하다. 헌데 그러기엔 그의 몸이 너무 후졌다. 예쁜 아내 사랑하기에도 부족한 시간에 질투나 하고 술이나 마시니, 달려온 처가 식구들에게 두들겨 맞는 게 당연하다. 이에 비해 기타 부인의 신체는 얼마나 깨어 있는가. 옆집 총각의 눈빛을 단박에 읽었고, 어두운 밤에도 우물의 위치를 파악하고 민첩하게 움직일 줄 안다. 게다가 벽을 마주하고 사는 이웃들이 어떤 사람들인지 다 알고 있다. 보카치오의 말마따나 이게 다 "사랑의 신에게서 가르침"을 받은 탓이다. 오 마이 러브, 오 마이 갓!

:: 치모네 : 짐승 같은 그 남자의 변신 이야기 (V, 1)

옛날 키프로스 섬에 훌륭한 귀족이 살고 있었다. 그는 뛰어난 덕을 가졌을 뿐만 아니라 대부호였다. 그런 그에게 근심이 하나 있었으니 바로 갈레소라는 아들 때문이었다. 갈레소는 학문은 물론 예의범절도 모르고 품위 없는 말씨와 거친 행동 때문에 바보라고 손가락질 받으며 치모네라고 불리었다. 치모네는 그 고장말로 '커다란 짐승'이란 뜻이다.

짐승 같은 아들 때문에 골치를 썩던 귀족은 마침내 일체의 기대를 버리고 아들을 시골로 보내 농부들과 지내게 했다. 치모네 역시 농부들의 거친 습성이 마음에 들어 얼른 도시를 떠나 시골로 갔다.

때는 5월, 나무들이 푸른빛을 더해 가는 더운 봄날 치모네는 밭으로 가는 길에 근처에서 가장 아름다운 숲으로 들어가게 되었다.

행운의 인도란 이런 것인지, 치모네가 숲으로 들어가자 키가 큰 나무들로 감싸인 작은 초원이 펼쳐지고 그 한구석에 있는 시원한 샘에서는 맑은 물이 솟아올랐고, 그 옆에는 한 아리따운 처녀가 푸른 풀밭 위에 누워 자고 있지 않겠습니까. 여자는 굉장히 얇은 옷을 입고 있었기에 새하얀 속살을 거의 내보였지요. 특히나 허리 아래로는 하얗고 하늘하늘한 천 하나만을 걸치고 있었습니다. 그녀의 발치에는 하녀 둘과 하인 하나가 같은 모양새로 잠들어 있었습니다.

여태껏 한 번도 만나 본 적 없는 느낌의 여자를 마주한 치모네는 한 마디 말도 없이 굵은 지팡이에 기대어 서서 경이로운 눈으로 그녀를 응시하기 시작했습니다. 그리고 지금까지 수천 번의 교육을 받았음에도 그의 무지한 지능으로는 알 수 없었던 어떤 감각이 눈을 떠, 거친 가슴에 한 번도 피어난 적 없는 어떤 감정이 피어오르는 것을 느꼈습니다. 그리하여 황폐하고 메마른 그의 영혼이 그녀야말로 살아서 볼 수 있는 유일한 아름다운 피조물임을 알아보게 되었습니다. 치모네는 처녀의 몸을 구석구석 관찰하기 시작했습니다. 그녀의 눈부신 금빛 머리결에 감탄하고, 수려한 이마와 오똑한 코, 귀여운 입과 날씬한 목과 두 팔, 그리고 아직 크게 부풀지 않은 봉긋한 가슴을 눈으로 어루만 졌습니다. 농사꾼에서 갑자기 미의 판관으로 둔갑한 것이죠. 치모네는 깊은 잠에 빠져 굳게 감긴 두 눈을 마주하고 싶은 마음에 여자를 잠에서 깨울 생각을 몇 번이나 했습니다. 그러나 그가 지금까지 보아 온 모든 여자들보다도 훨씬 더 아름다운 처녀인지라 이 처녀는 여신이 틀림없다는 생각도 들었습니다. 그리하여 신성한 것은 세속적인 것보다 더 숭배할 가치가 있다고 판단하고는 끓어오르는 감정을 억누르며 여자가 스스로 잠에서 일어나기를 가만히 참고 기다렸습니다. 기다림의 시간이 지나치게 길어지는 듯도 하였지만, 이전에는 알지 못했던 아름다움을 목격한 치모네는 자리를 벗어날 수 없었습니다.

짐승 같은 사내가 드디어 미美를 알게 되는 순간! 고요한 숲 속에서 오직 치모네의 마음만 요란하게 두방망이질 치고 있다. 그는 지금 '농부'에서 '미의 판관'으로 변신 중이다. 그를 일깨우는 그녀의 이름은 에피제니아였다. 한참이 지나 마침내 그녀가 눈을 떴고, 치모네를 본 그녀는 깜짝 놀라서 두려움에 떨며 말했다.

"치모네! 이 시간에 숲에는 무엇을 찾으러 왔어?"

커다란 생김새와 거칠 것이 없는 행동, 그리고 아버지가 부자에 귀족이라는 것 때문에 마을 주변에서 치모네를 모르는 사람이 없었습니다. 치모네는 에피제니아의 동그랗게 커진 눈만 가만히 바라볼 뿐 아무런 대답도 하지 못했습니다. 그렇게 뚫어져라 보고 있자니 가슴속에서 뜻 모를 달콤한 감정이 일어나 일찍이 맛보지 못했던 즐거움들이 속을 가득 채우는 것만 같았습니다.

처녀는 그 모양새를 보고는, 이 인간이 이렇게 저를 가만히 지켜만 보다가 어느 순간 자기에게 해를 입힐 만한 행동이라도 하면 어쩌나 걱정이 되어 하인들을 불러 모으고는 이렇게 말했습니다.

"치모네, 그럼 다음에 만나!"

그에 말에 대해 치모네는 이렇게 대꾸했습니다.

"나도 너랑 같이 갈 거야."

여전히 그가 의심스러웠던 처녀는 동행을 사양하려 했으나, 결국 어쩌지 못하고 치모네의 집 근처에 자리한 자기 집까지 그가 따라오게 했습니다.

떨리는 첫 만남에서 둘 사이에 오간 대화는 이게 전부이다. 치모네는 말 그대로 짐승같이 살았기에 귀족들이 연인에게 읊어 주던 시詩한 편 아는 것이 없고, 적절한 예법도 모른다. 그럼에도 같이 있고 싶다는 마음 하나로 난생처음 '에스코트'란 걸 해준다. 그는 잠든 여인의 건강하고 아름다운 몸에 취하여 '인간의 예의'를 흉내 내기 시작했다. 부모가 십 수년간 애를 써도 가르칠 수 없었던 것을 한방에 이루는 에로스의 마법!

치모네는 에피제니아를 가슴에 품고 아버지의 집으로 돌아가 변신을 준비한다. 검술, 기초 학문과 철학, 신사가 몸에 지녀야 할 예의와 부드러운 말투, 사랑할 때의 예법 등을 익히고 교양 있는 친구들과 사귄다. 그렇게 4년의 시간을 보낸 그는 다방면에서 뛰어난 청년이 된다.

이제 청혼과 결혼식이라는 절차만 남았다. 그런데 이게 웬일인가? 그녀는 이미 로도스 섬의 파시문다라는 청년과 정혼을 했고, 얼마 안 있어 배를 타고 떠날 예정이다. 치모네는 혼자 중얼거렸다.

'오, 에피제니아여! 지금이야말로 내가 그대를 얼마나 사랑하는지 보여 줄 수 있게 되었소. 나는 그대 덕분에 사람이 되었다오. 그대를 가질 수만 있다면 나는 어떤 신보다도 더 영광스러울 것이오. 반드시 그대를 내 손에 넣고 말 테오. 그렇지 않으면 죽어버리리라.'

이튿날 치모네는 배를 빌리고 함께할 친구들을 모아 에피제니아가

페터르 루벤스(Peter Paul Rubens), 〈치모네와 에피제니아〉, 1617

이런 걸 운명적 만남이라고 할까. 도대체 누구도 길들일 수 없었던 그가 에피제니아를 본 순간 변신하고 싶다는 열망에 강렬히 사로잡혔으니 말이다.

탄 배를 쫓아 간다. 그는 바다 한가운데에서 그녀를 태운 배로 뛰어들어 강한 힘으로 상대를 항복시키고는 사랑하는 여인을 빼앗아 왔다. 그는 울고 있는 그녀에게 이렇게 말한다.

"고결한 여인이여! 슬퍼하지 마시오. 나는 그대의 치모네입니다. 그대를 긴 시간 동안 사랑해 왔소. 그저 약혼만 한 파시문다보다 내가 더 당신을 가질 자격이 있는 남자입니다."

놀랍다. 그는 이제 제법 멋진 말을 할 수 있게 되었다. 귀족다운 말씨, 자신에 찬 당당한 말투! 그는 이미 멍하니 여인을 바라보기만 하던 바보 같은 짐승이 아니다. 그는 진정 '변신'을 했고 덕분에 사랑의 환희에 빠져 있다. 멋진 왕자가 되어 돌아온 짐승남! 그가 그렇거나 말거나 에피제니아만은 서럽게 울면서 "치모네의 사랑을 저주했고 그의 정열을 질책했다."

그런데 애꿎게도 폭풍우가 몰려와 배는 표류하기 시작한다. 사실 에피제니아라는 이름은 폭풍우와 인연이 깊다. 트로이 전쟁을 위해 떠나는 그리스 함대가 아르테미스의 분노 때문에 폭풍우에 막혀 꼼짝하지 못하자 아버지 아가멤논의 손에 이끌려 희생제물이 된 소녀의 이름이 바로 에피제니아다. 신화 속 그녀는 자신의 운명을 받아들이고 순순히 장작불 위에서 죽어갔다. 어떤 전승에 의하면 마지막 순간에 아르테미스 여신이 그녀를 하늘로 올려 보냈다고도 한다. 어찌

됐든 신화 속 에피제니아는 순종적이다. 그러나 『데카메론』의 그녀는 다르다. 폭풍우 앞에서 마지막 에너지를 끌어내어 악담을 퍼붓는다. "전에 없이 이런 폭풍이 일어난 것은 뜻을 어기고 자기를 신부로 삼으려 했던 치모네가 분수도 모르고 욕망을 만끽하려 했기 때문이다." 치모네는 "자기가 죽는 걸 보고 그 역시 비참하게 따라 죽을 운명이다."라고. 아버지의 명을 받들거나 신의 선처를 기다리는 지고지순한 여인은 없다. '짐승'이었던 치모네를 '인간'으로 변모시킬 만한 매력을 지닌 여인은 폭풍우 앞에서도 이 정도로 기백이 넘친다. 이렇게 신화를 묘하게 뒤집은 뒤, 이야기는 결론을 향해 간다.

그녀의 파워풀한 욕지거리 때문인지 바람은 더욱 거세졌으나 배는 다행히 어떤 섬에 닿게 되었다. 그런데 공교롭게도 그곳이 에피제니아가 시집가려고 했던 로도스 섬이었다! 섬사람들은 치모네의 배를 알아보고 즉각 달려들어 빼앗겼던 여인을 되찾았다. 치모네와 그의 동료들은 졸지에 감옥에 갇히는 신세가 되었다. 알고 보니 이게 다 그녀의 약혼자 파시문다가 의회에 청원하여 꾸민 일이었다. 이렇게 해서 치모네는 에피제니아를 얻자마자 감옥에서 그녀의 결혼식을 기다리는 신세가 되고 말았다.

그런데 "운명의 신은 너무나 빨리 치모네에게 모욕을 가한 것을 후회했는지 다시 그를 도와주려고 새로 사건을 만들어냈다." 이 사연이 좀 복잡하다. 파시문다는 결혼식을 성대하게 치르면서도 비용을 절약하기 위해 자기 동생과 합동결혼식을 준비하고 있었다. 동생의 신부는 섬에서 미인으로 소문난 귀족 처녀 카산드레아였다. 당연히 그녀를 연모하던 다른 청년이 있었을 터, 그의 이름은 리시마코였다. 그는 카산드레아를 빼내기 위해 치모네의 힘을 빌리러 감옥을 찾았다. 결혼식 당일 리시마코는 자신의 직책을 이용해 치모네를 빼내어 칼을 주고는 서로의 신부를 '약탈'하는 것을 도왔다.

새 신부들이 비명을 지르며 겁에 질려 울고, 그와 같이 다른 부인들이나 하인들도 울부짖는 바람에 집 안은 삽시간에 비명과 절규로 가득했습니다. 그러나 치모네와 리시마코, 그리고 그들의 동료들이 칼을 꺼내자 누구도 가로막지 않고 순순히 길을 비켜 주었고, 그들은 계단으로 향했습니다. 계단을 내려가다 커다란 몽둥이를 손에 들고 내달려온 파시문다와 마주쳤으나, 치모네가 용감하게 그의 머리를 내리쳐 깨끗하게 두 쪽을 가르자 파시문다는 목숨이 끊어져 발밑에 쓰러지고 말았습니다. 불쌍한 그의 동생이 형을 도우려고 달려들었지만 그 역시 치모네가 휘두르는 칼에 죽고 말았지요.

그들은 이렇게 여인들과 전리품을 챙겨 유유히 사라졌다. 그리고 함께 오래도록 행복하게 살았다.

근대인의 상식으로는 감당하기 어려운 서사다. 사귀던 사이도 아니고, 그저 자기가 좋아한다고 무조건 신부를 '약탈'한 치모네는 찬사를 받고, 정당한 신랑인 파시문다와 그의 동생은 그렇게 비운에 '머리가 쪼개져' 죽어야 한다니. 도대체 왜?

중세 민중의 서사에서 사랑은 말 그대로 성적이고 육체적 끌림이다. 에피제니아의 '몸'에 반한 치모네처럼. 신체적 에너지가 충만하면 '몸'을 통해 뿜어져 나오고 그것에 화답할 만한 '몸'이 있는 사람만이 그 사랑에 응할 수 있다. 신체적인 기운이 통해야 남녀가 교합한다. 여기엔 이성이나 제도가 들어설 자리가 없다. 폭풍우가 몰아치는 가운데 저주를 퍼부으며 욕을 해대는 여인과 어울리려면 상대의 머리를 단칼에 쪼개어버릴 파워는 지녀야 한다. 사랑이란 본디 내가 아닌 신체와 거침없이 부딪히고 소통하는 것이 아닌. 나약한 신체, 법과 제도에 기대어 사랑을 얻는다는 건 어불성설이다. 때문에 『데카메론』 엔 이룰 수 없는 사랑을 슬퍼하며 시름시름 앓아 가는 주인공, 그를 불쌍히 여겨 돌아오는 연인과 같은 나약한 스토리는 없다. 사랑을 하는 그들은 차고 넘칠 만큼 에너지가 충만하다!

'바른생활 사나이' 파시문다에게 죄가 있다면 그가 너무 '법적인' 사내라는 것이다. 파시문다는 에피제니아와 약혼, 즉 계약관계에 있었다. "모든 것을 다 건" 치모네의 열정을 계약으로 뒤엎을 순 없다. 게다가 치모네의 배가 도착했다는 소릴 듣고 파시문다는 복수를 위해 칼을 들기는커녕 차분하게 의회를 설득하여 군대를 보낸다. 그는 한 번도 자신의 지위를 넘어 생각하지 못했고, 법을 뛰어넘어 자기 몸으로 상대와 맞설 용기도 없었다. 반면 치모네의 사랑은 도전과 위반의 연속이었다.

가장 멋진 도전은 치모네가 '짐승'에서 '멋진 귀족 청년'으로 변신을 시도한 것이다. 일자무식 치모네가 사랑에 빠진 순간 '배움'을 통해서만 그게 가능하다는 걸 깨달았다는 사실이 참으로 놀랍다. 그는 자기 신분을 이용하려고도 하지 않았고, 아버지의 돈을 이용하려고 하지도 않았다. 사랑은 신체적인 것이기에, 어떤 외물로도 자신이 느꼈던 강한 끌림을 상대에게 만들어낼 수 없다는 걸 깨달았던 것이다. 신체를 변화시킬 수 있는 건 수련과 배움 말고는 없다. 에피제니아를 본 순간 '단번에' 변한 마음과 달리 몸을 변화시키기까지는 4년간의 수련이 필요했다.

　그렇게 배우고 익히고 나니 친구가 찾아온다. 치모네의 사랑이 성공한 이유는 여기에 있다. 그는 군대가 아니라 친구와 뜻을 모아 일을 도모했다. 리시마코가 외지인에 불과한 치모네를 협력자로 선택할 수 있었던 까닭도 여기에 있다. 치모네와 그의 친구들은 인간의 법정은 물론 신의 법정도 두려워하지 않는다. 이 청년의 사랑을 누가 막을쏜가. 위험하고 불온하기 짝이 없지만 영웅적 모험의 서사가 생동하던 시대에 젊은 청춘만이 실현할 수 있었던 위대한 사랑이다.

:: 필리파 부인 :

남편에게 주고도 남는 그것을 개에게라도 던져 줄까요 (VI, 7)

『데카메론』에 등장하는 사랑 이야기는 이렇듯 어딘지 불온해 보인다. 그중 단연 압권이 되는 이야기가 있으니 필리파 부인의 이야기가 그것이다.

한때 프라토에는 가혹할 정도로 엄격한 법이 있었습니다. 그 법의 내용은 간통하다가 남편에게 들킨 아내와 돈을 받고 사내와 관계를 맺는 여자 사이에 어떠한 차이도 없이 둘 다 화형에 처한다는 것이었지요. 이 법이 시행되었던 때에, 공교롭게도 지극히 아름답고 매력적인 귀족 부인 필리파가 어느 날 밤 자기 침실에서 같은 도시의 잘생긴 젊은 귀족 라차리노 데 과찰리오트리의 품에 안겨 있다가 남편 리날도 데 풀리에지에게 발각되었습니다.

오, 드디어 불륜의 현장을 들켜버린 여인이 등장했다. 거짓말로 둘러댈 수도 없고 꾀로 상황을 모면할 수도 없다. 남편은 눈이 뒤집혀 두 사람을 현장에서 죽이고 싶었다. 그러나 그 지역 법이 개인적인 복수를 금하고 있었기에 마음을 겨우 참고 다음 날 법정에 가서 아내를 고소했다. 그러나 사랑에 빠진 부인은 법이 두렵지 않았다. 많은 친구들과 친지들이 도망갈 것을 권했지만 결연한 태도로 소환에 응하여 법정에 섰다. 그녀는 질문을 기다리지 않고 심문하는 사람들을 당당하게 바라보며 분명한 목소리로 자기에게 요구하는 것이 무엇인지 물었다. "비겁하게 도망치기보다는 의연히 죽음을 맞기로 결심"했던 것이다.

필리파 부인은 변 사또 앞에 칼을 차고 앉은 춘향이만큼이나 당당하다. 춘향이야 일부종사라는 명분이라도 있다지만 이 부인은 멋진 연애를 했으니 그에 맞게 당당히 죽겠단다. 그런데 이처럼 비장해진 마당에 재판관의 반응이 뜻밖이다. 그녀의 아름다움과 당당함에 매료된 재판관은 필리파 부인을 향해 죄를 추궁하기는커녕 다음과 같이 제안한다.

"부인, 여기 보시다시피, 당신이 처벌받기를 바라는 당신의 남편 리날도가 당신의 간통 현장을 목격했다고 주장하고 있습니다. 이곳의 법에 따라 나더러 당신을 죽여 죄값을 치르게 해야 한다고 요구하는 것이지요. 하지만 저는 당신이 자백하지 않는 한 절대로 그렇게 하지 않을 것입니다. 그러니 대답을 신중하게 생각하시고, 당신의 남편이 말하는 것이 사실인지 말씀해 주세요."

필리파 부인은 법정에 선 위용만으로 이미 재판관을 사로잡은 모양이다. 그러나 재판관이라 해도 법을 어찌할 수는 없었으니 그녀에게 거짓증언을 요구한다. 그러나 부인은 조금도 당황하지 않고 명랑한 목소리로 이렇게 대답했다.

"사실입니다, 행정관님. 리날도는 제 남편이고, 지난밤 그는 라차리노의 품에 안겨 있는 저를 보았습니다. 저는 온 마음을 다해 그를 사랑해 왔고 그의 품에 여러 번 안겼습니다. 네, 부정하지 않겠습니다. 하지만 또한 행정관님께서도 아시겠지만, 법이란 마땅히 보편적이어야 하며 그 효력이 미치는 모든 사람들의 동의를 얻어 시행되어야 합니다. 그런데 이 법에는 바로 그러한 조건이 충족되지 않습니다. 이 법은 오로지 우리 불쌍한 여자들, 즉 자유로움에 있어서 남자보다도 비난을 덜 받아야 할 그런 여자들만을 구속하고 있기 때문입니다. 게다가 이 법이 제정되기 전에 어떤 여성의 동의도 '구하지' 않았고, 반대 의견이 '있는지' 묻지도 않았습니다. 고로 이 법은 악법이라고 해야 마땅합니다. 만약 제 몸과 행정관님의 영혼을 해치면서까지 이 법을 시행하고자 하신다면, 당신 뜻대로 하시기 바랍니다. 하지만 부디, 어떤 방식으로든 이 문제를 처리하기 전에, 저에게 작은 은혜를 베풀어 남편에게 한 가지 질문을 생각하고 물어볼 기회를 허락해 주세요. 남편이 그것을 원할 때, 즉 저의 육체를 전적으로 소유하여 쾌락을 얻고자 할 때마다, 제가 한 번이라도 싫은 소리를 했다거나 그에 응하지 않았던 적이 있었는지 말입니다."

그러자 행정관의 심문을 기다릴 것도 없이 리날도는, 확실히 부인이 자신의 만족을 위해 요청한 모든 것을 언제나 받아들였다고 즉각 대답했습니다.

부인은 재빨리 말을 이었습니다.

"그렇다면, 남편은 그가 원하는 충분한 위안을 얻었을 만큼 저를 가졌다지만, 그것으로는 모자란 저는 어떻게 하란 말입니까? 저의 넘치는 욕망을 개에게나 던져 주어야 할까요? 그게 아니라, 저를 자신보다도 애틋하게 사랑해 주는 한 신사에게 그것을 바치는 편이, 제게 있는 것을 무시하거나 더욱 나쁜 곳에 사용하는 것보다 훨씬 더 나은 일이 아닐까요?"

이 재기발랄한 질문이, 프라토의 거의 전체 인구에 달하는 시민들의 귀에 울려 퍼졌습니다. 그들은 그런 혐의로 재판에 서기엔 너무나 아름답고 고귀한 부인의 최후를 구경하기 위해 야단법석을 떨며 몰려들었던 것입니다. 그들은 박장대소하고 나서, 마치 모두 합의라도 한 듯, 한 목소리로 말 한번 잘했다며 부인의 말이 옳다고 외쳤습니다. 행정관과 그 일동이 협의를 통해 그 가혹한 법을 오로지 돈 때문에 남편을 배신한 여자들에게만 적용하는 법으로 바꾸었다고 말하고 나서야, 그들은 법정을 떠났습니다.

대단한 여인이다. 자기 목숨 구명하는 것도 어려운 판에 법까지 바꾸었으니 말이다. 그야말로 그녀의 말은 그녀의 무기였다. 죽으러 갔다가 부활하여 돌아온 그녀. 이 모든 건 재판이 공개되었기에 가능한 반전이다.

공개 재판과 공개 처형. 우리에겐 왠지 짜고 하는 '인민재판'을 떠올리게 하여 안 좋은 이미지가 있는 단어다. 그러나 원래는 왕이 반사회적 행동을 한 사람을 공개 처벌함으로써 국가 윤리를 강화하기 위한 장치였다. 프랑스 철학자 미셸 푸코의 구분을 빌면 중세는 '가시권력'의 시대다. 말 그대로 권력을 눈에 보이게 하여 작동시키던 시대. 왕은 화려한 옷으로 치장을 했고, 범법자는 십자가에 매달려 채찍질당하고, 불에 태워지는 처참한 형벌을 받았다. 왕의 힘을 눈으로 확인시키는 공개 처형은 동서양을 막론하고 널리 행해졌다. 그런데 마치 영화처럼 공개 처형 직전에 "멈추어라!"를 외치면서 왕이 특별사면을 내리는 교지를 보내는 일이 종종 있었다. 광장을 가득 메운 군중은 왕에게 '자비심'과 더불어 '사면하는 힘'도 있음을 확인하게 된다. 요컨대, 처벌이나 사면에서 모두 중요한 것은 왕의 권력을 사람들에게 보여 주는 일이었다.

한편, 공개 재판장에서는 누구도 예상치 못한 사태가 벌어지기도 했다. 죄인이 너무도 당당하여 왕의 힘으로 제압되지 않는다는 인상을 줄 때였다. 재판관 앞에서 쫄지 않고, 족쇄를 차고 있어도 당당하고, 단두대 앞에서도 굴복시킬 수 없는 사람. 그런 죄인의 담대함을 눈으로 확인하는 순간 군중은 술렁인다. 때로는 죄인을 구명하고자 폭동을 일으키기도 한다. 이렇게 되면 왕은 군중이 두려워 어쩔 수 없이 죄인을 풀어주었다. 지금 필리파 부인이 그런 카리스마를 보여 주었다. 하지만 무엇보다 사형판결을 뒤집은 힘은 그녀의 논리적인 자기변론에 있다. 논리는 간단했다. 나에겐 남편이 감당하지 못할 만큼 솟구치는 성적 에너지가 있다. 그걸 "개한테 던져 주란 말인가?"

노파심에서 하는 말인데, 필리파 부인을 이상성욕자라고 오해해서는 안 된다. 그녀는 자신의 건강한 에너지를 가장 적절하게 누리고 싶을 뿐이다. 부인에게 그만한 에너지가 있다는 건 군중들 눈앞에 있는 그녀의 신체가 증명한다. 『데카메론』에 넘쳐나는 사랑 이야기 가운데 유일하게 환영받지 못하는 경우가 있다면, 늙은 노인이 돈으로 젊은 부인을 얻어 바라만 보면서 집착하는 것이다. 그들의 욕망은 자연스럽지 않다. 그럼에도 사회의 법은 늙은 남편의 손을 들고 줄 게 뻔하다. 필리파 부인을 비롯한 『데카메론』의 청춘들은 그런 억압으로부터 달아나 자신의 성적 에너지, 에로스적 힘을 펼친다.

헌데, 에로스란 무엇인가? 그것은 본디 설명하고 재단할 수 있는 힘이 아니다. 고대 그리스 신화만 보더라도 사랑의 신 큐피드는 법과 질서를 익히지 않은 장난꾸러기 어린아이의 모습이다. 그는 사랑의 화살을 마구 쏘아 대며 신의 질서도 흔들어 놓는다. 신들의 왕 제우스조차 에로스적 욕망을 품으면 신의 모습을 버리고 소가 되고 백조가 되어 바람을 피우는 통에 '가정'의 신 헤라를 괴롭힌다. 가정과 에로스, 성과 법은 그렇게 충돌해 왔다. 여기서 본질적인 건 에로스적 힘이다.

국가 이전, 인간이 사회를 구성하고 가족을 제도화하기 훨씬 이전부터 성적 에너지는 줄곧 존재하고 있다. 법을 두려워하지 않고, 도덕을 전복할 수 있는 힘이 있다면 아마 이런 야생적 성욕일 것이다. 그렇기 때문에 제도, 사회, 국가로부터 가장 억압받고 있는 것도 바로 성이다. 비근한 예로, 폭력적이지도 않고 결론이 교훈적이어도 야한 장면이 있는 영화에는 아직도 빨간 딱지가 붙는다. 에로스는 충동적이다. 고로 위험하다! 그 힘을 가두고 통제하는 자는 이로부터 자기도 모르는 사이에 성이 왜곡되어 간다는 사실에는 눈이 어둡다. 여성의 에로스는 온통 상품화되었고, 아내의 에로스는 가족애로 협소해졌다. 노동자의 에로스는 직장에서 경제적 생산 에너지로 쓰이거나 짧은 휴일을 이용해 상품화된 여가활동을 구매하는 데 소비되고 있다. 요컨대, 생산성 높은 강력한 국가를 건설하려고 할 때 국가는 먼저 에로스의 자연스런 흐름을 다스려야 했다. 법적으로 인정되지 않는 관계들은 형벌로 관리하고, 교회를 통해 성을 더러운 것으로 위장했다. 이렇듯 성은 점점 말할 수 없는 것이 되어 갔다.

『데카메론』은 온갖 방법으로 억눌렸던 성적 에너지가 터져 나오는 장이다. 인간의 법을 바꾼 필리파 부인의 변론은 특별한 게 아니다. 인간의 신체에 내재한 자연의 법칙을 솔직하게 드러낸 것일 뿐이다. 그리고 군중은 거기에 화답한 것이다. 느낌 아니까.

봉건 사회,
왕과 기사의
액션 로망스

"백작! 잘 훈련된 기사는 아무리 강한 적이라도 이길 수 있으나
자신의 욕망에는 너무나도 약한 법이오. 백작의 말이 나를 깨우쳐 주었소.
엄청난 피로움이 따른다 해도, 또 헤아릴 길 없는 큰 힘이 든다고 해도,
내가 적을 무찌를 수 있듯이 나 자신을 어떻게 극복할 수 있는지,
앞으로 많은 날들이 지나기 전에 행동으로 보여 주겠소."

:: 페데리고 : 기사도 로망스, 나 그대에게 모두 드리리 (V. 9)

옛날에 페데리고라는 청년이 있었는데 무예와 예의범절에서 토스카나를 통틀어 가장 뛰어났지요. 귀족들이 흔히 그러하듯, 페데리고는 당시 피렌체에서 가장 아름답고 우아한 부인들 중에서도 손꼽히는 조반나라는 귀족 부인을 사랑했답니다. 그는 부인의 사랑을 얻으려고 개인 무술 경기나 마상시합을 열기도 하고 거대한 연회를 벌이고 선물도 하면서 돈을 아낌없이 썼지요. 그러나 아름다운 것 못지않게 성격 또한 신중했던 부인은 자기를 위해 이런 일을 벌이는 그에게 아무런 관심도 보이지 않았답니다.

『데카메론』에 실린 연애담의 한축이 어찌할 수 없는 성적 에너지로 넘실대는 남녀들의 도발적인 에로스였다면 다른 한축은 이와 같이 흔들림 없는 기사도 로망스다. 멋진 귀족 청년이 귀족 부인을 사랑하여 구애에 나선다. 사재를 털어 마상시합을 열고, 그녀의 이름을 걸고 시합에도 참가한다. 승리의 명예는 그녀에게 바쳐진다. 온 도시가 아는 공공연한 구애! 그럼에도 불구하고 그녀는 눈길조차 주지 않는다. 왜냐고? 그녀가 그렇게 '쉬운' 여자였다면 구애의 의미가 없으니까. 게다가 그녀는 유부녀니까! 그러니까 그녀는 끝까지 정숙해야 한다. 무릇 귀족이라면, 기사라면 이런 사랑에 목숨을 걸어야 한다.

뭔가 낭만적인 것 같지만 곰곰이 생각해 볼수록 어처구니가 없는 설정이다. 예쁜 공주님이거나 고운 처자라면 그럴 만도 하다. 그런데 왜 하필 귀족 부인에게 멀쩡한 기사가 사랑을 느껴야 하는가? 그런데 이런 유의 이야기가 12~13세기 유럽을 풍미했고 『데카메론』에도 다양하게 변주되어 등장한다. 기사, 그들은 누구이고, 왜 이런 사랑을 하는가? 페데리고와 조반나 부인의 사연을 보며 중세의 기사에 대해 알아보자.

페데리고는 조반나 부인에게 구애하느라 가산을 탕진했다. 그는 어쩔 수 없이 "근근이 살아갈 정도의 수입이 나오는 자그마한 농원"이 있는 지방으로 이사를 갔다. 그 농원과 잘 훈련된 훌륭한 매 한 마리가 그가 가진 전부였다.

페데리고가 시골에서 매 사냥으로 소일하며 가난한 생활을 견디던 어느 날, 조반나 부인의 남편이 병에 걸려 죽고 말았다. 미망인이 된 그녀는 시골에 있는 별장에 내려가 여름을 보내게 되었다. 그곳이 바로 페데리고의 농원이 있는 곳이었다.

조반나 부인의 아이는 자연스레 페데리고와 가까워졌고 특히 그의 매에 관심을 보였다. 그러던 어느 날 아이가 병에 걸리고 말았다. 조

두 기사가 마상시합을 벌이고 있는 가운데, 높은 관람석에는 기사들이 사랑과 충성을 맹세한 부인들이 내려다보고 있다. 오른쪽 기사의 승리를 받을 귀부인은 누구일까?

반나 부인은 하나밖에 없는 아들 곁을 지키며 간호를 했지만 아이의 병은 점점 더 깊어졌다. 어머니는 아이에게 원하는 것은 무엇이든 가져다주겠다며 거듭해서 물어보았다. 시름시름 앓던 아이가 말하길,

"어머니! 페데리고 아저씨의 매를 가져다주신다면 몸이 금방 나을 것 같아요."

부인은 페데리고가 자기를 오랫동안 사랑해 왔음에도 자기는 눈길 한 번 주지 않은 사실 때문에 주저되었다. 그럼에도 아이를 걱정하는 마음에 페데리고에게 다녀오겠다고 약속했다. 아이는 그 약속만 듣고도 병이 호전되는 것처럼 보였다.

다음 날 아침, 부인은 다른 부인들과 함께 페데리고의 조그마한 오두막을 찾았다. 페데리고는 채소밭을 가꾸다 조반나 부인이 찾는다는 말을 듣고 반가워하며 뛰어갔다. 그가 정중하게 인사를 하자 부인은 그를 맞으며 우아한 태도로 말했다.

"페데리고님, 그동안 안녕하셨습니까?"

그리고 계속 말을 이었습니다.

"오늘은 지금까지 필요 이상으로 저를 사랑해 주시고 그로 인해 괴로움을 받으신 것에 대해 보답을 해드리고자 이렇게 왔습니다. 보답이라고는 하지만, 그저 여기 있는 제 친구와 함께 가족처럼 아침 식사나

한 번 하자는 것입니다."

그 말에 페데리고는 겸손한 태도로 이렇게 대답했어요.

"부인! 저는 당신 때문에 어떤 고통도 받았다고 생각하지 않습니다.
오히려 저같이 가치 없는 사람이 훌륭한 인품을 지닌 부인께 사랑을
바칠 수 있었던 걸 감사하고 있습니다. 더욱이 부인께 그렇게 정중한
말씀을 들으니 지난 시절 이미 탕진한 재산을 또다시 써버리는 일이
있더라도 오히려 기쁠 것만 같습니다. 게다가 이런 누추한 곳으로 와
주시다니 정말 감사합니다."

재산을 다 날리고도 정신없는 이 귀족 청년이 말하는 꼴을 좀 보
라. 그녀에 대한 사랑이 그를 더욱 고귀하게 만들었으니, 가난 따위는
아무것도 아니라는 투다. 그는 겸손한 태도로 부인들을 맞아들여 정
원으로 안내했다. 그러고는 식사거리를 준비하러 잠시 자리를 떴다.

페데리고는 그때까지도 자기가 얼마나 궁핍한지 깨닫지 못하고 있
었다. 한때 부인에 대한 사랑으로 셀 수없이 많은 귀빈들을 초청하고
호화로운 파티를 열어 부인의 환심을 사려던 그였지만 오늘은 돈도,
저당 잡힐 물건도 없었다. 하지만 그는 아무에게도 도움을 요청하고
싶지 않았다. 그때 마침 홰에 앉아 있는 매가 눈에 들어왔다. 손으로
들어 보니 제법 무게도 나가는 것이 훌륭한 요리가 될 것 같았다. 이
것저것 더 생각할 것도 없이 페데리고는 그놈의 목을 비틀어 하녀에
게 요리를 부탁하고는 정원으로 돌아왔다.

식사가 차려지자 부인들은 오두막으로 들어가 정중하고 품위 있는 대화를 이끄는 페데리고와 함께 그 불쌍한 매를 먹었다. 식사를 마치고 즐거운 얘기를 주고받다가 부인은 용건을 말할 때가 왔다고 느꼈다.

"페데리고 님, 당신이 자신의 지난날과 저의 정숙함을 기억하신다면, 제가 이곳을 찾아온 진정한 용건을 들으시면 저의 염치없음에 놀라시리라 확신합니다. 저 자신의 정숙함을 위해 당신을 참으로 무정하고 차갑게 대했었지요. 하지만 당신에게도 자식이 있거나 혹은 있었다고 생각하시면, 자식에게 품은 사랑의 힘이 얼마나 큰지 이해하시고, 절 용서하실 마음이 조금이나마 생기실 것입니다. [중략] 제가 바라는 것은 바로 당신의 매입니다. 제 아이가 굉장히 갖고 싶어합니다. 만일 제가 매를 가져다주지 않으면 지금 앓고 있는 병이 심해질 뿐만 아니라 목숨마저 위험할지도 모릅니다. 그러니 당신께 이렇게 간절히 부탁합니다. 저에게 보내 주신 사랑에는 아무런 보답도 드리지 못했습니다만, 사랑이 아닌, 누구보다 뛰어난 당신의 친절하고 자상한 마음과 고귀함에 기대어 그 매를 저에게 주십사 부탁드립니다. 이 일은 당신께도 기쁨이 될 겁니다. 저는 그 선물 덕분에 아들의 목숨을 구할 것이고, 이 은혜를 언제까지라도 잊지 않을 테니까요."

아, 본론이 나오기까지 참 오래도 걸렸다. 오자마자 담박하게 아이가 아파서 매를 보고 싶어한다 하면 되었을 것을. 친구들 대동하여 아침을 청하고, 격식에 맞는 음식을 준비하고, 예에 맞는 대화까지 한 연후에야 본론이 나오다니. 그런데 이런 절차와 격식을 갖추는 것이 귀족다운 것이었다. 귀족들은 평범한 사람들은 따라 하기 어려운 격식을 지키며 품위를 과시했다. 그런데 그 예법 덕에 상황은 이렇게 꼬였고, 페데리고는 "북받쳐 올라 한마디 말도 못하고 그녀 앞에서 그저 눈물만" 흘렸다. 한참을 울고 나서 그는 구구절절 자신의 사연을 풀어 놓았다.

"부인! 하느님의 뜻으로 제가 당신에 대한 사랑을 품은 이래로 운명은 어쩌면 이렇게 나를 거스르기만 할까요. 정말 괴로워 죽을 것만 같았습니다. 그러나 지난 일들은 지금 벌어지는 이 일에 비하면 보잘것없는 것이었군요. 이제 저는 제 운명을 도저히 용서하지 못할 것 같습니다. 제가 부유했을 때 부인께서는 제 초대에 발길도 돌리지 않으시다 이렇게 갑자기 가난한 제 집에 오셔서 작은 선물을 원하시는데, 제가 그것을 드릴 수 없도록 만들어 놓았으니 말입니다. 제가 매를 드릴 수 없는 이유를 간단하게 말씀드리지요. 실은 부인께서 그 상냥한 마음으로 이곳에 오셔서 저와 함께 식사를 하고 싶다고 하셨을 때, 부인의 우아하고 반듯한 인품을 생각해서 제가 할 수 있는 모든 것을 다 동원하여 값진 음식을 대접해 드리고 싶었습니다. 그래서 지금 저에게 청하시는 매를 생각해내어 오늘 아침에 구워서 정성을 다해 식탁에 올린 것입니다. 달리 대접해 드릴 것을 도저히 떠올릴 수 없었으니까요. 그런

작가 미상, 15세기 채색삽화

페데리고와 조반나 부인의 사랑은 다섯 번째 날 아홉 번째 차례에 여왕이 된 피암메타가 들려주는 이야기다. 피암메타는 이런 말로 이야기를 시작한다. "이 이야기는 여러분의 아름다움이 고귀한 정신을 지닌 남자들에게 얼마나 큰 힘을 발휘할 수 있는지 알게 하기 위해서이며, 또한 여러분이 받은 선물을 나눠 줄 대상을 스스로 찾기를 바라기 때문이에요. 언제나 운명이 여러분을 이끌게 할 필요는 없는 것이, 운명은 거의 언제나 분별이 깃들기보다는 절제되지 못한 보상을 하기 때문입니다."

데 지금 그 매를 원하신다니, 드릴 수 없는 것이 그저 슬플 따름입니다. 사는 동안 저는 계속 후회만 하게 될 것 같습니다."

운명에 대한 한탄과 점점 고조되는 감정. 그리고 마침내 터져 나오는 한마디, "저 자신을 용서하지 못할 것입니다." 오호라, 아무런 기대도 갖지 않고 주기만 하는 사랑이 여기에 있다니! 그 말을 들은 부인은 그의 고결한 정신을 높이 평가하며 아들에게로 돌아갔다. 그리고 며칠 후 아들은 세상을 떠났다. 혼자가 된 그녀는 아들이 상속받았던 막대한 재산을 고스란히 받게 되었다.

그녀가 그렇게 되자 친정 식구들이 재혼을 강력하게 권하기 시작했다. 조반나 부인은 재혼할 의사가 없었으나 워낙 성화에 시달리다 보니 인품이 뛰어난 페데리고가 생각났다. 부인의 오빠들은 당연히 "천하의 비렁뱅이" 페데리고와의 결혼을 반대했다. 이에 부인은 이렇게 대답했다.

"오빠들이 왜 그렇게 말씀하시는지는 잘 알고 있습니다. 하지만 돈 있고 품성이 바르지 않은 사람보다는 돈 없고 품성이 바른 사람이 낫습니다."

페데리고의 훌륭함은 그들도 이미 알고 있었고, 그녀의 진심도 듣게 되자 오빠들은 전 재산을 지참금으로 주어 시집보냈다. 페데리고는 엄청난 재산과 함께 사랑했던 여자를 아내로 맞아 오래오래 행복하게 살았다. 그 재산도 잘 관리하면서!

참 아름다운 해피엔딩이지만 그의 사랑은 여전히 현실성 없어 보인다. 차라리 『트리스탄과 이졸데』처럼 사랑의 묘약을 잘못 먹어 그리되었다는 설정이라도 있으면 이해가 되련만. 페데리고에겐 그런 것도 없다. 그저 사랑할 뿐! 이렇게 비현실적 사랑을 염원하고 여기에 목숨 걸었던 이들이 바로 중세 기사들이었다. 모든 것을 다 주는 남자, 그저 바라보기만 해도 좋고 마음으로만 오가는 정신적인 사랑. 그러나 정말 현실적인 이유가 없었을까? 그들의 사랑은 진정 그렇게 플라토닉하기만 했을까? 동화 같은 기사도 로망이 알려 주지 않는 중세 기사의 리얼한 연애의 현장이 궁금하시다면 다음 이야기로 넘어가 보자.

∷ 로도비코 : 궁정 로맨스, 풍문으로 들은 그녀 (Ⅷ, 7)

옛날 파리에 피렌체 출신의 귀족이 살았습니다. 이 사람은 너무나 가난해서 장사를 시작했는데, 뜻밖에 크게 성공해서 엄청난 부자가 되었답니다. 그는 부인과의 사이에 '로도비코'라는 이름의 외아들을 두었지요. 그런데 로도비코는 장사에는 통 관심이 없고 귀족 사회의 일에만 관심을 쏟았습니다. 그래서 아버지는 로도비코에게 장사 일은 하나도 맡기지 않고 다른 귀족들과 함께 프랑스 왕을 보필하게 했어요. 그 덕분에 로도비코는 귀족의 예의범절을 몸에 익히게 되었지요.

그러던 어느 날 로도비코는 성지순례에서 돌아온 기사 몇 명이 청년들과 얘기하며 어울리는 자리에 끼게 되었어요. 기사들은 프랑스와 영국, 그리고 그 밖의 다른 나라에서 본 미녀들에 대한 이야기를 주고받았어요. 그런데 그들 중 하나가 자기는 세상 곳곳을 돌아다니며 숱한 여자들을 봤지만 볼로냐에 사는 에가노 데 갈루치의 부인 베아트리체만큼 대단한 미인은 본 적이 없다고 떠들어 댔어요. 이에 대해 볼로냐에서 함께 부인의 모습을 보았던 다른 기사들도 모두 부인의 미모를 극찬하는 것이었어요. 아직 이렇다 할 연애를 해본 적이 없던 로도비코는 그녀를 꼭 봐야겠다는 열망에 사로잡혔고, 다른 생각은 도무지 할 수 없게 되었답니다.

이름도 알고 성도 안다. 그러나 얼굴도 모르고 목소리도 모른다. 다만 아름답다는 풍문만을 들었을 뿐. 그럼에도 불구하고 로도비코의 가슴엔 그녀에 대한 열망으로 가득 찼다.

오직 명성만 듣고 사랑에 빠지는 사나이. 이런 설정이 『데카메론』에 중복되어 나타난다. 왜 하필 명성인가? 사진은 당연히 없었고, 초상화도 거의 그려지지 않았다. 우상숭배를 금하면서 인간의 초상은 화폭에 담기지 않던 시대였다. 낯선 세계는 이야기를 통해서만 접할 수 있었고 미인도 이야기를 통해서만 만날 수 있었다. 실물을 접할 수 없는 상황에서 이야기는 그것만으로도 실제적인 것이 되었다. 이야기하는 사람이 '봤다는데' 보지 않은 이들은 믿을 수밖에. 게다가 실물을 모르니 제각기 자기의 이상형을 맘속에 그릴 수 있었다. 미인의 초상은 각자의 마음속에서 제각기 다르게 피어났다.

그런데 그녀의 이름이 '베아트리체', 어디선가 들어본 이름이다. 맞다. 보카치오가 죽을 때까지 숭상했던 단테의 그녀다. 단테가 스치듯 한 번 보고도 사랑에 빠져서 엄청난 찬양을 쏟아내게 한 여인. 단테는 그녀를 『신곡』에서 자신을 천국으로 이끄는 가이드로 삼은 바 있다. 베아트리체는 그런 마성을 지닌 여자들의 이름인가 보다. 그러나 '인곡'이라 불리는 『데카메론』의 그녀는 좀 다르다. 일단 그녀는 천국이 아니라 '성지순례를 다녀오는 기사들'의 수다 속에 등장한다. 순례자와 기사, 한쪽은 신앙심으로, 다른 한쪽은 충성심으로 가득했을 것 같은데 실상 그들이 풀어 놓는 이야기가 '미인열전'이었다. 그 이야기에 '귀족의 예의범절'을 잘 갈고 닦은 청년 로도비코가 빠져들었다.

로도비코는 아버지에겐 성지순례를 간다고 거짓말을 하고는 그녀를 만나러 볼로냐로 갔다. 그는 이름도 아니키노라고 바꾸고 한 여관에 머물렀다. 낯선 곳에 와서 이름을 바꾸면서 로도비코는 자신의 과거, 집안과 출신 등에서 벗어나 자기 인생을 새롭게 세팅한다.

이렇게 새로 탄생한 인간 아니키노는 축제날 드디어 그녀를 보게 되었다. 베아트리체 부인은 "상상했던 것보다 훨씬" 아름다웠다. 그는 "너무나도 뜨거운 사랑의 감정이 솟아올라 자신의 사랑을 이루기 전에는 볼로냐를 떠나지 않으리라" 마음먹었다. 여러 가지 궁리를 한 끝에 아니키노는 그 집안의 하인이 되어 자기가 원하는 걸 얻어 보기로 했다. 그는 여관 주인에게 좋은 귀족 집안의 하인으로 들어갈 수 있게 해 달라고 청탁했다. 여관 주인은 그를 에가노의 집에 소개시켜 주었다. 에가노는 베아트리체의 남편이다. 아니키노는 최선을 다해 에가노를 도왔고 그의 신임을 크게 얻어 모든 일을 전적으로 도맡아 하게 되었다.

그러던 어느 날, 에가노는 사냥을 하러 갔고 아니키노는 집에서 부인과 체스를 두고 있었다. 아니키노는 부인을 기쁘게 하고 싶은 마음에 교묘하게 게임에서 져 주었다. 부인이 기뻐하자 그는 크게 한숨을 쉬었다. 부인은 그걸 보고 말했다.

"무슨 일이냐, 아니키노? 체스에 져서 그래?"
"마님! 제 한숨의 원인은 훨씬 더 큰 데서 온 것입니다."
아니키노가 대답하자 부인이 말했어요.
"저런! 어디 시원하게 말이나 해보아라."

아니키노는 더 크게 한숨을 쉬었고 부인이 한숨을 쉬는 이유를 말해 보라고 재차 독촉하자 눈물을 글썽거리며 모든 것을 말했다. 그리고 "자기 열망이 도저히 이루어질 수 없는 것이라면 그냥 지금 이런 상태로 두어서 자기 혼자 사랑을 간직하게 해 달라고" 청했다. 그의 절절한 이야기를 듣고 그녀의 마음이 움직였고, 단번에 모든 것을 약속해 주었다.

"가엾은 아니키노! 걱정하지 말아요. 이전부터 귀족이나 신사, 그 밖의 다른 사람들이 주는 선물이나 약속을 숱하게 받아 왔고, 지금도 많은 남자들이 나를 유혹하고 있어요. 하지만 단 한 번도 내 마음이 흔들려 누군가를 사랑하게 된 적은 없었어요. 그런데 당신은 이렇게 짧은 시간 동안 완전히 나를 사로잡아버렸고, 내 자신이 당신의 것인 것처럼 느껴지게 만들었어요. 나는 당신에게 완전히 마음을 빼앗겨버렸으니, 당신께 내 사랑을 드리겠어요. 약속하건대, 이 밤이 지나기 전에 당신이 내 사랑을 맛볼 수 있도록 하겠어요. 일이 이루어지도록 한밤중에 내 침실로 올라오세요. 문을 열어 둘게요. 내가 침대 어느 쪽에서 자는지 당신도 알고 있죠? 그쪽으로 오세요. 혹시 내가 잠들어 있거든 흔들어 깨우세요. 당신이 그렇게도 오랫동안 기다려 오신 걸 내가 위로해 드리겠어요. 이런 내 말을 믿을 수 있도록 입을 맞춰 드릴게요."

아니키노는 진정 그녀의 위로를 받을 '이 밤'을 고대해 왔다. 그런데도 문학사는 오랫동안 기사도 문학에서 보이는 열정을 정신적인 사랑으로만 해석하려 했다. 귀부인에 대한 사랑은 주군에 대한 충성의 우회적인 표현이라는 것이다. 아르놀트 하우저는 그런 해석에 반기를 든다. '진짜'가 아니라면 그렇게 절절하고 애틋할 수가 없다는 것이다. 기사들의 사랑은 아주 현세적이었다는 게 그의 주장이다.

봉건시대 기사는 본디 특별한 사람이 아니었다. 그들은 타지에 일자리를 찾아 떠난 용병이거나 아니키노처럼 영주의 집안 가신이었다.

작가 미상, 15세기 채색삽화

아니키노로 이름까지 바꾼 로도비코는 베아트리체 부인을 열렬히 사랑하여 부인의 집에 하인으로
들어가는 데까지 성공했다. 그리고 때가 왔다! 용기를 내어 부인에게 자신의 심경을 고백하고 마침
내는 사랑을 얻게 된다. 앞선 이야기에 나온 기사 페데리고의 노력은 아니키노의 적극적인 구애와
비교해도 모자라지 않았는데, 두 남자의 행로는 달라도 너무 달랐다. 역시 손뼉은 두 손이 부딪쳐야
소리가 나는 법이다.

가난한 집안 사정 때문에 어린 나이에 영주의 집에 하인으로 보내진 소년들. 그들이 성장하여 주인을 따라 전쟁에 나가 전공을 세우면 '기사 귀족'이 되었다. 아니키노도 가난 때문에 상인이 된 귀족의 아들로 설정되었지만 소년의 나이로 명문 귀족의 하인이 되었다는 점에선 신흥 기사계급과 유사했다. 영주의 성은 그들의 일터이자 학교이자 군대 막사였다.

중세의 성은 하인들뿐만 아니라 귀족의 손님까지 온갖 사람들이 우글거리는 마을회관 같은 곳이었다. 사생활이라곤 없었고 침실조차 개인 공간이 아니어서 큰 방에 여러 개의 침대를 두고 천으로 막을 치고 살았다. 커튼 달린 공주님 침대의 기원은 사실 하인과 손님 들까지 함께 자던 공동 침실에 있었던 것이다. 특별한 난방장치도 없어서 겨울이면 귀족부터 하인까지 부엌 화덕 가에서 함께 지냈다. 귀족 가문의 소녀들은 일찌감치 수녀원 학교에 보내졌으니, 성 안에서 선망의 대상이 될 그럴듯한 여성이라고는 오직 영주의 부인뿐이었다. 그런 곳에 앞으로 기사가 될지도 모르는 소년들이 있었다. 귀부인들은 집을 떠난 소년들의 실질적인 양육자이자 교육자였다. 그녀들은 때론 젊고, 때론 아름다웠으니 기사들의 연정과 충성의 대상이 된 것은 어찌 보면 당연하다.

귀부인들은 일단 부유한 귀족 남편이란 후광을 업고 있었고, 다른 여인들과 달리 노동도 하지 않고 좋은 옷을 입었을 테니 가장 돋보이는 존재였을 게다. 게다가 중세 후반엔 여성도 작위와 재산을 상속받을 권한이 생겨서 남편과 아들이 없다면 그 모든 것이 그녀의 것이 될 수 있었다. 전쟁과 전염병도 빈번하여, 남편과 아들이 사망하면 조반나 부인처럼 혼자가 될 가능성도 높았다. 만약 그렇게 모든 것을 물려받은 그녀와 결혼만 한다면, 아무리 가난한 기사라도 단번에 부와 지위를 가질 수 있었다. 귀부인의 사랑, 그것은 현실적으로도 기사의 로망이 될 만했다.

그러나 실제적으로는 그런 사랑을 이루기가 힘든 상황이었다. 귀부인과 기사 사이엔 그의 상관이자 그녀의 남편인 영주 혹은 왕이 있었고, 비슷한 로망을 품은 다른 기사들도 있었다. 그런 상황하에서 기사들은 자신의 사랑을 정신적인 숭배로 포장했다. 세속적인 욕망이 아니라 고귀한 여인을 숭배하는 데 목숨까지 걸 수 있는 기사! 그는 그것만으로도 단순히 힘만 쓰는 무사가 아니라 정신적으로도 고귀한 존재라고 여겨졌다. 기사들은 그렇게 귀부인에게 충성을 맹세했지만 틈만 나면 은밀한 구애를 시도하여 위험하고도 달콤한 밤을 기약했다.

아니키노에게 드디어 그날이 왔다. 그런데 이게 웬일인가. 약속대로 열린 문으로 들어가 침대에 누워 있는 부인의 손을 잡자마자 그녀가 그의 손을 꽉 움켜쥐더니 몸을 뒤척여 옆에 자고 있던 남편을 깨우는 것이 아닌가. 남편이 눈을 뜬 것을 확인하고 부인은 이렇게 말했다.

"여보, 지난 저녁에는 당신이 하도 피곤해 보여서 아무 말도 안 했는데 한번 말씀해 보세요. 당신이 하인들 중에서 가장 믿고 아끼고 또 좋아하는 자가 누구예요?"

에가노가 대답했어요.

"아니, 여보! 뭐 그런 걸 다 물어보나? 당신도 아니키노만큼 내가 아끼고 사랑하는 하인이 없다는 걸 알고 있잖소. 그런데 왜 그런 걸 물어보는 거요?" [중략]

"나도 당신의 말처럼 아니키노가 다른 누구보다 충성을 바친다고 생각했어요. 하지만 그자는 우리의 믿음을 배신했어요. 글쎄, 오늘 당신이 사냥하러 갔을 때 그자가 이때다 싶었는지 뻔뻔스럽게도 수작을 걸어오는 게 아니겠어요. 그래서 뭐 이런저런 증거들을 들이댈 필요도 없이 당신께서 직접 보시도록 하려고 '좋다, 오늘 밤 자정이 지나면 정원에 나가 소나무 아래에서 기다리겠다.'라고 대답했지요. 물론 나갈 생각은 추호도 없어요. 하지만 당신이 직접 그자의 충성심을 확인하고 싶으시다면 내 옷을 걸치고 머리에는 베일을 쓴 채 밑으로 내려가서 그자가 오는지 기다려 보세요. 틀림없이 올 거예요."

이 말을 듣고 에가노가 말했어요.

"꼭 가봐야겠군."

대화가 오가는 동안 아니키노는 몹시 두려워하며 도망치고 싶었으나 부인이 그의 손을 잡고 있었기 때문에 자리를 뜰 수 없었다. 이윽고 남편은 일어나서 어둠 속에서 익숙하게 부인의 옷을 걸치고는 정원으로 나갔다. 부인은 남편이 나간 걸 확인하고는 방문을 안에서 걸어 잠갔다. 그리고 마침내 아니키노를 "세상에서 제일 행복한 사람"으로 만들어 주었다. 즐거운 쾌락의 시간이 지나고 부인은 아니키노의 옷을 입혀 주며 말했다.

"단단한 작대기를 하나 들고 정원으로 나가요. 나를 시험하기 위해 일부러 수작을 부렸던 것처럼 행동하세요. 정숙하지 못한 여자를 꾸짖는 것처럼 욕하면서 남편을 작대기로 마구 때리세요. 그렇게 하면 앞으로 우리는 쾌락과 사랑을 마음껏 누릴 수 있을 거예요."

아니키노는 그녀의 말대로 버드나무 가지를 꺾어 들고 정원으로 나갔다. 에가노가 그를 보더니 몹시 기뻐하는 척하면서 일어나 다가왔다. 그러자 아니키노가 그를 향해 작대기를 휘두르며 이렇게 말했다.

"이런 몹쓸 여자를 봤나! 이곳에 나오다니! 내가 주인어른을 배반할 줄 알았더냐? [중략] 에가노 어른한테 내일 아침에 모두 다 일러바칠 테다!"

에가노는 그렇게 흠씬 얻어맞고는 달려서 침실로 돌아왔다. 그는 이 사건으로 세상 어느 귀족도 거느리지 못한 대단히 충직한 하인과 대단히 정숙한 아내를 두었다고 믿게 되었다. 그리고 아니키노와 베아트리체 부인은 그 뒤로도 쾌락과 즐거움을 계속 누렸다.

기사도 문학은 중세 기사의 귀부인 숭배를 한껏 아름답게 포장했고, 기사들과 귀부인들 사이에서 널리 유통되었다. 그리고 문학 밖에서 귀부인은 여력이 되는 한 기사들과 세속적인 사랑을 나누었다. 『데카메론』이 포착하고 있는 것은 바로 그 지점이다. 어디까지가 정신적이고 어디까지가 세속적인지 구분할 수 없는 기사들의 연애담. 로맨스로 끝나지 않는 우스꽝스럽고 민망한 연애의 뒷이야기!

연애뿐만이 아니다. 『데카메론』에 등장하는 기사들은 왕과의 관계에서도 무조건적인 충성을 말하지 않는다. 그들은 동화 속 백마 탄 기사가 아니라 먹고 마시는 육체와 분리되지 않는 인간이다! 때문에 숭고하고도 저속하고, 우스갯거리가 되었다가도 다시 고귀하게 된다.

:: 루지에리 : 기사, 비정규직 이주 노동자 (X, 1)

476년, 서로마가 멸망하고 유럽에는 이렇다 할 주인이 없었다. 북방 이민족의 침입이 끊임없이 이어졌다. 스칸디나비아 반도에서 온 바이킹족의 남하, 게르만족의 대이동, 거의 날벼락처럼 불쑥 나타난 헝가리의 침입이 계속되었다. 바이킹은 뛰어난 항해술을 자랑했고, 아시아 초원지대에서 온 헝가리인들은 말을 잘 다루어 소수의 인원만으로도 막강한 힘을 과시했다. 이탈리아 남부와 에스파냐(지금의 에스파냐와 포르투갈)에는 이슬람 세력이 이주하여 자리를 잡았다. 고대 로마의 영향권 아래 살던 사람들은 이들을 방어할 수 없었다. 중세 귀족들도 애초엔 로마의 군인이자 관리였지만 이미 군사력을 잃은 지 오래였고, 농민들을 징집해서 만든 부대는 효용이 없었다.

800년이 되어서야 프랑스 지역을 기반으로 한 샤를 1세(카롤루스 대제, 카를 1세, 샤를마뉴라고도 불림)가 독일 지역을 평정하고 로마 교황으로부터 왕위를 인정받아 신성로마제국의 황제가 되었다. 그러나 그것도 잠시 843년, 제국은 서프랑크(프랑스), 중프랑크(이탈리아), 동프랑크(독일) 왕국으로 삼분된다. 르네상스가 시작되기 전까지 약 800년 동안 이 세 왕국은 서로 동맹을 맺기도 하고 견제하기도 하면서 복잡하게 엮였다. 때문에 신성로마제국이 무엇이었는지 정의하기란 참으로 어렵다.

유동인구는 거의 없었고 장원은 자급자족하며 살았다. 그렇게 9세기 말까지 장원을 중심으로 한 폐쇄적인 경제 형태가 유지되었다. 신분은 세습되었고 변화의 기미는 거의 없었다. 계속되는 침입에 황제역시 무력해져 싸울 의지도 없었다. 싸우려고 최선을 다했던 오토 대제의 경우 전쟁은커녕 군대를 모으는 것도 실패했다. 그러다 서서히 소규모 장원들이 스스로를 방어하는 데 성공했다. 수도원의 높은 담은 성의 시초가 되었다. 토지를 소유한 귀족들은 황제의 부름에 응답하진 않았어도 자신의 영토를 지키고자 최선을 다했다. 그리고 1000년 즈음, 드디어 이민족의 침입이 멈추었다. 그러자 생산이 증가하고, 도시를 중심으로 교역이 시작되었다. 영지에서 떨어져 나온 자유로운

작가 미상, 15세기 채색삽화

열 번째 날의 주제는 "사랑으로 인해 혹은 다른 어떤 이유로 관대하고 관용 있게 일을 완수한 사람들에 관한 이야기"이다. 판필로가 마지막 날의 왕이 되어, 네이필레에게 첫 번째 이야기를 들려줄 것을 요청한다. 네이필레는 "태양이 하늘 전체를 대표하는 아름다움이자 장식인 것처럼, 관용은 모든 인간의 덕을 환하게 드러내는 빛과 같지요."라고 말하며 기사 루지에리의 이야기를 기억해 두면 결코 쓸모없지는 않을 것이라고 하며 이야기를 시작한다.

사람들이 도시로 몰려들어 수공업이 발달하고 사치품도 유통되었다. 그런데 풍요와 더불어 다시 전쟁이 시작되었다. 이번엔 방어가 아니라 공격이었다.

이슬람 세력이 장악하고 있던 에스파냐와 이탈리아 남부로 진격하고, 예루살렘을 향해 십자군 원정도 떠났다. 제후들 간의 전쟁도 잦아졌다. 그런 조건 속에서 기사의 사회적 위치는 더욱 높아졌다. 『데카메론』에 등장하는 기사 루지에리는 그 즈음에 살고 있었다.

이 사람은 부자인 데다 기백이 높았는데, 토스카나 지방의 생활과 관습을 고려했을 때 이곳에서는 자신의 진가를 제대로, 아니, 전혀 발휘할 수 없다고 생각했습니다. 그래서 당시 인품 면에서 그 어떤 영주보다 뛰어나다고 소문이 난 에스파냐의 알폰소 왕에게 가서 한동안 머물기로 결심했어요. 그래서 아주 근사한 무기와 말과 시종들을 거느리고 에스파냐로 떠나 왕에게서 융숭한 접대를 받았답니다.

루지에리가 찾아간 곳은 전쟁터다. 이슬람을 상대로 전쟁을 벌이는 에스파냐의 왕이 있는 곳. 잘못하면 목숨을 잃을 수도 있지만, 잘하면 명예와 돈을 한번에 얻을 수 있는 기회의 땅이다. 루지에리는 한껏 부푼 기대 속에 여행길에 오른다. 그러나 실제 기사의 생활은 그리 낭만적이지 않았다.

갑옷과 투구는 그들의 무기이자 짐이었다. 비가 오거나 진흙탕에라도 빠지는 날이면 갑옷과 무구는 엉망이 되었다. 그것을 다시 기름칠하고 광내는 일은 고된 노동이었다. 게다가 갑옷을 입고 혼자서 말에 올라 창을 잡는 건 거의 불가능했다. 때문에 돈 키호테의 산초 같은 종자從者가 늘 곁에 있어야 했다. 기사도를 뽐내는 마상시합은 모의 군사훈련이자 일종의 축제였는데, 창으로 찌르는 게 아니라 말에서 상대를 떨어뜨리는 시합이었다. 갑옷이 하도 무거워 그것만으로도 때론 치명적이었다. 이렇듯 기사가 된다는 건 고난과 모험을 각오한 일이었다.

다행히 루지에리는 에스파냐의 궁정에서 놀라운 무예 솜씨를 선보이며 진가를 인정받았다. 그런데 상당한 기간이 지나도 왕은 그의 솜씨에 걸맞은 대접을 해주지 않았다. 변변치 않은 기사들에게는 성과 영지를 나눠 주면서도 그에겐 별다른 상을 내리지 않았다. 이에 화가 난 루지에리는 왕을 찾아가 고향으로 가겠다고 청했다. 왕은 이를 허락하면서 여행길에 타고 갈 빼어난 노새 한 마리를 하사했다. 그러고는 신중한 신하를 불러 자기가 보낸 것을 루지에리가 눈치채지 못하게 하면서 그와 동행하라고 지시했다. 루지에리가 왕에 대해 하는 말을 주의 깊게 들어 두었다가 자기에게 보고하고, 만 하루가 지나면 루지에리를 다시 자기에게 데려오게 했다.

신중한 신하는 그럴싸하게 둘러대어 이탈리아로 가는 루지에리와 동행이 되었다. 두 사람이 이런저런 얘기를 주고받으며 한참을 가다 쉬어야 할 때가 되었다.

노새들을 쉬게 하려고 어느 마구간으로 들이자, 다른 노새들은 다 똥을 누는데 루지에리 씨의 노새만은 똥을 누지 않았습니다. 그런 다음 그들은 다시 길을 떠났지요. 신하는 기사의 말을 계속해서 주의 깊게 듣고 있었지요. 그러다 두 사람은 어느 개울가에 이르렀어요. 거기서 다른 노새들은 다 물을 마시는데 루지에리 씨의 노새만 물에다 똥을 싸는 것이 아니겠어요. 그 꼴을 본 루지에리 씨가 이렇게 말했어요. "이런 망할 놈을 보았나. 하는 짓이 꼭 너를 하사하신 왕과 똑같구나!"

신하는 그 말을 잘 들어 두었다. 이튿날 아침, 두 사람이 노새에 올랐을 때 신하는 왕에게 돌아가야 한다는 명령을 전했다. 루지에리는 지체 없이 방향을 돌려 왕에게 갔다. 왕은 이미 루지에리가 한 말을 들어 알고 있었기에 그 까닭을 물었다.

"폐하! 노새가 폐하와 닮았다고 말한 까닭은 노새가 용변을 봐야 할 곳에서는 보지 않고 보지 말아야 할 곳에서는 보았기 때문입니다. 폐하께서도 선물을 내리지 않아도 될 곳에는 하사하시고, 꼭 내려 주셔야 할 곳에는 하사하지 않으시기에 닮았다 하는 것입니다."

왕 앞에서 왕을 '시냇물에 똥싸는 노새'에 비유하다니! 거참 기발하고도 무례하다. 왕 앞이라고 기죽는 법도 없다. 이런 당돌한 기사에게

왕이 말하길,

"루지에리 경! 과거에 내가 그대에 비해 자격이 부족한 많은 사람들에게 상을 내린 반면, 그대에게는 포상을 내리지 않은 것은 그대가 훌륭하지 않아서도 아니고 내가 그대가 큰 상을 받을 만한 기사가 아니라고 생각해서도 아니었소. 다만 그대의 운이 허락하지 않았을 뿐이라오. 그러니 그게 잘못이지 내 잘못은 아니오. 이제 그대에게 똑똑히 그 증거를 보여 주리다."

왕은 루지에리의 운을 증명해 보이겠다며 그를 어떤 방으로 데리고 들어갔다. 거기엔 커다란 두 개의 금고가 있었다.

"루지에리 경! 이 상자 중 하나에는 나의 왕관과 홀笏, 그리고 성배포聖杯布가 귀한 허리띠와 버클, 반지, 그리고 내가 가진 모든 값진 보석들과 함께 들어 있소. 그리고 다른 하나는 흙이 가득 차 있다오. 어떤 것이든 하나를 택하시오. 택한 것을 그대에게 주겠소. 이렇게 해보면 그대의 가치에 맞는 포상을 내리지 않은 것이 나였는지 그대의 운이었는지 알게 될 것이오."

루지에리 씨는 왕의 뜻을 이해하고 상자 하나를 선택했어요. 왕의 명령으로 뚜껑이 열리자, 흙이 가득 차 있는 것이 보였지요. 왕은 웃으며 이렇게 말했습니다.

"이제 잘 아시겠소, 루지에리 경? 내가 그대의 운에 대해 말한 것이 옳았다는 걸 말이오. 그러나 그대의 가치는 내가 그대의 운명을 거역하게 만들 만큼 힘이 있소. [중략] 그러니 운명이 그대에게 허락하지 않은 이 보물들을 그대에게 하사하려 하오. 잘 간수하여 그대의 고향으로 가져가서 사람들에게 그대의 진가를 보고 내가 내려 준 포상이라고 크게 자랑하기 바라오."

　왕의 관대함을 주제로 한 이 이야기에서 우리는 묘한 뒤섞임을 발견한다. 역사에 이름을 남긴 왕들의 위업은 숱한 목숨을 대가로 이룩된 것이며, 빛나는 갑옷을 입고 용맹하게 출전했던 기사들도 중세 버전의 이주 노동자에 지나지 않았다는 사실 말이다. 민중의 서사, 『데카메론』의 매력은 이러한 미묘함을 포착한 데 있다. 완전무결하게 숭고한 것은 없다. 왕도 기사도 예외가 아니다. 자기를 떠난 기사를 다시 포용한 왕의 너그러움. 그러나 왕은 그렇게 높아지기 전에 똥 눌 자리도 구분 못하는 노새로 풍자되어야 했다. 왕을 풍자하는 루지에리 역시 마찬가지다. 왕에게 신가를 인정받고 귀한 선물을 받기 전, 그는 자신이 운도 없고 왕에 대한 믿음도 약했다는 사실을 시인해야만 했다. 그들은 함께 보잘것없는 존재가 되었다가, 동시에 긍정적인 존재로 다시 비상했다. 이는 단순히 재미를 위한 설정이 아니다. 중세인들은 세상을 그렇게 이해했다. 식물이 아름다운 꽃을 피우기 전에 씨앗이 땅에 떨어져서 썩어야 하듯 모든 고귀한 것은 먼저 철저하게 부정당하고 파괴되어야 한다. 이로써 저속한 것도 단순히 더러운 것이 아니게 되고, 고귀한 것도 초월적인 세계에만 머물 수 없게 된다. 세상은 그렇게 혼돈을 간직할 때에야 비로소 자연스럽고 아름다울 수 있다.

:: 샤를 1세 : 왕, 자기 욕망을 지배하는 자 (X, 6)

중세가 끝나갈 무렵, 거의 모든 제후들이 전쟁을 하고 있었다. 군인들은 턱없이 부족했다. 때문에 중장비를 마련할 수 있을 정도의 경제력을 갖추고 있으나 고향에서 딱히 출세할 가능성이 없는 사람들이 떠돌이 기사가 되었다. 영주의 토지 관리인, 마부, 시중드는 소년, 공장 감독 같은 이들도 갑옷을 입고 기사가 되었다. 그들은 영주에게 고용되어 능력과 성과에 따라 보수와 토지를 받았다. 성공을 좇아 길을 떠난 사람들. 기사도는 그들이 성공한 이후에 스스로 만들어낸 이미지였다.

기사의 충성은 어디까지나 자기를 알아주는 주군, 즉 실력에 맞게 대우를 해주는 주군에 대한 충성이었다. 왕이 자기를 인정해 주지 않으면 언제든 떠날 수 있었다. 이제는 기사가 왕을 선택하고, 누구나 무훈만 세우면 신분 상승이 가능한 시대가 열렸다. 신분제 최초의 균열은 이렇게 충성이란 보수적인 규율을 전면에 내세운 기사에 의해 이루어졌다. 그들이 '기사'와 '귀족'에 대한 새로운 정의를 내리기 시작

알브레히트 뒤러(Albrecht Dürer), 〈샤를마뉴 대제〉, 1511~1513

샤를마뉴 대제, 샤를 1세, 카롤루스 대제, 카를 1세, 찰스 대제. 모두 같은 사람이다. 그에게 이렇게 이름이 많은 이유는 로마 이후에 처음으로 지금의 이탈리아, 독일, 프랑스 지역을 아우르는 통일제 국을 이룩한 왕이기 때문이다. 지역이 넓다 보니 각기 다른 언어로 왕을 부른 것이다. 유럽인들에게 는 '샤를마뉴의 영광'이라는 원초적 꿈이 있다. 분열되어 다투기 이전 대제국의 꿈 같은 것이다. 이 것은 실제로 그들이 유럽연합을 만들 때 공유했던 역사의식이기도 했다.

했다. 기사들은 더 이상 혈통이 사람의 고귀함을 정의해 주지 못한다고 여겼다. 그렇다면 고귀함, 귀족다움이란 무엇인가?

중세 기사 하면 떠오르는 참으로 상반된 두 가지 이미지가 있다. 엄청난 무예를 자랑하며 왕에게 충성을 다하는 아서왕의 '원탁의 기사들', 그리고 기사도 소설에 빠진 '슬픈 얼굴의 기사' 돈 키호테. 한쪽은 '간지 나는' 갑옷을 입고 멋진 백마를 타고 적진을 돌파하여 승리를 얻고, 다른 한쪽은 혼자 걷는 것도 힘들어 하는 비쩍 마른 말을 타고 풍차를 향해 돌진하여 상처를 얻는다. 아서왕 이야기가 기사들이 세상을 풍미하던 시절에 만들어진 판타지라면, 돈 키호테는 대포로 무장한 합리주의의 시대를 살아가는 이상주의자의 슬픈 자화상이다. 그런데 이 둘이 서로 통하는 바가 있으니 위험·고난·죽음 따위를 두려워하지 않고 달려드는 용맹함이 그것이다. 양쪽 모두 소명의식에 가득 차 있다.

기사는 철저하게 신체와 정신을 단련한 자로, 훌륭한 예법이 몸에 배어 있으며 패배자에 대한 관용과 귀부인에 대한 존경을 잃지 않아야 했다. 이런 기사도로부터 오늘날의 '신사'라고 하는 이미지가 유래했다. 용맹하고 신사적인 기사의 이미지는 기사들의 가치가 높아지던 11~12세기, 기사도 문학의 산물이다. 그중 대표적인 것이 『롤랑의 노래』다.

『롤랑의 노래』는 샤를 왕에게 충성을 다하며 목숨을 걸었던 기사 롤랑의 이야기를 담은 무훈시다. 왕은 너무나도 존엄하며, 충성을 다

한 기사의 명예를 위해 최선을 다한다. 기사 롤랑만큼이나 샤를 왕도 기사도가 충만하다. 그렇다면 역사 속 샤를 왕은 어떠한가? 앞서 말했던 800년경에 유럽을 평정하고 신성로마제국의 초대 황제가 된 카롤루스 대제가 바로 그다. 이탈리아 남부의 이슬람 세력과 전쟁을 벌이며 교황의 보호자를 자청했고, 프랑스·독일·이탈리아 삼국의 출발이 되는 프랑크 왕국의 기초를 다졌기에 '유럽의 아버지'라고도 불리는 왕. 그렇게 대단한 군주가 『데카메론』에도 등장한다.

여러분은 늙은 샤를 왕 혹은 샤를 1세에 대해 여러 번 들어보셨을 겁니다. 그분의 위대한 행적과 만프레디 왕에게서 거둔 영광스러운 승리는 피렌체에서 기벨리니 당을 쫓아내고 교황당인 궬피 당을 돌아오게 했지요. 그 때문에 네리 델리 우베르티라는 기사가 가족 모두를 데리고 막대한 재산을 챙겨 피렌체를 빠져나갔어요. 하지만 그는 샤를 왕의 손이 미치지 않는 먼 다른 나라까지 달아날 생각은 전혀 없었어요. 그는 그저 호젓한 곳에서 여생을 편하게 지내기 위해 [중략] 올리브나무와 호두나무, 밤나무가 우거진 비옥한 땅을 구해 아름답고 살기 좋은 저택을 지었어요.

아, 샤를 왕은 그저 '늙은 왕'이다. 무소불위의 권력자도 아니고 정의의 수호자도 아니다. 정치적인 이유로 어떤 당을 숙청하기도 하고 옹호하기도 하는 현세의 정복군주다. 그러나 아주 폭군도 아니어서 반대파가 그의 땅을 벗어나서 살아야겠다고 작심하게 만들지도 않는다.

그러던 어느 날 왕이 피서를 가는 길에 예전에 자기가 몰아낸 네리 씨를 챙겨 보기로 했다. 사람을 보내 정원을 보고 싶다는 핑계를 대고 저녁 식사를 청했다. 네리 씨는 대단히 기뻐하며 정원을 손질하고 음식을 장만하고 가족과 함께 최상의 환대를 기획했다. 왕은 정원을 둘러보고 크게 칭찬하고 나서 연못가에 마련된 식탁으로 갔다. 그의 옆에는 충직한 신하들이 앉았다. 맛있는 음식과 최상급 포도주, "조용하지만 지루하지 않은 우아한 식사"가 계속되었다. 왕은 흡족하게 식사를 하며 칭찬을 아끼지 않았다. 그때!

열다섯 살쯤 돼 보이는 처녀 두 명이 정원으로 들어왔어요. 하나는 금실 같은 금발을 잘 말아 올렸고, 머리를 풀어 내린 처녀는 흰색과 붉은 보랏빛 들꽃으로 만든 작은 화환을 쓰고 있었어요. 두 처녀의 얼굴은 천사를 떠올릴 만큼 섬세하고 아름다웠습니다. 몸에는 눈처럼 흰 고운 옷감으로 만든 옷을 걸치고 있었는데, 허리 위로는 찰싹 달라붙었고 아래로 갈수록 천막처럼 넓게 퍼져 발목까지 덮고 있었어요.

처녀들은 왕에게 인사를 하고 연못가로 가서 들고 있던 냄비와 장작 등을 내려놓더니 둘 다 연못 속으로 들어가 물이 가슴까지 차오르는 곳에 이르렀다. 한 처녀가 막대기로 물고기를 몰고, 다른 한 처녀가 그물로 물고기를 건져 연못가로 던지면, 하인이 받아 어떤 것은 굽고 어떤 것은 왕의 식탁에 던졌다. 왕은 펄떡이는 물고기를 보며 흥이 나서 처녀들에게 다시 물고기를 던졌다. 그렇게 노는 사이 생선이 다 구워져 막간 요리로서 왕에게 바쳐졌다. 식사와 흥겨운 여흥, 그러나 진짜는 이제부터다.

처녀들은 희고 얇은 옷이 찰싹 달라붙어 알몸이 보일 듯 말 듯한 모습으로 연못에서 나왔어요. 그리고 각자 가지고 온 물건을 다시 챙겨서 왕의 앞을 부끄러운 듯이 지나서 집 안으로 들어갔어요. 왕과 백작 그리고 수행원들은 이 처녀들에게 온통 시선을 빼앗긴 채, 저마다 속으로 그 아름다운 모습과 나긋나긋하고 우아한 몸짓에 경탄하고 있었습니다. 특히 왕은 누구보다도 더 좋아하여, 처녀들이 물에서 나왔을 때 몸을 구석구석 감상하느라 누군가 쿡 찔러도 모를 지경이었답니다. 왕은 두 처녀가 누구이며 어째서 이런 일을 하는지 알기도 전에 그들과 함께하고 싶은 강렬한 욕망이 마음속에서 솟구치는 걸 느꼈어요. 그 순간 왕은 자신이 사랑의 포로가 되었음을 깨달았습니다. 다만 두 사람이 너무나도 서로 닮았기 때문에 둘 중 어느 쪽이 더 마음에 드는지 판단할 수 없었습니다.

보카치오도 참 너무하다. 기사 롤랑의 충정에 신의를 다하고, 교황의 보호자를 자처하던 그 황제를 이렇게 묘사하다니! 신성로마제국의 황제의 '신성'도 빼고, '제국'적 풍모도 쏘옥 빼버렸다. 그는 그저

작가 미상, 15세기 채색삽화

어리고 아리따운 쌍둥이 처녀와 평생을 전쟁터에 바치느라 이미 너무 늙어버린 정복왕 샤를. 동방의
비잔틴제국에 맞서는 서유럽 최초의 통일제국을 건설하고도 그가 포기해야 하는 것이 있었음을 전
하는 이야기. 늘그막에 치러야 했던 자신과의 이 전투가 가장 힘겨운 전쟁이었을 것이다.

욕정에 사로잡힌 늙은 권력자일 뿐이다.

샤를 왕은 '누가 더 맘에 드는지' 궁리하다 문득 저 처녀들이 누구냐고 네리 씨에게 물었다.

"전하! 저 아이들은 제 쌍둥이 딸들이옵니다. 하나는 미녀 지네브라라고 하고, 다른 아이는 금발의 이소타라고 합니다."

왕은 둘의 미모를 무척이나 칭찬했고, 어서 그들을 출가시키라고 권했다. 그렇게 대화가 오가다 식사의 마지막 순서가 되었다. 두 처녀가 아름다운 명주옷을 입고 여러 과일을 들고 와 식탁에 놓았다. 그러고는 약간 물러나 노래를 부르기 시작했다. 그 노랫소리가 너무나도 달콤하고 사랑스러웠다. 가사 또한 참으로 미묘했다.

사랑이여, 나 그대에게 왔건만
오래 머물 수가 없네.

늙은 왕을 유혹하는 것일까, 놀리는 것일까? 왕의 맘은 더욱 설레어 노래가 끝나고 물러나는 두 처녀를 붙잡고만 싶다. 그럼에도 겉으로는 흔쾌히 그들을 보내 주고 네리 씨와 작별 인사를 나눈 후 돌아갔다. 폭군이라면 그냥 차지하면 되겠지만 '교황의 보호자'를 자처하는 '기독교 왕국의 황제'가 그럴 수는 없었다. 그렇다고 잊을 수도 없어서 바쁜 정무 중에 틈만 나면 네리 씨의 아름다운 정원과 아름다운 딸들을 찾았다. 그러나 그것만으로는 성에 차지 않아 두 처녀를 모두 그 아버지에게서 빼앗기로 마음먹고 귀도 백작에게 털어 놓았다. 백작이 말했다.

"전하! 신은 전하의 말씀에 정말 놀라지 않을 수 없습니다. 저는 전하의 어린 시절부터 오늘날까지 어느 누구보다도 전하를 가까이에서 모셔 왔기 때문에 놀라움이 더욱 클 수밖에 없습니다. 사랑이 그 날카로운 손톱으로 전하를 더 쉽게 움켜잡을 때인 젊은 시절에도 전하께선 이만한 정열에 사로잡히신 적이 없습니다. 그런데 노년에 가까워진 이때 그런 말씀을 듣게 되니, 전하께서 사랑을 하신다는 일이 저에게는 기적과 같이 너무나 낯설고 기이하게 느껴집니다. 저는 전하께 간언을 드려야 할 사람이기에, 감히 이렇게 말씀드립니다. 폐하께서 지금 새롭게 얻으신 나라에는 아직도 책략과 반역이 판을 치고 있으며, 전하께서 다 장악하지 못하신 국민들은 아직도 무기를 놓지 않고 있음을 헤아리십시오. 나라에 심각한 문제와 중대한 사업 들이 산더미처럼 쌓여 있는 상태이니 폐하께서 아직 마음을 놓으실 때가 아닙니다. 따라서 그런 미혹과 같은 사랑에 빠지지 마옵소서. 그것은 고매하신 왕이 아니라 심약한 젊은이나 하는 행동입니다. 게다가 더욱 나쁜 것은 그 가련한 기사에게서 두 딸을 빼앗으려 하신다는 말씀입니다. 그 기사는 자기로서는 최대한의 경의를 표하고자 전하를 집으로 초대했고,

전하를 대접하기 위해 거의 알몸과 다름없는 딸들을 보여 드린 것입니다. 그것은 그가 폐하께 무한한 신뢰를 보내고 있다는 증거이며, 전하가 간악한 늑대가 아니라 왕다운 분이라는 것을 확고하게 믿는다는 증표입니다.

전하! 전하는 만프레디가 부녀자들을 폭행한 것을 응징하기 위해 몸소 이 나라를 정복하셨던 것을 벌써 잊으셨단 말입니까? 전하를 존경하는 자에게서 그의 긍지와 희망과 위안이 되는 딸들을 빼앗는 것은 실로 영원한 형벌을 받을 만한 엄청난 배신입니다. [중략] 전하! 만프레디를 무찌르신 것도 전하께는 지극히 영예로운 일이지만, 전하 자신을 이기는 것이 더 큰 영예가 됨을 기억하십시오. 그러니 전하께서는 다른 이들을 바로잡고, 그와 같은 자신의 욕망과 싸우시어 스스로를 극복하셔서 영광스럽게 성취하신 것에 오점을 남기지 마시옵소서."

이 말들은 왕의 마음을 날카롭게 찔러 댔어요. 이런 말을 듣고 왕은 몇 차례 큰 한숨을 몰아쉰 뒤에 이렇게 말했어요.

"백작! 잘 훈련된 기사는 아무리 강한 적이라도 이길 수 있으나 자신의 욕망에는 너무나도 약한 법이오. 백작의 말이 나를 깨우쳐 주었소. 엄청난 괴로움이 따른다 해도, 또 헤아릴 길 없는 큰 힘이 든다고 해도, 내가 적을 무찌를 수 있듯이 나 자신을 어떻게 극복할 수 있는지, 앞으로 많은 날들이 지나기 전에 행동으로 보여 주겠소."

사랑에 국경은 없어도, 때는 가려야 한다! 왕이라고 해서 예외는

아니었다. 늙은 왕의 욕정은 어디에서도 환영받지 못했다. "자기가 그 토록 원하던 것을 다른 사람의 손에 넘긴다는 것은 정말 고통스러운 일"이었다. 그럼에도 샤를 왕은 자기가 선언한 대로 좋은 가문을 골라 두 처녀를 시집보냈다. 이쯤 되면 꽤 쿨한 것 같다. 그러나 인간이 누구인지, 욕정이 무엇인지 잘 알고 있던 보카치오는 왕이 단번에 욕망에서 벗어났다고 쓰지 않았다.

왕은 그들을 혼인시킨 뒤 쓰린 가슴을 안고 풀리아로 가서 그곳에서 이어지는 일들에 전념하면서 자신의 처절한 욕망을 억눌렀어요. 그렇게 사랑의 사슬을 끊고 부수면서, 그는 욕구에서 초탈한 생활을 할 수 있었답니다.

욕정을 잊으려고 일 중독자가 된 노인 왕! 참 딱하게 되었다. 적보다 이겨내기 힘든 노년의 욕정을 만났으니. 고귀한 사람은 이제 외부의 적이 아니라 자기 자신과 싸운다. 이렇게 전투의 장이 바뀌었다.

예전의 왕과 귀족은 무사였고 외부의 적과 싸우는 자였다. 그들은 힘으로 타인을 정복하고 지배했다. 그런데 이제 '힘으로 정복하는 자'는 '간악한 늑대'가 되었다. 이런 논리를 만든 사람들이 바로 기사 자신들이다. 전쟁의 시대, 새롭게 신흥 귀족이 된 기사는 그들 자신을 포장할 필요가 있었다. 정복 군주도 명분이 필요했다. 그들은 스스로를 '신의 군대', '정의의 수호자'로 이상화했고, 강력한 내적 규율인 기사도를 표방했다. 기사는 이제 누구보다도 자신을 잘 지배해야 하는 도덕적인 사람이 되어야 했다. 그리고 그것이 얼마나 힘든 규율인지도 맘껏 선전했다. 늙은 왕의 사랑이 발목을 잡힌 곳은 바로 이런 내적 규율이다.

전쟁에서 무훈을 세워 귀족이 된 기사들은 중세 시대에 처음 신분 상승을 이뤘던 계급이었다. 그들은 단지 작위와 영지만으로 귀족처럼 보이기에 부족하다고 느꼈다. 때문에 세습귀족들이나 지키던 예법을 애써 공부한 뒤 자신들을 평민들과 차별화했다. 그리고 역으로 귀족적 태도를 갖지 못한 사람은 아무리 세습귀족이라고 하여도 귀족적이지 않다고 여겼다. 귀족조차 귀족다움을 수련해야만 귀족일 수 있는 시대가 되었다.

그렇다고 귀족과 기사가 결코 금욕적이었던 건 아니다. 오히려 그들은 자신을 끊임없이 과시했다. 흥청거리는 파티, 격조 높은 예절, 위험한 마상시합 그리고 열정적인 연애! 멋지게 살기 위해 목숨도 거는 사람들이 귀족이었다.

『데카메론』에서 샤를 왕의 사랑이 거부된 것은 연애에 대한 터부가 아니다. 그것은 오히려 돈과 권력으로 소녀들을 소유하고자 하는 것에 대한 거부다. 반대로 인생을 건 도전, 모험적인 사랑은 언제든 환영이다. 그들의 마지막 도전이 바로 자기 자신을 지배하는 것, 매력적인 여인이 아니라 모든 이들을 사랑해 보는 것이었다. 그 위대한 도전의 현장은 이러했다.

:: 나탄 : 귀족적인, 너무나 귀족적인 이방인 (X, 3)

기사들이 이탈리아 남부, 에스파냐 반도 그리고 예루살렘까지 십자군 원정을 떠날 때의 이야기다. 십자군은 인근 이슬람 세력을 향해 뻗어 나갔다. 기사는 단순히 자기 땅을 지키는 사람이 아니라 정의를 수호하는 신의 군대가 되었다. 하나의 신, 하나의 정의를 외치는 군대의 기사. 고귀한 이름의 이면에는 다른 문화에 대한 혐오와 터부가 있었다. 상식 수준에서 보면 십자군은 아메리카 대륙에서 살육을 벌인 유럽 열강의 군대와 지금의 배타적인 기독교의 시초가 되는 것 같다. 그런데 『데카메론』은 우리의 예상을 뒤집는 기록을 전한다.

서로를 극진히 대접하는 십자군 기사와 이슬람 술탄, 우정을 나누는 기독교인과 유대인, 기사의 덕에 감화되어 아름다운 정원을 선물로 만들어 주고 떠나는 마법사 등. 다양한 이교도들과 가장 스스럼없이 만나는 사람이 바로 기사들이다. 이슬람 정복전쟁의 수행자인 기사는 어떻게 이교도와 벗이 될 수 있었을까?

옛날, 카타이오 지방에 나탄이라는 이름의 귀족이 살았습니다. 그는 아무도 따라올 수 없을 만큼 엄청난 재산을 가진 것으로 알려졌는데, 그곳을 지나온 제노바 사람들이나 다른 지역 사람들의 말을 믿어도 된다면 확실한 사실입니다. 그의 집은 큰길들이 교차되는 곳에 있었는데, 서쪽에서 동쪽으로 가든 동쪽에서 서쪽으로 가든 누구나 반드시 거처야만 하는 곳이었지요. 그의 성품은 매우 호방하고 자유로웠으며, 자신의 세상에 이름을 날리고 싶어했습니다. 그래서 많은 일꾼을 고용해 짧은 시간 안에 세상에서 가장 아름답고 웅장하며 호화로운 궁정을 짓도록 했습니다. 기회가 닿는 대로 손님들을 맞이할 수 있도록 최고의 시설도 갖춰 놓았습니다. 그러고는 근사한 시종을 많이 고용하여 그 길을 왕래하는 사람은 누구라도 편안하고 극진하게 모시도록 했습니다. 이런 식으로 칭송받을 만한 일들을 계속하다 보니, 그의 명성은 동방뿐 아니라 서방 전역에 널리 퍼졌습니다.

나탄은 동방 사람이다. "서쪽에서 동쪽으로 가든 동쪽에서 서쪽으로 가든 누구나 거쳐야만 하는 곳"에 살았다고 하니 이슬람의 왕 술탄인 듯하다. 일설에 의하면, 카타이오가 중국을 가리키고 나탄은 몽골황제 쿠빌라이 칸이라고도 한다. 어찌 되었든 그는 나이가 많이 들었음에도 사람들을 환대하는 일에는 지칠 줄 몰랐던 비기독교인이다.

나탄에 대한 소문이 서방 전역에 퍼져 나가 미트리다네스라는 부자 청년의 귀에도 들어갔다. 상당히 부자였던 청년은 그의 명성을 질시하였다. 그래서 자기가 더 호방하다는 점을 과시하여 그의 명성을 깎아내리고 싶었다. 나탄의 것과 비슷한 저택을 짓고 오가는 사람을 초청하여 엄청난 환대를 베풀기 시작했다. 그의 명성 또한 삽시간에 퍼져 나갔다. 어느 날이었다.

이 청년이 혼자서 자기 저택의 정원에 있었는데, 어느 초라한 노파가 저택의 문 중 한 곳으로 들어와 그에게 동냥을 하는 것이었습니다. 그는 원하는 것을 주었지요. 그러자 이번에는 그 여자가 그 옆문으로 돌아와 동냥을 하기에 청년은 또 주었습니다. 그러기를 열두 번이나 계속했답니다. 열세 번째가 되자 미트리다네스가 퉁명스럽게 말했습니다.

"아주머니! 이건 너무 심한 것 같지 않습니까?"

물론 말은 그렇게 해도 돈은 주었습니다.

그의 말을 듣고서 초라한 노파는 이렇게 대답했습니다.

"정말 나탄만큼 호방한 사람은 없네요. 놀라운 일이지요! 그분의 집에도 이 댁처럼 서른두 개의 문이 있는데, 내가 들어가서 동냥을 하면 그분은 한 번도 날 돌아보는 법 없이 돈을 주셨다오. 그런데 이 댁에는 겨우 열세 번밖에 오지 않았는데, 벌써 날 돌아보며 꾸짖기까지 하네요."

노파는 그 말을 남기고 떠나가 다시는 돌아오지 않았습니다.

평범한 노파가 아니다. 그녀는 미트리다네스와 나탄의 근본적인 차이를 바로 간파했다. 나탄은 '돌아보는 법'이 없다. 불교식으로 말하면 무주상보시無住相布施. 준다는 의식조차 없이 주는 법을 터득한 사람이다. 허나 청년은 아직 자신은 주는 사람이고 상대는 받는 사람이라는 분별이 있다.

미트리다네스는 자기가 나탄에 못 미친다는 소리를 듣고는 분을 참지 못했다. 그는 자기의 노력이 수포로 돌아가기 전에 자기 손으로 나탄을 처리하기로 했다. 나탄만 없다면 자기가 가장 호방하고 환대를 잘 베푸는 사람이라는 평을 들을 수 있을 것 같았다. 그는 부하 몇 사람만을 데리고 사흘 후 나탄이 사는 곳에 도착했다. 부하들을 대기시키고 자기 명령이 있기 전엔 움직이지 말라고 지시하고는 혼자 주위를 살피러 나갔다. 때마침 나탄이 소박한 차림으로 산책을 하고 있었다. 그러나 그를 알아보지 못한 미트리다네스는 그에게 나탄이 사는 곳을 물었다.

"젊은이! 그 사람을 나보다 더 잘 소개해 줄 사람은 없다오. 괜찮으시면 내가 안내해 드리겠소."

청년은 그건 더없이 감사한 일이나, 자기는 가능한 한 나탄과 마주치거나 자기를 드러내는 걸 피하고 싶다고 말했습니다. 그러자 나탄은 이렇게 말했지요.

"그렇게 하고 싶다면 그렇게 하구려."

이렇게 해서 미트리다네스는 나탄의 극진한 안내를 받아 그의 집에 이르게 되었다. 나탄은 재빨리 하인 한 사람에게 청년의 말을 받아 놓게 하고는 슬며시 자기가 나탄이라는 것을 비밀로 하도록 온 집 안에 빨리 전하라고 지시했다. 그러고는 미트리다네스를 데리고 집 안곳곳을 안내하고 훌륭한 하인이 그를 직접 보살피게 했다. 청년은 그가 누군지도 모른 채 나탄에게 존경하는 마음을 품게 되어 그가 누구인지 물었다. 나탄은 이렇게 말했다.

"나는 나탄의 심부름을 하는 시종입니다. 어릴 때부터 그와 함께 자라나 나이를 먹었지만, 당신이 상상하는 그런 위치까지는 오르지 못했소. 다른 사람들은 나탄을 모두 칭찬하지만 나는 그렇게까지 말할 수가 없구려."

그는 청년에게 어떤 일로 왔는지를 물으며 정성껏 그를 돕겠다고 말했다. 미트리다네스는 망설이다 마침내 그를 믿기로 작정하고 자기가 그의 목숨을 노리고 있다는 것을 말해 주었다. 나탄은 그의 계획에 놀랐으나 이내 태연한 얼굴로 이렇게 말했다.

"미트리다네스! 당신 아버지는 참 훌륭하셨소. 당신이 사람들에게 호방한 모습을 보이는 것은 아버지의 높은 명성을 훼손하고 싶지 않아서겠지요. 그런 측면에서 나탄에게 질투를 느낀 건 너무나도 대견한 일이오. 사람들에게 그렇게 명성을 얻기 위해 경쟁하고 질투한다면 비참하기만 한 이 세상이 금방 아름답게 될 테니 말이오. 나에게 밝힌 당신 계획에 대해서는 당연히 비밀을 지키겠소. 다만 도움이 될 만한 조언을 하나 할까 하오. 여기서 반 마일 정도 떨어진 곳에 작은 숲이 있소. 나탄은 거기서 거의 매일 아침 혼자서 오랫동안 산책을 한다오. 당신이 그곳에서 그를 만난다면 아무에게도 들키지 않고 당신 뜻을 이룰 수 있을 거요."

이어서 나탄은 들키지 않고 도망갈 길까지 알려 주었다. 미트리다네스는 감사 인사를 하고 잠복해 있던 부하들에게 내일 갈 곳을 은밀히 지시했다.

다음 날 미트리다네스는 활과 칼을 챙겨 말에 올라 숲으로 갔다. 과연 멀리 혼자서 숲을 거니는 한 남자가 보였다. 그는 공격하기 전에 나탄이 무슨 말을 하는지 듣고 싶어 말을 몰아 가서 나탄의 두건을 낚아채며 이렇게 말했다.

"이 늙은이야! 여기가 너의 죽을 자리다!"
나탄은 다른 말은 전혀 하지 않고 이렇게 말했어요.
"나는 준비가 되었네."

미트리다네스는 그를 알아보았다. 그 순간 격정은 사라지고 분노는 수치로 변했다. 칼을 던지고 말에서 내려 눈물을 흘리며 나탄의 발아래 몸을 던져 벌을 청했다. 나탄은 청년을 일으켜 부드럽게 안으며 이렇게 말했다.

"얘야! 너의 행동을 죄악이나 그 비슷한 말들로 부르면서 용서를 구할 필요는 없다. 그건 증오가 아니라 더 나은 사람이 되고자 하는 바

작가 미상, 15세기 채색삽화

나란이 사는 카타이오 지방은 영어식으로 하면 '캐세이'로, 곧 중국을 가리키는 옛 이름이다. 마르코 폴로의 『동방견문록』이 필사본으로 널리 유통되면서 중국(당시 원)은 유럽인에게 이국적인 상상력의 원천이 되었다.

람에서 나온 것이 아니냐. 이젠 나에 대해 자신감을 갖고 살아라. 어느 누구보다 너의 삶이 훌륭하다는 것을 확신하기 바란다. 너의 고매한 영혼을 생각하니 사랑스럽기 그지없구나. 너는 탐욕스러운 사람들처럼 재물을 긁어모으려던 것이 아니라, 모은 돈을 베풀 방도를 찾던 것이 아니었느냐. 명성을 얻고자 날 죽이려 했던 것을 부끄러워하지 마라. [중략] 위대한 황제들과 탁월한 왕들은 마을을 불사르고 도시를 점령하고 영토를 넓혀서 자신의 명성을 높이려고 한다. 그들에겐 살육 외에는 다른 방법이 없으니 말이다. 너와 달리 그들의 파괴는 끝을 모르지. 그런데 너는 단지 나 하나를 죽여 명성을 얻고자 했으니, 그게 뭐 그리 놀랄 일이겠느냐. 오히려 흔한 일이 아니겠느냐. [중략]

나의 조언과 결심에 놀라지 않아도 된다. 나 자신을 다스릴 수 있게 된 후로, 내 능력이 닿는 한 누구든 내 집에 오는 사람이 청하는 것을 들어주지 않은 적이 없었단다. 네가 원하는 것에 대해서도 똑같이 하고자 했을 뿐이다. 너는 내 목숨을 바라고 왔고, 너의 요구를 듣고 보니, 네가 자신이 원하는 바를 이루지 못하고 돌아갈 유일한 사람이 될 것 같기에 그 순간 너에게 내 생명을 주기로 결심했던 것이다. 그래서 네가 나의 목숨을 거두고 너의 목숨을 잃지 않도록 내가 할 수 있는 조언을 한 것뿐이다. 다시 말하지만, 내 목숨이 필요하다면 가져가고 그걸로 만족하기를 바란다. 내 목숨을 이보다 잘 쓸 방법이 있을지 모르겠구나.

나는 벌써 팔십 년 동안 목숨을 유지했다. 그동안 즐겁고 위안이 되는 일들도 많았다. 다른 사람이나 모든 사물이 그러하듯, 이제 내 수명도 자연의 흐름에 따라 거두어질 때가 온 것 같구나. 그러니 내 재산을 헌납하듯이, 내 목숨도 헌납할 수 있다면 얼마나 좋겠느냐. 목숨은 내 뜻과 상관없이 자연에 맡겨진 것 아니냐. 백 년을 선물하는 것도 작은 선물에 불과하다. 그런데 앞으로 내가 이 땅에서 살아갈 육 년이나 팔 년쯤이야 얼마나 사소한 것이냐? 자, 그러니 망설이지 말고 목숨을 가져가기 바란다. 이렇게 살아오는 동안 내 목숨을 바랐던 사람은 만나 본 적이 없다. 네가 가져가지 않으면, 이제 다시 그런 사람을 만날수 있을지 모르겠구나. 설사 그런 사람을 만난다고 해도 오래될수록값어치는 떨어질 것이다. 그러니 더 값이 떨어지기 전에 거두어 가거라. 부탁한다."

미트리다네스는 진정으로 부끄러워하며 말했습니다.

"어르신의 생명같이 그렇게 값진 것을 어르신에게서 떼어내서 제가갖는다는 건, 조금 전처럼 바라는 것만으로도 하느님께서 용서하지 않으실 겁니다. 저는 어르신의 세월을 빼앗기보다 오히려 저의 세월을 어르신께 더해 드리고 싶습니다."

이 말을 듣고 나탄이 말했어요.

"할 수만 있다면 네 목숨을 주고 싶다는 말이냐? 어느 누구에게도해본 적이 없는 일을 너에게 하게 만들 작정이냐? 남의 것을 빼앗은 적이 없는 나더러 너의 것을 빼앗으란 말이냐?"

"그렇습니다." [중략]

이렇게 미트리다네스와 나탄은 겸양의 말을 수없이 주고받으며 집으로 돌아갔습니다.

귀족다움은 이런 것이다. 무조건적인 환대와 선물! 귀족은 빼앗는 것이 아니라 주는 것을 겨룬다. 열 번이든 서른 번이든, 상대가 가난한 사람이든 먹고 살만 한 사람이든 "얼굴도 보지 않고" 선물한다. 현대인의 눈으로 보면 이해할 수 없는 노릇이다. 도대체 합리성이라고는 없다. 지금 누군가가 이런 식으로 복지 정책을 편다면 난리가 날 일이다. 그런데 잠시 생각해 보자. 묻고 따진 뒤에 환대를 한다는 것이 가능할까? 합리적으로 각각의 상황을 따져서 자선을 베푼다면 상황은 어떻게 될까? 선물을 주는 사람은 상대가 늘 자신보다 못한 존재임을 확인해야 한다. 그는 주는 동시에 자신이 그들보다 우월하다는 것을 느낀다. 그는 상대의 마음이 되어 기뻐하기보다 자기 우월감에 기뻐한다. 몰래 줄수록 그의 만족감은 커진다. 반면 환대를 받는 사람은 자기가 얼마나 비참한지를 끊임없이 증명해야만 한다. 그가 선물을 받았다는 것이 그가 얼마나 비참한지를 증명한다. 이거 좀 이상하지 않은가?

중세 귀족은 스스로에게 그 모든 것에 대한 경계를 허물고 '능력껏' 베풀 것을 요구했다. 많이 베풀 수 있는 자가 더 고귀한 자다! 합리성이라고 하는 외부의 기준이 아니라 자기 자신이 기준이 된다. 그는 자신의 능력을 모두 펼쳐 자신의 호방함을 과시한다. '왼손이 한 일을 오른손이 모르게 하라'는 윤리는 그들에게 없다. 주는 자도 받는 자도 당당하고 솔직하게 모든 것을 드러낸다. 이들의 윤리는 지금 우리가 알고 있는 자선과는 뭔가 다르다.

흔히 부자들이 기부를 통해 재산을 사회에 환원하는 것을 노블레스 오블리주noblesse oblige라고 한다. 프랑스어로 '귀족성은 의무를 갖는다'는 뜻의 이 말은 한갓 돈으로 메울 수 있는 의무만을 말하지 않았다. 귀족은 '목숨을 바쳐' 자기의 부와 명성에 책임을 질 것을 요구받았다. 그는 먹을 것을 달라면 먹을 것을, 목숨을 달라면 목숨을 준다. 그가 남이 원하는 것을 해주는 사람이라는 명성을 얻고 있다면 그에 맞는 행위를 하는 것이 귀족다운 것이다. 나탄이 그의 명성에 걸맞게 목숨까지 내어주는 설정은 귀족성에 대한 의무가 어디까지였는지를 보여 준다. 이교도에 대한 터부는 이런 '귀족적인' 모습 앞에서 무너졌다.

기사들은 십자군을 통해 이교도의 문물을 직접 접했기에 누구보다도 먼저 동방의 매력을 알게 되었다. 그들은 적군이지만 너무나도 용맹한 장수도 만나고 적군에게도 관용을 베푸는 술탄도 만났으리라. 그런데 그들이 돌아와서 맞이하게 되는 세상은 변해 있었다.

경제력을 바탕으로 성장한 부르주아들이 사회의 핵심적인 위치를 차지해 갔던 것이다. 상인들은 상대를 믿기보다 계약서를 믿고, 문제가 생기면 법조문을 따졌다. 마주하고 있는 사람보다 문서를, 자기 힘보다는 법에 의지하는 부르주아. 그들은 과시가 아니라 겸손을, 환대가 아니라 절약을 내세웠다. 그럴듯한 이유를 대며 자기 책임을 방기하며 이익만 챙기는 부르주아들은 법을 이용해 자신의 권리를 보장받았다. 기사 귀족들은 그들을 혐오했다. 그리고 부르주아는 결코 흉내낼 수 없는 가치를 강조했다. 정신적이고 열정적인 사랑, 목숨을 건 전투, 무조건적인 환대와 관용. 그것은 한편으로 자신의 기득권을 지키는 것이었고, 다른 한편으로 자신이 지키고 있던 가치를 수호하려는 것이었다.

경제적 이익을 따지는 이들에게 기사도는 무모하고, 비이성적인 열정처럼 보였다. 21세기를 사는 우리 눈에도 기사들의 삶은 그렇게 보일 것이다. 우리는 기사들처럼 어느 것 하나에 우리를 온전히 걸 수 없다. 적당한 안배, 위험이 적은 분산투자. 이런 윤리가 우리의 삶을 장악했다. 우정도, 사랑도, 일도 적당히. SNS로 가볍게 친구를 맺었다가 조용히 수신거부를 설정하여 관계를 끝낸다. 직접 몸으로 부딪혀보는 것이 아니라 결혼 중매 회사의 서비스를 받으며 상대를 고른다. 진짜 하고 싶은 일은 취미로 돌리고 직업은 가장 안정적인 것을 선택한다. 최대한 직접 겪게 될 고통과 어려움을 피하는 방식으로 삶을 구성한다. 그러나 그만큼 삶은 공허하다. 그건 우리가 그만큼 '귀족적인' 삶으로부터 멀어져 있음을 방증한다. 중세의 귀족들은 합리적으로 계산할 수 없는 삶의 영역이 존재한다는 걸 행동으로 증명했다. 고귀함이란 오직 그들의 행위를 통해 증명되는 것이므로.

chapter 06

민중,
역설과
유머의 달인

자, 들어 보게. 바론치 가문은 하느님께서 그림을 배우기 시작하실 때
창조하신 가문이란 말일세. 내 말이 진실이라는 걸 확인하고 싶거든
바론치 가문과 다른 사람들을 잘 견주어 보게.
다른 사람들 얼굴을 보면 하나같이 균형이 잘 잡히고 이목구비가 적절하게 배치되어 있는데,
바론치 가문 사람들은 얼굴이 무척 길고 좁다네. 코를 보면 어떤 사람은 너무 길고
어떤 사람은 또 너무 짧지. 어떤 사람은 턱이 밖으로 나왔는가 하면 위로 쳐들린 사람도 있네.

:: 유대인 아브라함: 기꺼이 부패한 기독교의 신자가 되겠소 (I, 2)

파리에 잔노토라는 매우 부유한 직물 상인이 살았다. 그는 충직하고 바른 사람이었는데 같은 업종에 종사하는 바르고 정직한 아브라함이라는 유대인과 친하게 지내고 있었다. 잔노토는 아브라함의 성실함을 볼 때마다 그가 유대인인 것을 안타까워했다. 그래서 틈만 나면 기독교는 "거룩하고 복된 종교여서 언제나 번영"하는 반면, 유대교는 쇠망하고 결국에는 사라질 것이라고 우정 어린 충고를 하기 시작했다.

아브라함은 유대교 신앙이 깊은 사람이었으나 잔노토가 하도 열심히 설득하다 보니 점점 마음이 끌리기 시작했다. 그리고 마침내 이렇게 말했다.

"이보게, 잔노토! 자네는 내가 기독교로 개종을 해야만 직성이 풀리겠구먼. 그렇다면 정말 그래 볼까 하는데 한 가지 조건이 있네. 우선 로마에 가서 자네가 말하는 하느님의 지상 대리인이라는 분을 보고 그분의 행동이나 품위, 또 주변 추기경들의 인격을 살펴보고 싶네. 그리

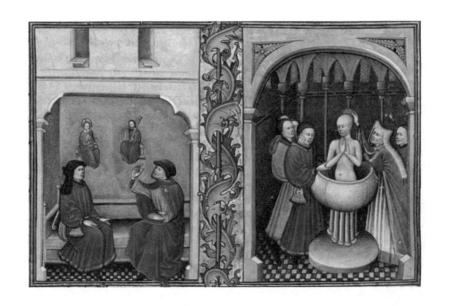

작가 미상, 15세기 채색삽화.

유대인 아브라함의 이야기는 부패한 기독교에 대한 풍자와 함께 엄격한 유대의 율법으로도 원천적
봉쇄가 불가능한 인간의 탐욕을 적나라하게 내보이고 있다. 이를 살짝 비틀어 보면, 인간의 욕망이
있는 곳에는 종교가 있을 수밖에 없다는 말도 되리라.

고 자네의 말과 견주어 본 뒤에 자네가 말해 왔던 것처럼 자네 종교가 내 종교보다 더 낫다고 생각되면 기독교인이 되겠네. 그러나 자네 말과 다르면 지금 이대로 유대인으로 남겠네."

순간 잔토노는 '아차' 싶었다. 아브라함에게 개종을 권유하긴 했지만, 자신도 로마 교황청이 얼마나 세속적이며, 도덕적으로 부패했는지 잘 알고 있었기 때문이다. 잔토노는 냉큼 태도를 바꾸어 아브라함의 여행을 말렸다.

"어허, 이 친구야! 어째서 큰돈을 들여가며 로마까지 가는 고생을 하려 하는가? 어디 그뿐인가. 자네 같은 부자한테는 바다도 육지도 이만저만 위험한 길이 아니라네. 여기에는 자네에게 세례를 줄 만한 사람이 없단 말인가? 내가 권하는 신앙에 대해 뭔가 의문이 있을지 모르겠네만, 자네가 원하는 대로 교리를 설명해 줄 수 있는 좋은 선생들이나 현명한 사람들이 이곳에도 있지 않은가? 암만 생각해도 여행은 쓸데없는 짓이네. 그곳의 고위 성직자 같은 분들은 여기서도 볼 수 있네. 로마의 성직자들이 좀 나은 점이라면 교황 곁에 가까이 있다는 것 정도지. 그러니 내 충고대로 그런 고생은 다음에 죄 사함을 받으러 갈 때까지 미뤄 두게나. 그때는 나도 함께 가겠네."

이번에는 아브라함의 결심도 만만치 않아서, 잔노토는 친구를 로마로 보낼 수밖에 없게 되었다. 잔노토는 입장이 난감해졌다. 이 일로 친구를 잃을 수도 있겠지만 이제는 이러지도 저러지도 못하는 상황이다. 속도 모르고 아브라함은 말을 달려 로마로 갔다. 그는 거기에 있는 유대인들의 환대를 받으며, 자신이 온 목적을 숨긴 채 교황과 고위 성직자들을 관찰했다.

꽤나 총명한 사람이었던 그는 자신이 확인한 것과 다른 사람에게서 들은 얘기를 통해 성직자라면 위아래 할 것 없이, 하나도 빠짐없이 지극히 파렴치하게 음탕한 짓을 저지르고 있다는 사실을 알게 되었습니다. 그들은 양심의 가책이나 염치도 없어 여색뿐 아니라 남색에도 빠져 지냈지요. 그래서 누군가 어떤 일을 탄원하려고 하면 매춘부나 미소년의 힘을 빌려야 하는 실정이었습니다. 뿐만 아니라 모두가 예외 없이 잘 먹고 잘 마시며 주정이나 해 대니, 마치 한 무리 야수들처럼 육욕은 물론 배를 채우는 데 열심이었습니다.

더 자세히 들여다보니 돈이라면 사족을 못 쓰고 절절매는 것이 보통 사람들의 목숨은 물론이고 기독교인의 피라도 사고팔 준비가 되어 있는 듯했습니다. 그렇다 보니 제물이나 교회의 신성한 물건들을 돈으로 사고파는 것은 일도 아니었지요. 매매의 규모가 당시 파리에서 직물시장이나 여타 다른 물건들을 다루는 대상인들의 거래량보다 많았답니다. 그들은 공공연한 성물 매매를 '위임'이라고 부르고 그 탐욕스러움을 '부양扶養'이라 불렀어요.

아브라함은 볼 것을 다 봤다고 여기고 파리로 돌아왔다. 잔노토는 아브라함이 돌아왔다는 소리를 듣고 그가 개종하리라는 기대는 완전히 접어 두고 친구를 만나러 갔다. 그리고 며칠 뒤 로마에서 본 것을 물어보았다. 아브라함은 조금도 망설이지 않고 이렇게 대답했다.

"엄청나게 부패했더군! 하느님께서 모두 다 벌하실 걸세. 내가 보건대 그곳 사람들은 고결하기는커녕 경건하지도 않았네. 선행이나 생활의 모범은 물론 그 밖에 성직자다운 어떤 행동도 전혀 찾아볼 수 없었지. 반대로 음욕과 탐욕, 탐식, 사기, 질투, 오만 그리고 그런 비슷한 더 끔찍한 것들만 가득하더군. 그렇게 어디를 가도 나쁜 것들만 널려 있으니 아무리 잘 봐주고 싶어도 성스럽기는커녕 사악한 무리들의 본거지라는 느낌만 들더군. 결과적으로 자네들 최고의 목자와 다른 모든 성직자들이 부지런히 열성과 재주, 기교를 다하여 기독교라는 종교를 사라지게 만들려고 애를 쓰는 것 같았네. 기독교의 반석과 기둥을 세워야 하는 그런 사람들이 말일세."

잔노토의 예상대로 아브라함은 로마 성직자들의 파렴치한 모습을 다 보고야 말았다. 그런데 여기 마지막 반전이 있었다. 아브라함이 말하길,

"자네의 권유에도 꿈쩍하지 않고 기독교인이 되기를 거부했지만, 이

제 분명히 말하지. 기독교인이 되지 않고는 못 배길 것 같네. 자, 함께 성당으로 가세."

아브라함은 왜 이런 결정을 내렸을까? 기독교의 성직자들이 그렇게 부패했는데도 기독교가 번창하는 것을 보면 기독교의 성령이 강력한 게 틀림없기 때문이다. 그러니 자신도 기독교인이 되겠단다.

『데카메론』 곳곳에는 이런 풍자가 넘쳐난다. 이때 교회와 권력자들을 풍자하고 대결하는 사람들은 대개 힘없는 여인이거나 가난한 민중 혹은 유대인 같은 마이너들이다. 아마도 『데카메론』은 이전의 어떤 문학에서도 주연을 맡을 수 없었던 마이너들을 대거 주인공으로 발탁한 최초의 작품일 것이다. 이러한 이유로 『데카메론』을 저항적인 근대문학의 효시로 보기도 한다. 한편, 근대 소설에 본격적으로 등장하기 시작한 민중의 모습은 『데카메론』의 그들과 사뭇 달라졌다. 우선 그들은 비참하다. 예를 들어, 빅토르 위고의 장편대작 『레 미제라블』에서 민중을 대표하는 장 발장과 팡틴, 코제트는 눈물겨운 삶을 산다. 특히 장 발장을 보라. 그는 사회의 가장 어두운 밑바닥을 상징하는 '도형장'에서 19년간이나 징역살이를 했다. 그러고도 그의 불행은 끝나지 않았다. 주인공은 나락의 끝까지 떨어져 보아야 한다. 그런 뒤라야 더욱 위대한 영웅으로 다시 태어날 수 있다. 이 같은 근대적 영웅서사는 근대가 민중을 바라보는 시선인 연민과 동정에서 탄생했다.

『데카메론』 속 민중은 무겁고 진지하게 투쟁하지 않는다. 그들은 태생적으로 처절한 울음과 비장한 투쟁보다는 역설과 유머에 능하다. 해서 왕, 귀족, 성직자, 주인, 남편 등 권위에 기대어 힘을 행사하려는 자들은 곧잘 조롱과 풍자의 대상이 되곤 한다. 헌데, 잔노토와 아브라함의 이야기는 『데카메론』에 나오는 여느 풍자 이야기들과도 조금 다르다.

이 이야기는 풍자에 풍자를 더한다. 기독교 교회가 비판받아 마땅하다는 걸 자기 눈으로 확인하고 온 아브라함이 개종을 포기하기는커녕 기독교인이 되었기 때문이다. 지금까지는 유대교의 가르침에 따라 올바르고 신실하게 살아왔지만, 그 역시 로마의 성직자들과 한끝차이도 나지 않는 세속적인 인간이었던 것이다. 아브라함의 신앙은 믿기만 하면 현세에서의 성공을 보장해 주는 종교를 믿었던 것에 불과했다. 『데카메론』은 이렇듯 비판하는 사람조차 우스갯거리로 만들어 모든 것을 원점에서 판단하도록 만든다. 풍자는 한바탕 웃음을 자아냄과 동시에 선악과 시비, 고귀함과 비천함의 경계에 근본적인 딴지를 건다. 민중의 역설과 유머는 유쾌하고 가볍다. 하지만 이 이야기에서 보듯 진지한 고뇌와 투쟁 못지않게 강력한 힘을 발휘한다.

:: 요리사 키키비오 : 학의 다리는 하나요 (VI, 4)

"주인님! 학이란 놈은 원래 다리가 하나에 발도 하나입니다."

그러자 쿠라도는 펄쩍 뛰며 말했어요.

"뭐라고? 무슨 놈의 학이 다리 하나에 발이 하나라니! 내가 학을 본 적도 없는 줄 아느냐?"

이에 키키비오는 이렇게 대답했지요.

"나리! 말씀드리는 그대롭니다요. 원하신다면 살아 있는 놈으로 보여 드리지요."

'학의 다리는 몇 개인가?' 유치원생도 다 알 만한 이 문제로 요리사와 주인 사이에 논쟁이 붙었다. 사건의 경위는 이러하다.

키키비오는 베네치아 출신 요리사로 우스개 이야기를 잘하기로 소문난 자였다. 그는 피렌체 시에서 쿠라도라는 명망 있는 시민의 집에서 일을 하고 있었다. 어느 날 쿠라도는 사냥에서 학을 한 마리 잡았는데, 손님상에 올린다며 키키비오에게 요리를 맡겼다. 요리사는 주인의 명령을 받아 학의 털을 뽑고 정성스레 구워 요리를 했다.

학이 맛있는 냄새를 풍기며 익어 갈 무렵, 브루네타라고 하는 이웃집 여자가 들어왔다. 그녀는 키키비오가 홀딱 빠져 있는 여자였는데 고기 냄새를 맡고 들어와 애교를 부리며 학 다리 하나만 달라고 꼬드겼다. 키키비오가 안 된다고 했으나 브루네타가 "아이고, 주기 싫으면 마셔. 나도 당신이 원하는 걸 절대 주지 않을 테니."라고 화를 내기 시작했다. 이렇게 입씨름이 오간 끝에 그녀는 학 다리 하나를 얻고서 집으로 돌아갔다. 이 때문에 요리사 키키비오는 주인의 파티에 다리가 하나인 학을 내어 놓고는 '학의 다리는 하나'라고 말도 안 되는 거 짓말을 하고 있다. 그의 거짓말을 듣고 당연히 쿠라도는 부아가 치밀 었다. 그러나 손님들 앞이라 꾹 참으며 이렇게 말했다.

"내가 이제까지 듣지도 보지도 못한 걸 산 채로 보여 주겠다고 하니 내일 아침에 보겠다. 보면 납득이 가겠지. 하지만 하늘에 맹세컨대 만 일 네 말이 거짓으로 확인되면 네가 살아 있는 동안 내 이름을 떠올리 는 것이 고통이 되도록 혼쩌검을 내줄 테다."

다음 날 새벽, 아직도 화가 풀리지 않은 쿠라도는 동이 트기도 전 에 일어나 키키비오를 불러 해 뜰 무렵에 학을 볼 수 있는 큰 강가로 데리고 갔다. 요리사는 주인이 아직도 화가 나 있는 걸 보고 벌벌 떨 면서 주인을 뒤따라 강가로 갔다.

강에 가까이 다가서자 곧 열두어 마리 정도 되는 학들이 강변에 서 있는 것이 눈에 들어왔는데 희한하게도 죄다 다리 하나로 서 있는 게 아니겠어요? 학이란 놈은 잠잘 때 그렇게 하니까요. 그래서 그는 재빨 리 쿠라도에게 보란 듯이 이렇게 말했어요.

"나리! 잘 좀 보세요! 엊저녁에 제가 말씀드린 게 맞지요. 학이란 놈 은 다리 하나에 발 하나만 있다니까요. 저기 선 놈들을 보시면 아시겠 지요."

쿠라도는 그걸 보고 이렇게 말했어요.

"잠깐 기다려 봐라! 다리가 둘이란 걸 보여 주겠다."

그러고서 학들 곁으로 더 가까이 다가가서 소리를 쳤어요.

"훠이, 훠이!"

그 소리에 학들은 다른 쪽 다리를 내리고 두어 발짝을 걷다가 날아가 버렸지요. 쿠라도는 키키비오를 보면서 말했어요.

"어떠냐, 이 악당 같은 놈아! 이제 다리가 둘인 것을 알겠느냐?"

키키비오는 기겁을 하면서도 자기도 어디서 그런 대답이 나오는지 모른 채 이렇게 대답했답니다.

"네, 나리! 하지만 나리는 어제 저녁에 '훠이, 훠이!' 하고 소리를 지르지 않으셨습니다. 만일 그렇게 외치셨다면 지금 날아간 놈들처럼 다른 쪽 다리도 나왔을 텐데 말입니다요."

쿠라도는 이 대답이 대단히 마음에 들었어요. 덕분에 화가 싹 가라앉아서 껄껄 웃으며 이렇게 말했지요.

"키키비오! 네 말이 맞다. 그렇게 할 걸 그랬구나."

키키비오는 이렇게 시비를 가리겠다고 단단히 벼르는 주인 앞에서 유머러스한 대꾸 한마디로 위기를 모면했다. 키키비오의 기지와 순발력이 대단해 보인다. 그렇지만 이게 어디 그의 유머만으로 가능했을 일인가. 요리사의 터무니없는 말에도 증명할 기회를 주는 쿠라도의 아량과 탈권위적인 태도가 아니었다면 어림없는 일이다. 쿠라도는 앞

작가 미상, 15세기 채색삽화.

키키비오 이야기는 매우 짧다. 하지만 소탈하고 인간미 넘치는 키키비오와 쿠라도의 성품을 짐작해 보기에 부족함이 없다. 왠지 키키비오가 만든 요리도 그의 기지만큼 아주 맛깔스러울 것 같다.

으로 키키비오의 요리보다 그의 입담을 더 좋아하게 될 것 같다.

요리와 입담, 이게 가난한 키키비오가 지닌 삶의 기술이다. 그는 즉
흥적으로 사태를 파악하고 그럴듯한 말을 둘러대는 데 능하다. 거짓
말을 일삼거나 허무맹랑한 소리를 늘어놓는다는 뜻이 아니다. 키키비
오의 말재주는 그의 요리 실력과 비슷한 방식으로 작동하고 있다. 탁
월한 요리사는 어떠한 재료가 주어져도 그럴싸한 음식을 만들어낸
다. 언제나 주어진 조건에서 최상의 요리를 완성하는 능력. 지금 눈
앞에 펼쳐진 상황은 그에게 주어진 요리 재료다. 상황은 전적으로 불
리하다. 요리의 재료와 도구가 모두 열악한 상태라는 뜻이다. 이 위기
를 어떻게 벗어날 것인가? 즉 형편없는 재료로 어떤 요리를 만들 것
인가? 이때 가장 먼저 버려야 할 것은 사물에 고정된 쓰임새가 있다
는 상식(봉상스)이다. 학은 다리가 두 개이지만 그 전제를 깨지 못하
면 위기를 모면할 수 없다!

상식적인 전제가 깨어져 나갈 때 발생하는 것은 웃음이다. 이것이
바로 유머가 노리는 효과다. 익숙했던 관계를 엄숙하거나 경직되지
않는 방식으로 낯설게 만들기. 키키비오는 어디서 그런 말이 튀어나
오는지도 모를 만큼 자연스럽고 순발력 있게 유머를 내뱉는다. 재료
를 요리하듯 말도 요리되어 나온다. 뭐든 자기 몸에 딱 붙게 배우고
익혀 두면 그것을 발판 삼아 능력은 확장된다. 말 한마디로 천냥 빚
을 갚듯이, 유머 한마디 잘 구사하면 위기도 모면하고 사람의 마음도
얻을 수 있다. 그렇게 하고 싶다면 키키비오에게 배우시길.

미켈레 스칼차라는 젊은이가 있었다. 그도 키키비오처럼 유머의 달
인이어서 친구들 사이에서 인기가 많았다. 어느 날 미켈레는 친구들
과 함께 수다를 떨며 명문가들의 별장이 즐비한 언덕을 오르고 있었
다. 그러다 문득 '어느 가문이 피렌체에서 제일가는 명성을 지닌 오래
된 귀족일까' 하는 논쟁이 벌어졌다. 왕후장상王侯將相의 씨가 따로 있
고, 명성에 목숨을 걸던 시절이니 청년들 사이에서는 나름 '핫이슈'였
던 것이다. 그런데 대뜸 스칼차가 끼어들어 이렇게 말했다.

"다들 바보 같은 소리 그만하시지. 자기가 무슨 말을 하는지도 모르
면서 말이야. 피렌체는 물론이고 지구상에서 가장 오래되고 정통성 있
는 가문은 바론치 가문이야. 이건 모든 먹물들이며 나처럼 그 가문을
아는 사람이라면 모두가 동의하는 사실이라고."

친구들이 말도 안 된다고 빈정거리자 미켈레는 내기를 건다.
"그럼 어디 나랑 저녁 내기할 사람 없나? 이기는 사람한테는 그가 선
택한 친구들 여섯 명까지 해서 내가 저녁을 사겠네. 아니, 뭐 그 이상
도 하겠네. 자네들이 누구를 심판으로 정하든 그의 말을 따르겠네."

이에 친구 한명이 내기에 응하였다. 그들은 피에로라는 신중한 사

람을 심판으로 정하고 그에게 몰려가 상황을 알려 주었다. 심판은 미켈레에게 어떻게 자신의 의견을 증명할 수 있는지 물었다. 그는 망설임 없이 이렇게 말했다.

"자네들도 알다시피 사람이란 오래될수록 더 정통성이 생기는 법이지. 이건 이미 다들 동의한 내용일세. 그러니 바론치 가문이 세상에서 가장 오래된 가문이라고 증명하기만 한다면 당연히 가장 정통성 있는 가문이 되는 것이 아니겠나. 따라서 바론치 가문이 가장 오래된 가문이라는 걸 보여 주기만 하면 당연히 내가 내기에서 이기게 되는 거지. 자, 들어 보게. 바론치 가문은 하느님께서 그림을 배우기 시작하실 때 창조하신 가문이란 말일세. 내 말이 진실이라는 걸 확인하고 싶거든 바론치 가문과 다른 사람들을 잘 견주어 보게. 다른 사람들 얼굴을 보면 하나같이 균형이 잘 잡히고 이목구비가 적절하게 배치되어 있는데, 바론치 가문 사람들은 얼굴이 무척 길고 좁다네. 코를 보면 어떤 사람은 너무 길고 어떤 사람은 또 너무 짧지. 어떤 사람은 턱이 밖으로 나왔는가 하면 위로 쳐들린 사람도 있네. [중략] 그야말로 처음으로 그림을 배우는 어린애가 그린 얼굴들 아닌가. 그러니까 내가 아까 말한 대로 하느님께서 그림을 배우기 시작하셨을 때 바론치 가문을 만드셨다는 게 아주 분명하지 않은가. 따라서 바론치 가문이 다른 가문들보다 더 오래됐고, 그래서 더 정통적인 셈이지."

이 말을 듣고 심판은 물론 모든 사람이 웃어 젖히며 바론치 집안이야말로 가장 오래되고 고귀한 사람들이라는 것을 인정하게 되었다. 귀하다는 말은 오래됐다는 말이고, 오래됐다는 말은 신의 초기 작품이란 말이고, 고로 서툴게 만들어졌단 말이다. 따라서 귀하다는 말은 못생겼단 말이다. 미켈레는 그렇게 누가 더 고귀한 가문인가를 따지는 논제를 비틀어 '가문'과 '문벌'이라는 말을 우스갯거리로 만들어버렸다. 또다시 고귀한 것은 비속한 이미지와 섞이고 단어가 갖고 있던 특권적 이미지가 뒤집힌다. 단지 좀 못생긴 걸 가지고 이렇게 세상을 뒤집어 볼 수 있다니!

외모를 두고 사람을 품평하는 논쟁이 여기 또 있다. 실존 인물인 이탈리아 화가 조토가 이 이야기의 주인공이다.

중세 말까지 대부분의 화가들은 무명으로 살았다. 그들 대부분은 주문자가 원하는 방식으로 전통적 도상에 따라 작품을 제작했다. 그러나 화가 조토는 관찰을 통해 사물을 생동감 있게 그려냈기에 페트라르카를 비롯한 당대 시인들로부터 찬사를 받았다. 그는 가난한 농부의 아들로 태어났으나 그림 실력 하나로 "피렌체의 화가들 중에서 과거 현재를 통하여 가장 뛰어난 화가", "사라져 간 그림이 되살아나게" 만든 화가로 추앙되었다. 보카치오도 그를 두고 이렇게 말했다. "만물의 어버이이며 하늘의 끊임없는 운행의 조작자인 대자연이 더는 아무것도 그에게 보탤 필요가 없을 정도로 우수했다."

작가 미상, 15세기 채색삽화

약간 과장하자면, 미켈레는 짧은 우스개로 창조신화를 다시 쓰고 있다. 그림 속에서 친구들을 앞에
두고 신나게 입담을 펼치고 있는 미켈레는 보카치오에 버금가는 이야기꾼임에 틀림없다.

조토는 이처럼 당대에 이미 천재 화가로 불렸으나 용모나 체격이 볼품없었다. 게다가 차림새에도 신경 쓰지 않아서 도시와 도시를 오가며 활약을 할 적에도 후줄근한 옷을 입고 형편없는 말을 빌려 타고 다녔다. 지금으로 치면 누더기를 입고 중고차를 모는 월드스타였던 셈이다. 덕분에 그의 볼품없는 외모는 여러 사람들에게 회자되었다.

조토는 여느 때처럼 차림새를 하고 자기 땅을 돌아보고 돌아오는 길에 포레세라는 사람과 앞서거니 뒤서거니 하며 말을 몰고 있었다. 포레세 역시 키가 작고 볼품없이 생긴 데다 코까지 주저앉은 신기한 외모 덕에 사람들의 입에 오르내리던 인물이었다. 그럼에도 그는 법률에 정통하여 '민법의 대가'로 칭송되고 있었다.

두 사람이 한참 말을 몰며 피렌체로 가는 길에 소나기가 쏟아졌다. 둘은 서로 잘 아는 처지였으므로 함께 한 농가로 달려 들어가 비를 피했는데 시간이 지나도 비가 그칠 기미가 없었다. 두 사람은 하는 수 없이 낡은 망토와 너덜너덜한 모자를 빌려 쓰고 서둘러 피렌체로 향했다.

이렇게 얼마를 가다 보니 말이 발굽으로 거대한 양의 진흙 차올려서 그것을 흠뻑 뒤집어쓴 두 사람은 완전히 구덩이에 빠진 생쥐 꼴이 되고 말았습니다. 누가 봐도 존경심을 불러일으키는 모양새는 아니었지요. 그러다 차차 날씨가 회복되자 오랫동안 입을 봉하고 묵묵히 가던 두 사람은 얘기를 나누기 시작했습니다. 포레세 씨는 말을 타고 가면서 입담이 꽤나 좋은 조토의 얘기를 들으며 상대의 전신을 머리끝부터 발끝까지 훑어보았습니다. 그렇게 초라하고 형편없는 모습을 보면서, 자신의 모습은 전혀 생각지도 않고 킬킬거리며 이렇게 말했습니다.

"조토! 이제껏 자네를 한 번도 본 적 없는 낯선 이가 여기 나타나서 우릴 만나면 자네를 세상에서 제일가는 화가라고 믿어 줄 것 같은가? 어떻게 생각하나?"

조토는 즉각 이렇게 대답했습니다.

"그자가 선생을 보면서 이 사람은 ABC 정도는 알겠지 하고 생각한다면 저를 알아보겠지요."

포레세 씨는 그 말을 듣고서 자기 잘못을 깨달았고, 스스로 무덤을 팠다는 걸 알게 되었습니다.

조토는 친구의 농담을 그렇게 받아쳐 주고는 길을 재촉해 피렌체로 갔다. 틈을 주지 않고 날리는 촌철살인寸鐵殺人의 말. 그는 그림뿐만 아니라 말에 있어서도 자기 스타일을 구사하는 진정한 예술인이었던 것이다! 그 시작은 날카로운 관찰력에 있었다.

4세기 초 기독교가 공인되고 황제들에 의해 성당이 건립되면서 성당 내부를 장식할 도상이 제작되기 시작했다. 그러나 성서는 우상숭배를 금지하였으므로 우상이 되지 않을 신의 형상을 만들어내야 했다. 인간이 신의 모습을 본떠 창조되었다고 하니, 신은 인간의 모습을 하되 살아 있는 인간으로 보여서는 안 된다. 생생한 재현은 신을 인간으로 보이게 하므로, 인간적인 요소를 제거하여 초월적인 이미지를 만들

조토 디 본도네(Giotto di Bondone), 〈통곡〉, 1305

죽은 예수를 끌어안은 성모 마리아의 슬픔과 주위 사람들의 통곡이 느껴지는가. 하늘의 천사
들은 온몸으로 우는 듯하다. 이런 표현 덕분에 조토는 '회화의 아버지'라 불린다.

어내야 했다. 이런 원칙에 따라 만들어진 중세의 도상들은 성공적인 종교 예술이었지만 자연스러움과는 거리가 멀었다. 이런 전통에 최초로 신선한 변화를 준 사람이 조토다. 사람들은 그의 그림을 두고 회화의 혁명이라 불렀다. 그의 혁명성을 확인하기 위해서는 전통적인 원칙을 충실히 지킨 다른 화가의 그림과 나란히 놓고 살펴볼 필요가 있다.

여기에 두 도상이 있다. 둘 다 십자가에 못박힌 예수를 그린 것이다. 왼쪽의 그림은 조토보다 앞선 세대의 화가인 베를링기에리가 그린 것이다. 이 그림에서는 예수의 얼굴에서 고통의 흔적을 찾을 수 없다. 예수의 손과 발에는 못자국이 있지만 십자가에 못박혀 있지 않고, 이미 부활한 신의 모습처럼 보인다. 그의 양팔 아래 그려진 성모와 사도 요한의 얼굴에도 슬픔은 보이지 않는다. 베를링기에리는 신이자 인간인 예수를 '아는 대로' 그렸다.

반면 조토는 전혀 다른 스타일을 창조했다. 예수는 고통스럽게 십자가에 매달려 있으며 창에 찔린 옆구리와 못자국에서는 피가 흐른다. 그를 지켜보는 성모와 사도 요한의 얼굴은 침통하다. 근육과 신체 묘사는 어떠한가? 그림에 대해 아무것도 모르는 사람이 보기에도 훨씬 더 자연스럽다. 이렇게 함으로써 조토는 새로운 양식의 창조자가 되었다. 덕분에 그의 그림을 본 사람들은 예수는 물론 성인과 성녀 들까지 모두 살과 피를 지닌 인간으로 되살아나는 것처럼 느꼈다. 조토가 그려낸 성인들은 우리처럼 슬픔 앞에서 목 놓아 운다. 그들도 우리와 똑같은 인간인 것이다. 참으로 놀라운 조토의 해석 덕분에 관

베를링기에로 베를링기에리 (Berlinghiero Berlinghieri), 1220(위)
조토, 1290~1300(아래)

람자는 성인들의 슬픔과 고통, 기쁨에 더욱 깊이 공감할 수 있었다. 보카치오가 전하는 조토의 재치도 그의 그림만큼 신선하다.

그에 관해 『데카메론』에 나오는 평은 이러하다.

그 사람의 천재적인 재질로 말하자면 만물의 어머니이며 천체의 끊임없는 운행을 담당하는 자연이 더 이상 보탤 게 없을 정도로 탁월했다고 합니다. 그 사람은 연필이나 펜, 붓으로 자연과 비슷한 정도가 아니라 오히려 자연보다 더 그럴듯하게 그림을 그려서 많은 경우에 그가 그린 그림들을 보면 그려진 것이 맞나 어리둥절해지고 보는 사람의 눈이 잘못되지 않았나 생각될 정도였지요. 말하자면 조토는 예술에 다시 빛을 주는 사람이었습니다.

:: 부팔마코와 브루노 : 식객의 판타지와 변신술 (Ⅷ, 9)

독특한 눈으로 세상을 보고, 자기만의 스타일을 창조하는 화가들. 보카치오의 시대는 그런 화가들의 시대였다. 예술에 있어 음악과 문학은 부수적인 분야였다. 그래서인지 『데카메론』 최고의 익살꾼은 화가들이다. 그들의 이름은 부팔마코와 브루노. 이렇다 할 작품이 없는 가난한 화가들이지만 무려 5편의 이야기에 등장하여 통쾌한 웃음을 준다. 그들이 이렇게 주목받는 인물이 된 이유는 오직 하나 '너무 즐겹게 살아서'였다. 그 자세한 사연은 이러하다.

시모네 선생은 피렌체 코코메로 거리에 간판을 내걸고 영업을 하고 있는 의사였다. 그는 다른 도시에 가서 의학을 공부하고 "새빨간 옷에 폭넓은 리본을 늘어뜨린 다람쥐 가죽 모자를 쓰고" 고향으로 돌아온 '유학파'였다. 의사라고는 해도 학문보다는 물려받은 재산 덕을 보아 의사 노릇을 하게 된 자였다.

그에겐 거리를 지나는 사람들에 대해 꼬치꼬치 캐묻는 버릇이 있었다. 특히 그의 관심을 끈 것은 세상사에 아랑곳하지 않고 '언제나 즐거운' 부팔마코와 브루노라는 두 젊은이였다. 시모네 선생은 여러 사람들에게 물어서 그들이 가난뱅이 화가라는 것을 알아냈다. 그는 '정말로 가난하다면 저토록 즐거울 수는 없지 않겠느냐'고 생각했다. 그래서 그는 둘 중 한 사람하고라도 친해졌으면 생각하고 우선 브루노를 사귀게 되었다.

브루노는 의사와 두어 번 만나고선 이 의사가 똑똑하지 못하다는 걸 알아차렸다. 그는 자신의 장기인 엉터리 이야기를 들려주면서 시모네 선생을 즐겁게 해주었다. 의사는 브루노와 함께 시간을 보내는 것이 즐거워 수시로 식사에 초대하여 만찬을 대접했다.

어느 날 시모네 선생은 참지 못하고 물었다. "자네도 부팔마코도 가난뱅이라는 말을 들었는데 어떻게 그리 즐겁게 지낼 수 있는가?" 브루노는 어리석은 질문이라 생각하여 그에 어울리는 대답을 해주기로 마음먹고 분위기를 잡았다.

"어허! 선생님! 무슨 말씀을 듣고 싶으신 겝니까? 선생님께서 알려고 하시는 것은 너무나 엄청난 비밀입니다. 누가 알기라도 하면 저는 파멸의 늪에 빠져 세상에서 추방되어, 결국 산갈로의 지옥마왕 입에 처박힐 겁니다. 하지만 레냐이아에서 나오는 고급 멜론 같은 선생님의 인품을 좋아하고 신뢰하니 선생님께서 원하시는 일을 거절할 수가 없군요. 아까 약속하셨듯이 몬테소네의 십자가를 두고 아무한테도 말하지 않겠다고 서약해 주신다면 그런 조건으로 말씀드리겠습니다."

의사는 아무에게도 말하지 않겠다고 단단히 약속했다. 시모네 선생이 이미 믿을 준비가 다 되었다고 생각된 브루노는 소시민을 유혹하는 최고의 판타지를 펼쳐낸다. 브루노는 자신과 부팔마코가 강신술降神術을 배운 25명의 고귀한 사람들과 보름마다 한 번씩 파티를 연다고 자못 진지하게 거짓말을 시작했다. "귀족이든 평민이든 부자든 가난뱅이든 상관없이 생활방식이 자기들과 맞는다는 이유 하나만으로" 친목 모임을 갖는 강신술의 대가들. 그들은 마법으로 못하는 것이 없다.

"우리가 식사를 하는 거실의 장식들과 화려한 양식의 식탁들을 보시면 놀라 자빠지실 겁니다. 게다가 회원들 하나하나의 시중을 드는 기품 있고 아름다운 그 수많은 남녀 하인들, 우리가 먹고 마시는 데 사용하는 식기들, 접시와 주전자, 포도주 병과 그 밖에 금과 은으로 된 도자기들은 정말 놀랍기 그지없는 것들이죠. 이런 것들이 갖춰진 가운데 수많은 종류의 음식이 각자의 취향에 따라 때맞춰 사람들 앞에 놓입니다. 그뿐인가요. 무수한 악기의 달콤한 소리와 황홀한 멜로디의 노래가 얼마나 귀를 간질이는지 도저히 일일이 묘사할 수 없네요. 식사할 때 켜지는 촛불이 몇 개인지, 소비되는 과자가 얼마나 되는지, 마시는 포도주가 얼마나 값진 것들인지 말로 다할 수 없을 정도랍니다. 그런데 그 모임에 나갈 때 우리가 어떤 복장을 할 거라고 생각하시나요? 선생님께서 지금 보시는 대로 대강 입고 갈 거라고 생각하시면 곤란합니다. 우리는 황제가 부럽지 않을 만큼 화려하게 옷을 입고 값비싼 보석으로 치장을 합니다.

하지만 여러 가지 즐거움 중에서도 단연 최고는 아름다운 여자들을 만날 수 있다는 것이지요. 아름다운 여자들은 우리가 원하면 그 즉시 세상 어디서나 달려온답니다. 바르바티키족의 여자, 바크스의 여왕, 술탄의 아내, 오스베크의 황녀, 노르웨이의 수다스러운 여자, 베를린초네의 사랑스러운 여자, 나르시아의 발랄한 여인 등 온갖 여자들을 보실 수 있습니다. 제가 왜 이들을 일일이 열거하는 줄 아십니까? 세상에 있는 여왕이란 여왕은 죄다 오니까 그러는 겁니다. 엉덩이 한복판에 뿔이 돋친 조반니의 부인 스킹키무라까지 온다니까요. 그 다음이 더욱 볼 만합니다. 여자들은 과자를 먹고 포도주를 마신 다음 두어 번 춤을 추고 나서 자기를 원하는 남자와 함께 침실로 갑니다. 그 침실들은 마치 낙원과 같습니다. [중략]

이와 별도로 우리는 언제든 1000피오리노나 2000피오리노쯤의 돈은 어렵지 하게 그 여자들한테서 받아낼 수 있습니다. 그래서 이런 일을 속된 말로 해적질한다고 하는 것입니다."

인간의 탐욕을 자극하는 모든 것을 모았다. 화려한 음식과 음악, 궁전 같은 실내와 무엇보다도 아름다운 여왕들! 바람 타고 들려오는 소문이 공식 뉴스 채널이던 시절에 연예 뉴스 일면을 장식하는 여인들은 궁전의 안주인들이었다. 그녀들은 실체 불문하고 미인의 아이콘이었다. 그녀들이 시공간을 넘어 그들의 파티장에 총출동한다! 이야기가 이쯤 되면 농담이란 걸 알 만도 하건만 시모네 선생은 오히려 더 넋을 놓았다. 그럴듯한 옷을 입고 거리에서 비듬이나 고치는 돌팔이 의사는 진짜로 믿어 버린 것이다.

시모네 선생은 그 모임에 들어가고 싶어 안달이 났다. 해서 틈만 나면 브루노를 불러 식사를 대접하고 자기도 모임에 끼워 달라고 운을 뗄 기회를 엿본다. 그것도 모르고 브루노는 그동안의 호의에 보답하고자 그의 집에 그림을 그려 주었다. 브루노가 이렇게 답례를 하자 시모네 선생은 그가 완전히 자신을 살뜰한 친구로 여기는 줄로 믿고는 마침내 입을 열었다.

"그 얘기를 들은 뒤로 너무나 그곳에 가고 싶어서 도무지 다른 일은 손에 잡히지가 않네. 사실 이유가 있는데, 내가 모임에 참석하게 되면 자연히 알게 될 걸세. 나는 모임에 참가해서 몇 해 전에 카카빈칠리[피렌체 근처에 있던 지저분한 뒷골목]에서 본, 나의 전 행복을 걸고 있는 고 귀여운 것을 불러내어 내 품에 안아보고 싶다네. 만약 그녀가 나타나지 않는다면 자네가 날 우롱했다고 볼 수밖에 없겠지. [중략] 내가 특별히 자네에게 청하네. 대체 어떻게 하면 그 모임에 입회할 수 있는가. 내가 입회할 수 있도록 자네가 힘 좀 써주게. 그렇게 되기만 하면 자네 역시 나처럼 선량하고 충직하며 훌륭한 회원을 하나 얻는 셈 아닌가. 자네는 내가 얼마나 듬직한 남자이며 얼마나 활력적인 사람인지 진즉에 알고 있지 않나. 내 얼굴은 마치 장미 같지 않은가 말이야. 게다가 난 의학박사가 아닌가. 그리고 나는 수 없이 많은 고상한 얘기와 아름다운 노래들을 알고 있다네. 어떤가, 하나 들어 볼 텐가."

시모네는 노래를 하기 시작했다. 브루노는 우스워 죽을 지경이었지만 간신히 참고는 난처하다는 듯 이야기했다. 그 모임에선 6개월마다 회장과 고문을 바꾸는데 다음 달이면 그와 부팔마코 차례가 된다는 것이다. 그때 자신이 시모네 선생을 추천할 테니 그동안 부팔마코와 친분을 쌓아 두라는 것이다. 의사는 "그가 현명한 사람을 알아보는 사나이라면 내가 슬쩍 한마디 하는 것을 듣기만 해도 수시로 나를 만나고 싶어서 찾아다니지 않고는 견딜 수 없게 만들 자신이 있네."라고 장담하며 한없이 기뻐했다.

브루노는 부팔마코를 데리고 초대받은 날은 물론 초대받지 않은 날에도 시모네 선생을 찾아가 포도주며 살찐 수탉 등 화려한 음식을 먹

작가 미상, 15세기 채색삽화

과연 시모네 선생은 똥통에 빠지고 나서 브루노와 부팔마코가 즐겁게 사는 이유를 깨달았을까.

으며 눌어붙곤 했다. 시모네 선생은 부팔마코와도 어느 정도 가까워
졌다고 생각이 되자 '해적질 하는 모임' 이야기를 꺼냈다. 부팔마코는
느닷없이 화를 내며 브루노가 약속을 지키지 않고 배신을 했다고 노
발대발했다. 의사는 브루노가 아니라 다른 곳에서 들었다며 성급히
변명을 하고는 자기도 넣어 달라고 간곡히 부탁했다. 두 청년은 하는
수 없다며 모임에 들어올 방법을 알려 주었다.

"자, 선생님! 선생님께서는 엄청난 용기를 내셔야 합니다. 그렇지 않으
면 이 기회를 놓치실 수도 있고, 저희에게도 큰 타격이 될 수 있습니다.
얼마나 크게 용기를 내셔야 하는지 이제부터 말씀드리겠습니다. 오늘
밤 선생님은 사람들이 잠을 잘 시각에 어떤 수를 써서든 가장 훌륭한
옷을 차려입으시고 최근에 산타 마리아 노벨라 성당 밖에 만들어진 무
덤들 중 하나를 골라 그 위에 앉아 계셔야 합니다. [중략] 일단 선생님은
그저 우리가 보내 드리는 사람이 갈 때까지 거기서 기다리시면 됩니다.
　선생님께서 모든 사항들에 대해 알고 계셔야 하겠기에 말씀드리는
것인데, 우리가 보내는 자는 실은 뿔이 돋은 그다지 크지 않은 검은 짐
승입니다. 그 짐승은 선생님 앞에서 광장을 뛰어다니며 선생님을 놀라
게 하려고 성난 듯이 날뛸 겁니다. 하지만 선생님이 놀라지 않으시는
걸 보면 가만히 다가올 겁니다. 다가오거든 조금도 무서워하지 마시고
무덤에서 내려와 하느님이나 성자들을 머리에 떠올리지 마시고 그 짐
승 위에 올라타세요. 타고 난 뒤에는 짐승을 건드리지 마시고 그냥 팔

짱을 끼고 계시면 됩니다. 그러면 짐승이 천천히 움직여서 우리한테까지 올 겁니다. 하지만 그사이 선생님께서 겁을 내고 하느님이나 성자들의 이름을 외우기라도 하시면 짐승은 선생님을 내던져버리거나 사납게 흔들어서 몹쓸 꼴을 당하시게 될지도 모릅니다. 그러니 도저히 저희의 설명대로 하지 못하실 것 같으면 차라리 묘지에 가지 않는 편이 나을 테니 신중히 결정하시길 바랍니다."

시모네 선생은 자신의 용기를 과시하며 의학박사 학위를 받을 때에 입었던 빨간 가운을 입고 가겠다고 염려 말라고 일렀다.

마침내 밤이 깊었다. 의사는 아내에게 이런저런 핑계를 대고는 제일 좋은 옷을 꺼내 입고 묘지로 나섰다. 한편 몸집이 큰 부팔마코는 놀이에 쓰는 가면을 쓰고, 검은 모피를 뒤집어쓰고 곰처럼 꾸몄다. 그는 의사가 있는 광장에 이르자 귀신이 들린 듯 펄쩍펄쩍 날뛰며 울부짖었다. 의사는 원래 겁이 많은 사람인지라 덜컥 겁이 나서 머리털이 하늘로 뻗치고 몸이 덜덜덜 떨렸다. 그러나 만약 올라타지 않으면 큰 봉변을 당하지는 않을까 걱정이 되어 작은 소리로 "하느님! 굽어 살피소서!" 하면서 짐승의 등에 올라탔다. 지시받은 대로 양팔은 팔짱을 끼고 모든 것을 짐승의 등에 맡겼다.

부팔마코는 시모네 선생을 등에 지고 농부들이 분뇨 구덩이를 만들어 둔 곳으로 조용히 기어갔다. 분뇨 구덩이들 중 한 곳으로 다가가더니 의사 선생의 한쪽 다리를 붙잡고 등을 쳐올려서는 구덩이에 처박아버렸다. 그러고는 다시 미치광이 동물처럼 울부짖으며 날래게 달아났다. 부팔마코는 약속된 장소에서 먼저 온 브루노를 만나 허리를 잡고 웃어 댔다.

이튿날 아침, 이것도 모자라 두 친구는 그림물감으로 온몸에 멍을 그리고는 시모네 선생 집으로 찾아가 오히려 하소연을 했다.

"선생님! 세상에 사람을 이렇게 배신할 수가 있습니까? 선생에게 명예와 쾌락을 주려고 노력하다가 우린 개처럼 맞아 죽을 뻔했단 말입니다. 선생의 행동 때문에 우리가 간밤에 실컷 두들겨 맞았다고요. 그렇게 매질하면 게으른 당나귀라도 로마까지 갔을 겁니다. 그뿐이 아닙니다. 선생을 입회시키려고 한 일 때문에 우리가 오히려 모임에서 쫓겨날 위기에 처했다고요."

의사 선생은 열심히 사죄하고 두 사람이 자신의 망신스런 모습을 사람들에게 전할까 봐 계속 잘 대접하고 올 때마다 극진하게 모셨다. 두 식객이 펼친 판타지와 변신술로 얻어낸 만찬이었다.

:: 의사 시모네 : 속임수, 공생의 기술 (IX, 3)

『데카메론』의 유일한 겹치기 출연진, 브루노와 부팔마코는 그림으로 성공하진 못했어도 입담에선 어디 가도 빠지지 않는다. 엉뚱하고 기발한 얘깃거리를 지어내는 것이 그들의 기술이고, 웃음과 푸짐한 먹거리가 그들이 노리는 수확물이다. 그런 그들에게 단골 표적이 되는 친구가 있었으니 그의 이름은 칼란드리노였다.

칼란드리노는 브루노와 부팔마코가 조롱하는 '피렌체 스타일' 소시민이었다. 그는 일 년에 한 번 돼지를 잡는 날에도 친구들에게 고기 한 점 나눠 주는 법이 없으나, 공짜 술이라면 코가 비뚤어질 때까지 마셔 대는 쩨쩨한 인사다. 어디 그뿐인가. 일하러 나간 집에서 만난 여인과 눈 한 번 마주친 것으로 그녀가 자신을 사랑한다며 착각에 빠져 수작을 걸고, 마법의 돌을 찾는다고 강변으로 가서 조약돌을 두 자루 가득 끌고 오는 그런 남자다. 그야말로 일상에서 마주칠 수 있는 인색함과 멍청함을 두루 갖춘 사람. 그가 브루노와 부팔마코를 자극했다.

어느 날 칼란드리노는 큰어머니가 돌아가셔서 200리라쯤 되는 유산을 상속받았다. 유산이라고는 하나 얼마 되지 않은 금액이었다. 그럼에도 그 돈으로 땅을 사겠다고 중개인을 찾아다니면서도 술 한잔 사라는 브루노와 부팔마코의 청은 번번이 거절했다. 그런다고 두 사람이 순순히 물러날 리 없다. 두 사람은 머리를 맞대고 칼란드리노에게 한 턱 크게 얻어먹을 계책을 짰다. 그들은 가깝게 지내는 화가 넬로와 의사 시모네 선생까지 끌어들여 각자 역할을 나눴다.

이튿날 아침, 넬로는 칼란드리노 집 근처에 숨어 있다가 그가 나오자 우연히 만난 것처럼 인사를 건네며 안부를 물었다. 그러고는 이상하다는 듯 칼란드리노의 얼굴을 힐끔힐끔 보았다. 넬로는 "자네 어제 저녁에 별일 없었나? 얼굴이 이상한데."라고 말하고는 별일 없을 거라고 칼란드리노를 위로하고는 가버렸다. 그때 멀지 않은 곳에서 기다리고 있던 부팔마코가 나타나서, 그의 안색이 이상하다며 어쩐 일이냐고 물었다. 칼란드리노가 말했다.

"모르겠네. 넬로가 그러는데 내가 딴사람처럼 보인다는군. 난 아무렇지도 않은데, 진짜 이상하게 보이는가?"

그러자 부팔마코가 큰소리로 말했습니다.

"아이고, 그럼. 아무렇지도 않은 게 뭔가! 반쯤 죽은 사람 같아 보이네."

칼란드리노는 이 말을 듣고 열이 확 솟구치는 느낌이 들었습니다. 거기에 브루노가 나타나더니 부팔마코의 말을 듣기도 전에 이렇게 말하는 것이었습니다.

"칼란드리노! 자네 얼굴이 왜 그런가? 꼭 죽은 사람 같네. 자네 괜찮은가?"

너도나도 이렇게 떠들자 칼란드리노는 아무래도 자신이 병에 걸린 것 같은 생각이 들어 완전히 풀이 죽어서 이렇게 물었습니다.

"어쩌면 좋겠나?"

그 말을 듣고 브루노가 대답했습니다.

"내 생각에는 일단 빨리 집으로 돌아가는 게 좋을 것 같네. 곧장 침대로 가서 이불을 두툼하게 덮고 눕게. 그리고 시모네 선생에게 자네 오줌을 보내는 거야. 자네도 알다시피 시모네 선생은 우리의 절친한 친구가 아닌가. 자네가 어떻게 하면 좋을지 금방 알려 주실 걸세. 우리도 함께 가겠네. 도와줄 일이 있으면 우리가 뭐든지 해주겠네."

칼란드리노는 이제 서서히 스스로를 의심하기 시작했다. 그는 친구들 말에 따라 집으로 돌아가 오줌을 받아 하녀의 손에 들려 보내고는 자신은 이불을 덮고 누워 아내에게 앓는 소리를 했다. 사람 마음이 무서운지라 이렇게 자꾸 옆에서 뭐라고 하니 칼란드리노는 정말 자신이 아픈 것 같았다.

한편 시모네 선생은 소변을 가져온 하녀에게 소변을 검사하는 척하더니 자기가 곧 뒤따라가서 진찰을 할 테니 먼저 가서 칼란드리노에게 몸을 결코 차게 하지 말라고 전하게 했다. 물론 그는 이미 브루노와 부팔마코와 한패가 되어 자기가 해야 할 말을 알고 있었다. 하녀를 보내고 시모네 선생은 진찰 가방을 챙겨 들고 밖에서 기다리고 있는 브루노와 함께 칼란드리노의 집으로 향했다.

선생은 칼란드리노 곁에 앉아서 맥을 짚어 보더니, 부인이 있는 자리에서 이렇게 말했습니다.

"이보게, 칼란드리노! 내 친구니까 하는 말인데, 자넨 아픈 게 아니라 임신을 한 것뿐일세."

이 말을 듣자 칼란드리노는 비통한 소리를 내지르며 이렇게 말했어
요.

"이런 빌어먹을! 테사! 이게 다 당신 때문이야! 자꾸 위에서 하겠다
고 하니까 이런 거 아냐! 그러게 내가 뭐라 그랬어!"

무척 정숙한 여자였던 부인은 남편에게서 이런 말을 듣자 얼굴이 붉
어져서 한마디 대꾸도 못하고 방을 나가버렸습니다. 칼란드리노는 계
속 한탄 섞인 말로 투덜거렸습니다.

"아이고, 내 팔자야! 내 인생이 어찌 되려고 이러나! 이 애를 어떻게
낳는단 말인가? 애가 어디로 나올 수 있지? 이게 다 여편네가 발정이
나서 내가 죽는 거로구나! 이놈의 여편네, 내가 복 받는 만큼 천벌을
받아라! 내 몸이 멀쩡하기만 했어도 당장에 일어나서 이년을 두들겨
패버리는 건데. 그래서 다리몽둥이라도 분질러 놔야 직성이 풀릴 텐데
말이야. 아이고! 그년이 위에 올라타는 걸 그냥 두는 게 아니었는데.
앞으로는 질대 그러지 말아야지. 그래야 올라타고 싶어 환장해서 먼저
말라 죽을 것 아닌가."

이 말을 들은 시모네 선생은 "이가 몽땅 빠질 만큼" 깔깔거리며 웃
어 댔다. 이윽고 칼란드리노는 어쩌면 좋은가, 좀 살려 달라고 선생에
게 매달렸다.

"칼란드리노! 너무 낙담하지 말게. 다행히 사태를 일찍 알게 됐으니, 며칠이면 그냥 잘 나을 걸세. 돈이야 좀 들겠지만 말이야."

그러자 칼란드리노가 말했어요.

"아이고, 선생님! 제발 잘 부탁드립니다. 땅을 좀 사려고 모아 둔 200리라가 있습니다. 필요하시다면 다 가져가십시오. 애만 낳지 않게 해주세요. 정말 어찌해야 좋을지 모르겠어요. 여자들은 그렇게 큰 그릇을 가지고도 애를 낳을 때 아프다고 울고불고 난리를 치던데, 내가 그렇게 아프게 된다면 애를 낳기도 전에 죽어버리고 말 겁니다."

그 말을 듣고 선생이 점잖게 말했습니다.

"걱정 말게나. 내가 효과 확실하고 먹기에도 좋은 물약을 하나 만들어 주겠네. 그걸 마시면 사흘 안에 깨끗이 나을 걸세. 갓 잡은 생선보다 더 팔팔해질 거야. 앞으로는 좀 똑바로 처신해서 이런 어리석은 지경에 빠지지 않도록 하게. 그런데 그 물약을 만들려면 살찌고 좋은 수탉 여섯 마리가 필요하네. 거기에다 다른 필요한 재료들도 사려면 5리라 정도가 있어야 하니, 그 돈도 닭과 함께 우리 집으로 보내 주게. 그럼 내 확실히 내일 아침까지 그 물약을 만들어서 보내 주겠네. 그걸 받으면 큰 그릇에 가득 따라서 한 번에 쭉 들이키도록 하게."

말도 안 되는 처방 같지만 당시 서양의 의사가 하는 일도 시모네 선생과 크게 다르지 않았다. 당시 가장 유명한 의학서는 '갈레노스의 의학서'로 2세기경 고대 로마에서 만들어진 책이다. 『데카메론』에도 이

작가 미상, 15세기 채색삽화

브루노와 부팔마코, 이 콤비의 장난이 좀 지나치다 싶은데, 거기에 감쪽같이 속아 넘어가는 칼란드리노도 참 어이없다. 남자가 임신을 할 수 있다고 생각하다니! 그렇지만 칼란드리노의 무식함을 탓하기 전에 한번 생각해 보자. 친구들이 노린 건 주술의 효과 같은 게 아니었을까. 설마 하면서도, 반복되는 것에 인간의 마음은 혹하게 되고, 그러다 믿게 되기도 한다. 시모네 의사 선생처럼, 이 일로 된통 당하고 난 다음 칼란드리노도 브루노 일당과 한패가 되지 않았을까.

책 이름이 자주 등장하는 걸 보면 당시 가장 믿을 만한 의서였던 모양이다. 르네상스를 거치면서 해부학적 지식이 조금 늘었으나 의학은 별로 발전하지 못했다. 19세기 초까지만 해도 의사들은 '게 눈, 백장미 시럽, 피마자유, 아편, 진주, 신성한 만병통치제' 따위를 치료약으로 소개하는 책을 보았다. 마취제가 없었기 때문에 외과 수술을 받다가 쇼크로 사망하는 사람들도 많았다. 의사는 칼과 가위를 다룬다는 점에서 이발사와 같았다. 의술은 마술과 진배없었다. 당연히 성공률도 낮았으며, 그나마도 돈 있는 사람들을 위한 쇼였다. 어찌 보면 적당한 아부와 위로가 가장 안전한 약이었다. 시모네 선생을 돈만 밝히는 멍청한 유학파 사기꾼으로 설정한 것은 나름 이런 세태 풍자를 겸하고 있다.

어쨌든 영 우스운 처방이지만 칼란드리노는 그 말을 믿고 브루노에게 수고를 해 달라고 돈을 맡겼다. 의사는 포도주 몇 가지를 섞어 그의 집으로 보내고 브루노는 수탉과 술안주를 사다가 친구들과 함께 배를 두드리며 실컷 먹었다.

부팔마코와 브루노에겐 내 것, 네 것이 없다. 그들의 속임수는 남의 것을 빼앗는 나쁜 짓이 아니라 당연한 권리처럼 느껴진다. 풍요로운 사람이 먹을 것을 대접하고, 우연히 얻은 재화는 당연히 함께 나눈다는 전제가 존재한다. 이와 달리 칼란드리노가 집착한 유산은 그 크기를 떠나서 사적으로 재산을 물려주는 방식이다. 시신이 부패해 갈 때도 죽은 자의 재산은 살아생전 그의 의도대로, 그의 소유물처럼 이동하는 것이 유산이다. 살아 있는 사람들의 먹고 마시는 권리보다 죽은 자의 사적인 의도가 더욱 중요한 것이 상속이다. 법은 산 자들의 욕망보다 죽은 자의 말을 더 중시하도록 보장해 주었다. 칼란드리노는 얼마 안 되는 유산에 집착했고, 그것을 이용해 더욱 부를 늘리고자 했다.

칼란드리노의 소유욕은 언제 올지 모르는 미래를 향해 있다. 그런데 미래를 생각할수록 현재는 얼어붙는다. 미래란 본디 알 수 없는 것이기에 생각할수록 두려움이 커지기 때문이다. 두려워하는 사람은 유연하게 생각할 수 없다. 기껏해야 사회가 만들어 놓은 매뉴얼을 따라 스펙을 쌓거나 투자를 하는 데 주력할 뿐. 두 청년은 그런 경직된 세계를 부수고 자기들만의 방식으로 먹고 마시며 살아간다. 속임수와 유머는 그들의 즐거운 삶을 위한 생존 전략이다. 부팔마코와 브루노, 그들은 오직 즐거움의 법칙에 따라서만 살아가고, 현재의 풍요와 웃음을 줄 수 있는 이야기를 꾸며낸다. 그들과 함께하는 순간, 그들의 속임수와 연극에 참여하는 순간, 사람들은 새로운 방식으로 세상과 만난다. 그들이 구사하는 농담과 속임수 역시 탐욕스런 술수라기보다 풍요로운 축제를 여는 기예처럼 느껴진다. 살찐 닭과 달콤한 술 그리고 친구들의 웃음 외에 그들이 바라는 것은 없다. 삶 자체가 놀이가 되고, 놀이가 삶이 되는 시간! 그런 시간을 원한다면, 우리도 그들처럼 새로운 방식으로 삶의 이야기를 엮어 보자.

chapter 07

너의 서사를
발견하라

Decameron

여자는 섬세해서 자기 운명을 견디기가 쉽지 않습니다.
그렇기에 운명에 휘둘린 여자들을 어떤 식으로든 치유하고 위로하기 위해서,
사랑에 빠진 여인들이 구원을 받고 안식을 얻을 수 있도록,
백 편의 이야기를 들려드릴까 합니다.

:: 백 번째 주인공 그리셀다 : 그녀의 순종이 수상하다 (X, 10)

　두툼한 『데카메론』을 들고서 고전이라는 타이틀과 어울릴 만한 묵직한 교훈과 감동을 기대했다면, 아마도 중구난방 펼쳐지는 100개의 이야기 속에서 정신을 차리기 어려울 것이다. 어떤 날엔 바람난 여인의 기지를 칭찬하다가도 다음날이면 지고지순한 여인을 칭송하고, 귀족의 고귀함을 논하다가도 그들의 허세를 조롱한다. 역으로 『데카메론』을 불륜과 질펀한 연애담이 가득한 야설집으로 생각한 사람들도 실망할 것이다. 우리의 시선을 붙잡을 만한 쫄깃한 묘사와 팽팽한 긴장감이 없기 때문이다. 남녀가 만나 쾌락을 즐길 때도 "남녀가 나눌 수 있는 가장 즐거운 시간을 가졌답니다." 정도가 전부이니 말이다. 감상을 적어 보려 해도 책 전체를 관통하는 줄거리나 주제를 말하기 어렵다. 뭔가 가슴 짠한 감동이라도 있으면 좋으련만 우스개 같은 이야기가 대부분이고, 슬프거나 진지해 보이는 이야기라 해도 인물들에 감정이입이 불가능하다. 왜 이 책은 이다지도 모순적이고 불편한 것일까? 100편의 이야기를 다 읽어 갈 무렵 혼란은 더해 간다. 그리고 마지막, 100번째 이야기에서 우리는 가장 이해 못할 주인공을 만나게 된다. 그녀의 이름은 그리셀다이다.

그리셀다는 『데카메론』의 첫머리에 나왔던 차펠레토와 극과 극을 이루는 인물이다. 차펠레토가 모든 규범을 비껴가는 거짓말의 달인이라면 그리셀다는 아무리 부당한 요구도 모두 다 받아주는 순종의 달인이다. 그녀는 농부의 딸로 그 품행이 반듯하여 귀족 청년 괄티에리의 눈에 띄었다. 덕분에 지참금은 물론 숟가락 하나도 가지지 않은 채 맨몸으로 결혼에 골인하여 귀족 집안의 안주인이 된다. 신데렐라의 꿈을 이룬 셈이다. 그러나 신데렐라가 온갖 고초를 이겨낸 끝에 결혼에 골인하는 것으로 끝나는 판타지라면, 그리셀다 이야기는 그녀가 결혼한 이후의 삶을 보여 주는 블랙 코미디다. 그녀의 이야기는 이러하다.

괄티에리는 명문 귀족 출신에 따르는 부하들도 많았으나 결혼과 자식 등의 일에는 전혀 관심을 보이지 않았다. 부하들은 그를 보면 줄곧 좋은 아내를 얻으라고 독촉하곤 했다. 그때마다 괄티에리는 이렇게 대답했다.

"이 사람들아! 어찌 이리 싫다는 걸 계속 요구하며 나를 못살게 구는가! 사는 방식이 맞는 사람을 찾는다는 게 얼마나 어려운 일인 줄 정녕 모른단 말인가? 나와 정반대로 사는 사람들이 얼마나 많은지, 내 기질에 맞지 않는 여자를 부인으로 얻는다면 얼마나 비참한 생활을 하게 될지 자네들은 짐작할 수 없겠나?"

그러고는 어느 누구의 간섭도 받지 않고 자기가 직접 아내를 고른다는 전제하에 결혼을 하겠다고 부하들에게 약속을 해주었다. 그가 선택한 여자가 바로 이웃마을에 사는 가난한 처녀 그리셀다였다. 집안 배경이나 재산 따위는 다 무시하고 오직 여인의 품행만 보고 결혼한 괄티에리는 나름 통념에 구속되지 않는 사람이었다. 그는 청혼을 위해 직접 그녀를 찾아가 "언제나 자기를 기쁘게 해줄 것인지, 자기가 어떤 말과 행동을 해도 화내지 않을 것인지, 절대 순종할 것인지" 등등을 물었다. 그녀는 모든 질문에 그렇게 하겠다고 대답했다. 그러자 그는 정말 그녀를 '맨몸으로' 데려와 아내로 맞이했다. 결혼 후 그리셀다는 그의 예상대로 훌륭한 품행으로 칭송을 받게 되었다. 그러나 괄티에리는 자신이 선택한 이 여인이 정말 괜찮은 여인인지 시험해 보고 싶었다. 그런데 그 방법이 좀 과했다.

괄티에리는 그리셀다가 첫 딸을 낳자 천한 여자의 아이라고 주변에서 흉을 본다고 하여 부인을 구박했다. 심지어 아이를 죽여야겠다고 그녀에게서 딸을 빼앗아 먼 곳에 숨겨 둔다. 그후 다시 아들을 낳자 또 그녀를 구박했다. 그는 딸을 빼돌렸던 것과 똑같은 방식으로 아들마저도 빼앗아 같은 곳에 숨겼다. 그리고 결국 결혼 후 십삼 년이 지난 어느 날 다른 여인과 결혼을 해야겠다며 그녀를 내쫓는다.

"이제 당신을 내보내고 다른 여인을 아내로 얻을 것이오. 대대로 나의 조상은 이 고장의 귀족이었고 영주였으나 당신의 조상은 농부였으니, 더 이상 당신을 아내로 데리고 살 수 없소. 그러니 당신이 가져온 물건을 챙겨서 당신 아버지의 집으로 돌아가시오. 나는 다른 아내를 맞이할 것이오. 이미 내 지위에 잘 어울리는 여자를 찾아 놓았소."

여인의 마음을 거스르는 이런 이야기를 들으면서도 부인은 인내심을 발휘하여 눈물을 참으며 대답했습니다.

"비천한 저의 신분이 당신의 고매한 지위와 결코 어울리지 않으며, 제가 얻은 지위가 다 하느님과 당신께 빚진 것임을 한시도 잊은 적이 없어요. [중략] 그리고 제가 가져온 물건을 가져가라고 하셨는데, 계산할 필요도 없고 지갑이나 수레도 필요 없어요. 제가 태어난 그날처럼

당신이 절 발가벗겼던 것을 기억합니다. 당신의 아이들을 낳았던 저의 몸이 모든 사람들에게 보여도 상관없다 생각하시면 벌거벗고 가겠습니다. 다만 제가 가져왔으나 이제 회복할 수 없는 제 처녀성을 지참금으로 여기시고, 대신 속옷 한 벌만 걸치고 가도록 해주세요."

괄티에리는 누구보다 눈물이 나올 것 같았으나, 근엄한 표정을 유지하고 말했습니다.

"좋소. 속옷 한 벌은 입을 수 있소."

괄티에리는 심지어 그녀를 내쫓은 지 얼마 안 있어 다시 불러들여서는 자신의 결혼식 연회를 준비해 달라고 부탁한다. 그리셀다는 그 부탁마저 들어준다. "알겠습니다. 말씀하신 대로 하겠습니다." 이것이

작가 미상, 〈그리셀다 이야기: 파트II 추방〉, 1494

그녀가 남편의 말도 안 되는 요구에 매번 순종하며 하는 말이다. 그렇게 '당신 뜻대로 하소서'라고 말할 때마다 사람들은 그녀를 칭송했다. 반면에 그녀에게 모진 시련을 안기는 남편은 비난받았다. 대망의 결혼식에서 괄티에리는 이렇게 말했다.

"그리셀다! 그렇게 오랫동안 지켜 온 당신의 인내에 대한 보상을 받을 때가 되었구려. 나를 비뚤어지고 잔악한 짐승 같은 놈이라고 욕했던 사람들이 이제 내가 했던 일에 다 뜻이 있었음을 알 때가 되었소. 나는 당신에게 아내의 법도를 가르쳐 주고 싶었고 다른 사람들에게도 알려 주고 싶었소. 사실 나는 당신을 아내로 들였을 때 이 행복이 얼마나 오래가겠나 싶어 두려웠소. 그래서 그걸 확인하려고 지금까지 겪은 대로 당신을 괴롭히고 고통을 주었던 거요."

괄티에리는 이렇게 모든 것이 그리셀다의 덕을 시험하기 위한 '쇼'였음을 밝히고, 새로 데려온 신부는 사실 두 사람의 딸임을 알려 준다. 이 말에 옛 부인 그리셀다와 새 신부인 딸 중에 누가 더 놀랐을까? 암튼, 그의 시험은 분명 정상이 아닌데 괄티에리 한 사람만 그것을 모른다. 그는 눈물을 흘리는 그리셀다를 껴안고 입을 맞추고 그녀에게 우아한 옷을 입혀 주었다. 사람들은 괄티에리가 부인을 너무 모질고 잔인하게 시험한 것 아니냐고 입방아를 찧으면서도 그를 현명하다고 인정했고, 그리셀다는 "더 현명한 여자"라고 결론지었다. 이야기는 이렇게 해피엔딩으로 끝나지만 어딘가 찜찜하다. 한 인간의 덕을 고통으로 실험하는 이런 기괴한 남성상은 어디에서 왔을까? 그리셀다가 그와 함께 살게 된 것을 해피엔딩이라고 할 수 있을까? 그녀는 진정 그렇게 순종만 해야 했던 것일까? 그녀의 순종이 의심스럽다.

∷ 다시 말하는 옛이야기, 질문을 품다

그리셀다처럼 고난과 시련을 견디고 행복한 결말에 이른 사람들의 이야기는 동서고금을 막론하고 많다. 테세우스, 바리데기, 주몽, 해리 포터, '대장금'에 이르기까지 참으로 많은 인물들이 시련을 견디고 행복에 이르게 되었다. 고난과 행복이라는 틀만 보면 그리셀다 이야기도 이런 계보를 따르는 것 같다. 그러나 결정적인 차이가 있다. 대개의 주인공이 겪는 시련은 신탁과 같은 거부할 수 없는 운명, 혹은 그들을 시기하는 나쁜 사람들 때문에 시작된다. 그런데 그리셀다의 시련은 그녀를 사랑하고, 그녀의 덕을 가장 잘 알고 있는 남편에 의해 시작된다. 또 다른 차이는 고난의 역할이 다르다는 점이다. 일반적으로 고난과 모험은 주인공을 성장시키고 변화시킨다. 주인공은 시련 속에서 지혜와 용기를 얻고 그 때문에 자연스레 영웅이 되고 행복을 얻는다. 그들에게 고난과 시련은 배움의 과정이었다. 이에 반해 그리셀다는 시련 속에서도 달라지지 않았다. 그녀의 행복은 자신이 새롭게 얻은 능력 때문에 얻게 되는 것이 아니라 절대자와도 같은 남편에 의해 선물처럼 주어진다. 이런 구조, 어디서 많이 본 것 같지 않은가? 맞다. 그것은 기독교의 구원논리를 닮았다.

괄티에리는 모든 것을 알고 있고, 선한 의도를 가지고 모든 것을 계획했고, 그것을 실행할 힘도 있다. 고로 그는 이 짧은 이야기에서 신과 같은 인물이다. 그리셀다의 천한 신분은 원죄를 지닌 인간을, 남편이 주는 시련은 신이 주는 고난을, 마지막 순간에 남편과 다시 조우하는 행복은 천국에서 신을 만나 구원되는 모델을 그대로 빼닮았다. 그리셀다는 어떠한 시험과 고난에도 불구하고 신에게 순종하는 아브라함, 욥, 성모 마리아의 계보를 잇고 있다. 이처럼 대강의 줄거리는 성인들의 이야기와 유사하다. 그런데 뉘앙스가 다르다. 그리셀다 이야기가 예배를 집전하는 사제가 아니라 디오네오의 입을 통해 나오기 때문이다. 그가 누구인가? 규칙을 어기는 것을 규칙으로 삼고 있으며, 하루의 마지막에 등장하여 그날의 주제를 흩어 다시 혼돈을 만드는 이야기꾼이 아닌가. 그가 '순종'을 말한다?

그리셀다 이야기를 시작하기 전에 디오네오는 이렇게 연막을 쳐 두었다. "미친 짐승과 같은 행동을 한 어느 후작의 이야기이지요. 나중에는 좋은 결과를 가져왔지만 그 행적이 이만저만 큰 죄를 지은 것이 아니니, 그런 짓을 따라 하지 마시라고 충고를 드립니다." 디오네오가 이야기를 마치면서 하는 말도 들어볼 만하다. "속옷 바람으로 집에서 쫓겨난 여자가 몸에 옷을 걸쳐 줄 다른 남자를 만나 다른 인생을 찾

작가 미상, 15세기 채색삽화

그림의 좌우 화면은 그리셀다가 결혼하기 전과 후를 보여 준다. 서양의 오래된 이야기들에서 '장자'를 제물로 바칠 것을 요구하는 신의 시험은 낯설지 않은 설정이다. 그것은 인간이 따르기에는 몹시 가혹한 요구이기 때문에 최고의 고난이 된다. 하여, 그 시험을 통과한 자에게 주어지는 보상도 가장 값진 것으로 여겨졌다.

왔다고 한들 그게 과연 비난할 만한 일이겠습니까?" 말 그대로 괄티에리가 그녀를 버린 순간 그녀 역시 딴 남자를 찾아도 된다. 이미 깨어진 과거의 약속에 매여 현재를 괴롭힐 필요가 없다. 그럴듯하게 해피엔딩으로 정리된 이야기의 앞뒤에서 디오네오의 목소리는 이렇게 순종의 윤리를 비꼬고 있다. 어처구니없는 요구를 감내하는 것이 미덕이라고 말하며 여인들을 짓누르는 자들을 '짐승 같은 자'라고 못박으면서.

더불어 『데카메론』은 고난으로 인간을 시험한다는 발상이 얼마나 잔인하고 기이한 것인지 숨기지 않는다. 짐승 같은 자들이나 하는 이런 일을 전지전능한 신이 한다는 게 말이 되는가. 기독교의 구원논리를 인간의 차원으로 끌어내려 뒤집어본 사람이 일찍이 있었던가. 신이 인간을 시험한다는 교회의 가르침은 틀렸다! 무조건 참고 견딜 필요가 없다! 그렇다면 인간은 자신에게 닥친 불운과 고난을 어떤 태도로 만나야 할까? 순종의 달인 그리셀다의 이야기는 깊은 곳에 이렇게 도발적인 질문을 품고 있다.

그리셀다 이야기는 이중 삼중으로 해석된다. 이야기만 떼어 놓고 보면 순종적인 여인의 미덕을 찬양하는 이야기이고, 이야기꾼 디오네오의 성격을 고려해 보면 순종을 비꼬는 이야기이다. 좀더 적극적으로 해석해 보면 기독교의 구원론에 대한 공격도 된다. 이야기는 지혜의 원석이다. 세공법에 따라 모양과 빛을 달리하는 보석처럼 이야기도 어떤 이야기꾼의 목소리에 실리는가에 따라 다른 모양을 얻는다.

그래서 이야기꾼이 중요하다.

　독일의 철학자 발터 벤야민에 따르면 이야기꾼이란, "의로운 자가 이야기의 인물 속에서 자신을 만나게 되는 그런 인물이다." 그는 어떤 이야기를 들어도 마치 자기가 겪은 듯이 공감한다. 학문을 익히지도 못하고 소설가처럼 특별한 글재주도 갖고 있지 않지만 이런저런 문제로 고민하고 있는 친구들에게 자신의 지혜를 보태고 싶어하는 의로운 사람이다. 그래서 그는 자연스레 이야기로 자신의 경험, 혹은 자신의 일처럼 공감했던 누군가의 경험을 전한다. 세련된 구성이나 화려한 수사는 없지만 그래서 더 쉽게 남들에게 전할 수 있다. 바람난 여인, 주정뱅이 남편, 부패한 성직자, 몰락한 귀족의 이야기 등이 그들의 주요 레퍼토리다. 이야기의 주인공은 특정한 시공간에 존재했던 개인이 아니라 주변에서 흔히 볼 수 있는 인물들의 전형이다. 그래서 '옛날 어느 마을에 착하고 성실한 ○○이 살았어요.' 정도면 설명이 충분하다. 구체적인 장소와 시간, 자세한 인물의 특징은 그다지 중요하지 않다. 이야기의 인물은 유형화 되어 있다. 구체적인 정보가 아니라 특정 유형의 인간들이 어떤 실수를 하고 어떻게 어려움을 이겨나가는지가 중요하다. 이야기의 소재 역시 마찬가지다. 사랑, 죽음, 명예, 종교 등 인간이 겪는 보편적 문제들이 이야기의 주요 테마이고, 각각의 문제들에 주인공이 어떻게 대응해 왔는지 간결하게 제시된다. 구조도 너무 간단하여 누구나 쉽게 전할 수 있다. 우리에겐 그런 이야기가 필요하다. 이야기가 우리를 살게 한다. 과장이 아니다. 풀리지 않는 인생의 문제로 꽉 막혀 있을 때, 다른 누구가도 나와 비슷한 경험을 했고 다양한 방법으로 문제를 돌파했음을 아는 것만으로도 위안이 되고, 뭐든 해볼 수 있게 만든다. 믿지 못하겠다고? 여기 이야기 때문에 살아난 한 사나이의 증언이 있다.

:: 어느 이야기꾼의 간증: "이야기가 나를 살렸습니다."

괴로움에 빠진 사람을 보면 연민을 느끼는 것이 사람의 마음입니다. 모든 사람이 마찬가지겠지만, 한때 위안이 필요했고, 남에게 위안을 받았던 사람이라면 특히 더 지녀야 할 마음이지요. 어딘가에 그런 괴로움에 빠져 위안을 필요로 했거나 이미 위안을 받아 그로 인해 벌써 기쁨을 얻은 사람들이 있다면 저도 그 중 하나일 것입니다. 제가 젊었을 때부터 지금까지 비루한 저의 처지보다 훨씬 숭고하고 고귀한 사랑을 불태웠다는 점은 이런 얘기를 하기 전에 미리 말씀드려야 하겠습니다.

한때 저는 제 이름이 널리 알려지고 교양 있는 사람들 사이에서 저에 대한 평판이 좋다는 소문을 들었습니다. 그러나 저는 이루 말할 수 없는 인내와 고통의 시간을 보냈습니다. 사랑하는 여인이 무정해서가 아니라 저의 왕성한 욕구가 불러일으키는 과도한 불길이 제 가슴을 태웠기 때문입니다. 그 불길이 지나치게 타올라서 저는 늘 뭔가 부족한 듯했으며 필요 이상으로 괴로움을 느끼곤 했습니다. 그렇게 괴로워하는 가운데 어떤 친구와 나눈 즐거운 대화와 그의 진정어린 위안은 제 가슴의 불길을 식히기에 충분했습니다. 제가 죽지 않고 이렇게 살아 있는 것도 그 덕분이라고 굳게 믿고 있습니다. [중략] 자유롭게 말할 수 있게 된 지금, 은혜를 저버리는 인간이 되지 않고, 그것을 갚기 위해 아주 작은 일이라도 도움이 되는 일을 하고 싶습니다. 저를 도왔던 분들뿐 아니라, 우연이든 신중하게든 아니면 그저 운명적으로든, 도움이 필요한 분들께 기분전환이라도 될 만한 위안을 드리고 싶습니다. 제가 할 수 있는 지원, 그러니까 저의 위로가 보잘것없을 수도 있습니다. 그럼에도 저의 위로를 필요로 하는 분들에게 더 큰 애정을 보이고 싶습니다. 그것이 더 보람 있고 더 값진 일일 테니까요.

아무리 사소하다 해도 이런 위로는 남자보다는 여자에게 훨씬 더 적합할 것입니다. 이 사실을 부정할 사람이 있을까요? 여자는 부드럽고 부끄러운 마음 때문에 그 섬세한 가슴속에 불같은 사랑을 감추고 있습니다. 경험해 본 사람들은 그것이 얼마나 강하고 명백한 사실인지 압니다. 그뿐인가요. 여자들은 부모, 형제, 남편이 원하고 좋아하고 강요하는 것에 얽매여 대부분의 시간을 집 안에 처박혀 우두커니 앉아 온갖 잡생각에 빠져 지냅니다. 언제나 즐거운 생각만 하는 것도 아니지요. 불같은 욕구를 참다 우울증이 속을 채우는 바람에 변덕을 부리거나 짜증이 아예 덕지덕지 눌어붙은 여자들도 있습니다.

이런 경우에는 신선한 생각을 불어넣을 새로운 공기가 필요합니다. 그런데 사실 여자가 남자보다 힘든 상태에 있다는 걸 우리는 좀처럼 깨닫지 못합니다. 남자는 사랑에 빠져도 그렇게 쉽게 우울증에 빠지지 않습니다. 우리 눈으로 뻔히 보지 않습니까. [중략] 여자는 섬세해서 자기 운명을 견디기가 쉽지 않습니다. 그렇기에 운명에 휘둘린 여자들을 어떤 식으로든 치유하고 위로하기 위해서, 사랑에 빠진 여인들이 구원을 받고 안식을 얻을 수 있도록 백 편의 이야기를 들려드릴까 합니다.

짐작했겠지만 이야기 때문에 살아난 이 사나이는 바로 보카치오다. 그는 젊은 시절 좋은 평판을 듣고 이름도 널리 알렸으나 사랑의 고통으로 괴로워했고, 그런 자신을 살린 것이 친구와 나눈 이야기라고 증언한다. 그때의 고마움을 갚기 위해 자신도 100편의 이야기를 적는다고. 그는 특히 자신의 이야기가 부모, 형제, 남편에게 얽매여 있는 여인들을 치유하고 위로하길 바란다고 말한다. 여기서 여성이란 특정한 성별이 아니라 가슴속에 불같은 에너지를 갖고 있으면서도 이런저런 사회적 제약 때문에 그 에너지를 다 펼치지 못하는 모든 사람들을 일컫는 말일 것이다. 그들에게 이야기가 필요하다. 이야기야말로 우리를 누르는 온갖 제약과 권위를 깰 수 있는 무기이기 때문이다.

보카치오는 위로가 필요한 여인들을 위해 『데카메론』이 다 완성되기 전에 이야기들을 조금씩 세상에 내어 놓았다. 광장에서 사람들이 이야기를 듣고 이런저런 평을 즉석에서 덧붙이듯 그걸 읽은 사람들도 이런저런 논평을 했다. 인기도 꽤 있었지만 비방도 만만치 않았던 모양이다. 보카치오가 "부인들을 너무 좋아한다." 같은 유치한 뒷말부터, 그의 글이 "부인들을 추어올린다."는 비난까지 비방은 다양했는데, 그 요지는 그가 '여인'들을 위한 글을 쓴다는 것이었다. 보다 중요한 문제들, 다시 말해 종교나 정치, 철학과 같은 진지한 문제들이 아니라 저잣거리에 떠도는 자잘한 이야기를 글로 쓰는 것을 문제 삼은 것이다. 그저 별스럽지 않은, 떠도는 이야기들을 전했을 뿐인데, 바로 그 점 때문에 이 책은 문제작이 되었다.

『데카메론』을 횡단하면서 살펴보았듯이 민간에서 떠돌던 이야기들은 대개 우스갯소리다. 이야기꾼은 진지한 학자들이 아니라 시장을 오가는 사람들, 빨래터의 아낙들을 사로잡아야 한다. 시간을 내서 극장에 앉아 있는 사람들이 아니라 방구석에서 우울하게 잡생각에 빠져 있는 여인을 위로해야 한다. 간결하고 유쾌하지 않다면 살아남을 수가 없다. 이야기가 전하는 메시지도 중요하지만 무엇보다도 경직되지 않는 것이 중요하다. 부패한 교회가 불만일 때, 천국을 미끼로 헌금을 걷는 일이 부당하다고 느껴질 때, 마르틴 루터는 〈95개조 반박문〉을 붙여 두고 수도원으로 다시 들어가 고뇌했겠지만 이야기꾼은 광장에서 우스갯소리를 떠들어 댄다. 수녀원에서 아무 고통 없이 아이를 낳고 기른 마세토의 이야기, 유대인 상인마저 감동시킨 부패한 교황청의 부유함 등등. 해학과 풍자가 이야기의 본령이고, 세상을 뒤집어 보게 하는 역설이 이야기의 힘이다. 그런 이야기의 힘이 한 번도 침입하지 못한 곳이 있다. 이른바 격식이 요구되는 '공식적인 장르'가 그렇다. 찬송가나 국가, 교가처럼 공식석상에서 불리는 노래는 웃음을 허용하지 않는다. 기도문, 공문서, 교칙, 법조문 등도 마찬가지다. 격식을 이유로 경직을 요구하는 곳엔 웃음과 역설이 들어설 자리가 없다. 격이 떨어진다! 웃을 때가 따로 있지! 하지만 이는 도리어 이야기의 힘이 무엇인지 잘 보여 준다. 러시아의 문학비평가 바흐친의 말에 따르면 "웃음은 딱딱하고 엄숙한 생명 없는 관료주의에 조금도 오염되지 않았다." 인간 상호간의 유대가 깨어지고 근본적 욕망이 무시된 채 거대한 이념만을 부르짖는 종교와 국가는 웃음을 경계한다. 그렇기에 그 엄숙함을 깰 수 있는 것도 웃음이다. 욕망은 있으나 부모, 형제, 남편의 권위에 눌린 여인들, 삶의 무게에 눌려 있는 모든 이들에게 이야기가 필요한 것도 이 때문이다. 그래서 예부터 힘없는 사람들이 이야기를 놓지 않았다. 보카치오 역시 그랬다.

『데카메론』의 인기가 올라가고 더불어 '안티'도 늘어갈 때 그는 생명의 위협까지 느꼈다. 그래서 네 번째 날 직접 등장하여 근래에 떠도는 이런저런 풍문을 전하면서 자신을 변호한다. 비방에 가세한 사람들의 수효가 너무 불어나서 독자들에게 이야기를 다 전하기도 전에 자신이 파멸에 이를까 두려웠기 때문이다. 보카치오의 변론이 특이한 것은 그가 논리적으로 따지려 하지 않고 우스운 이야기 하나로 변론을 대신한다는 점이다. 어떤 철학자가 말했듯 우리는 적이랑 싸우면서 적을 닮는 경향이 있다. 괴물과 싸우면서 괴물이 되는 사람들. 거대한 이데올로기와 싸우기 위해 더 그럴듯한 이데올로기를 만드는 사람들. 부패한 교황청과 싸우겠다고 95가지 항목을 들어 조목조목 따진 루터로부터 신교가 시작되고, 그들의 후예들이 누구보다 야박한 구호 '예수천국과 불신지옥'을 외치고 다니는 걸 보라. 천국은 물론 현세의 행복마저 헌금을 위한 미끼가 되고 교리는 더욱 경직되었다. 보카치오는 그렇게 되지 않았다. 노련한 이야기꾼은 자신이 지키고 싶은 것을 잃지 않았다. 그는 '자기변론'을 위해 완결성이 좀 떨어지지만 유쾌한 짧은 이야기 하나를 더 보탰다. 이로써 『데카메론』은 완전수 100을 채우는 닫힌 구조의 이야기가 아니라, 더 자라날 씨앗을 품은 미완의 이야기가 되었다. 이야기는 계속된다.

『데카메론』이 불러온 살해 위협. 보카치오가 자신의 어린 시절을 다양하게 각색했던 걸 떠올려 보면 이 이야기도 온전히 믿을 순 없다. 그럼에도 불구하고 보카치오의 변론은 그가 이야기꾼의 역할을 얼마나 좋아했는지를 확인시켜 준다. 보카치오가 단지 이야기를 수집하고 정리하는 것을 소임으로 여겼다면 그때 집필을 멈췄을 수도 있다. 아니면 몰래 완성한 뒤에 미발표작으로 남겨 두거나. 그러나 보카치오는 그렇게 하지 않았다. 청중을 앞에 두고서는 이야기를 하지 않고는 못 배기는 이야기꾼처럼. 하지만 청중이 없다면 이야기꾼도 없다. 이야기를 들어줄 사람이 없었다면 인류는 신화나 민담 등의 방식으로 지혜를 전수할 수 없었을 것이다. 어떤 이야기든 혼잣말로 지껄이는 데는 한계가 있다. 보카치오가 열 명이나 되는 화자를 등장시킨 것도 한 사람이 이야기할 때 나머지 9명이 청자가 되어 주기 때문일 것이다. 그렇다. 이야기는 듣는 사람이 필요하다. 이야기는 대화의 산물이며, 가장 탁월한 이야기꾼은 가장 성실한 청자였다! 보카치오 역시 누구보다도 잘 듣는 사람이 아니었던가. 사랑의 고통에서 보카치오를 살려낸 치료법은 아주 간단하다. 타인의 이야기를 잘 듣고 잘 전하기! 이것이 보카치오가 우리에게 증언하는 양생養生의 비법이다.

:: 이야기하기, 삶을 가꾸는 기예

　보카치오는 친구와 나눈 이야기 덕분에 살아났다. 그의 양생법을 가장 잘 따라한 이들이 있다면 아마 『데카메론』속 10명의 이야기꾼들일 것이다. 페스트를 피해 피렌체를 떠난 이들은 이야기 축제를 벌이며 즐거운 시간을 보냈다. 약속된 시간이 지나고, 100번째 이야기를 끝으로 이야기의 퍼즐이 완성된 뒤 그들은 무얼 했을까? 10명의 화자들은 잠시 머물렀던 유토피아를 깨고 자신들이 살던 피렌체로 '다시' 돌아간다. "세 청년은 일곱 명의 부인들과 만나 길을 떠났던 산타 마리아 노벨라에서 그들과 헤어진 뒤 다른 놀거리를 찾아갔습니다. 부인들은 적당할 때쯤 해서 집으로 돌아갔습니다." 너무나 평범하여 인용하기도 멋쩍지만 이야기의 특징을 잘 보여 주는 장면이라 그대로 옮겼다. 멋진 결말이다. 이야기는 사람들로 하여금 일상을 내팽개치도록 한 적이 한 번도 없었다. 그랬기에 지금까지 전해질 수 있지

1467년 무렵 이탈리아 페라라에서 출간된 『데카메론』(영국 옥스퍼드대학교 보들리언 도서관 소장본)에 실린 타데오 크리벨리(Taddeo Crivelli)의 삽화. 산타 마리아 노벨라 성당 안으로 막 들어오는 세 명의 청년을 팜피네아가 맞이하는 모습을 담았다.

않았겠나. 이야기를 나누던 사람들은 일상으로 다시 돌아간다! 재미난 걸 알게 되면 가까운 이들에게 전하고 싶은 것이 인간의 공통된 욕망이다. 이야기를 들은 사람들은 그걸 전할 상대를 찾는다. 애써 멀리 갈 필요도 없다. 가족과 친구들이 있는 일상의 현장을 떠나지 않으면 된다. 이것이 이야기 양생법의 1단계다.

인터넷 시대를 살고 있는 우리에게도 이런 본능이 살아 있다. 재미난 영화를 보고 나선 스포일러가 될까 염려하면서도 영화 후기를 남기고, 재밌는 기사를 보면 '퍼가요~'를 적어 두고 복사하기와 붙이기를 반복한다. 그러나 이야기는 이렇게 복제할 수 없다. 이야기를 생생하게 전하려면 역시 상대를 앞에 두고 말해져야 한다. 소리와 리듬이 실려야 이야기에 맛이 산다. 이야기가 온전히 몸에 배이지 않으면 생생하고 재밌게 전하는 건 요원한 일이다. 하여 이야기를 잘 전하려면 반복이 필요하다. 반복! 반복! 이것이 이야기 양생법의 2단계다.

주입식 암기교육에 질린 사람이라면 반복해야 한다는 것을 끔찍하게 여길지 모른다. 이는 무언가를 반복하는 행위가 인간에게 맞지 않아서가 아니라 자본주의가 불러온 감각 때문이다. 자본주의는 늘 새로운 것을 원한다. 신약, 신곡, 신기술, 신상, 뉴스(news, 말 그대로 새로운 것들). 포털 사이트의 전면을 장식하는 것은 온통 새로운 것뿐이다. 상품도 정보도 시간이 지나면 절로 가치가 떨어진다. 소비자로 길들여진 우리는 늘 새로운 것을 원한다. 이는 우리가 살고 있는 우주 자연의 원리와 맞지 않는다. 고로 양생에 해롭다. 태양은 매일 뜨고 지는 것을 반복하고, 식물은 해마다 나고 죽는 것을 반복한다. 인간을 매개로 전파되는 이야기도 자연스럽게 이 리듬을 타고 반복되는 가운데 이어져 왔다.

구술의 시대에 이야기는 반복되지 않았다면 아예 살아남을 수도 없었다. 아이들은 잠자리에서 할머니에게 같은 이야기를 반복해서 들었고, 어른들도 굿판이나 장터에서 이미 알고 있는 무가와 판소리를 반복해서 들었다. 이야기가 단순히 정보 혹은 지식의 전달을 위한 것이라면 이렇게 반복될 필요가 없을뿐더러 반복될 수도 없다. 그렇다면 이야기는 왜 반복되는가? 이야기에 담긴 지혜와 용기를 몸과 마음에 새기기 위함이다. 무녀들은 계속 이어지는 여인들의 힘겨운 삶을 위로하기 위해 바리데기 이야기를 반복하고, 할머니는 손자 손녀의 몸과 마음이 단단해질 때까지 용감한 오누이의 이야기를 계속 들려준다. 듣는 이의 마음은 조금씩 성장하고 단련되고 있으니, 이야기는 매번 다른 강도로 그들에게 다가올 것이다.

이제 이야기 양생법의 마지막 단계가 남았다. 1, 2단계가 그러했듯 3단계의 비법도 극히 평범하다. 이름하여 나의 서사를 발견하기! 3단계의 포인트는 서사를 '발견'하는 데에 있다. 이야깃거리를 일상에서 찾아내는 것이 이 단계의 수련과제다. 양생을 위해 이야기를 창작하는 소설가가 될 필요는 없다는 말이다.

어렸을 때 일기를 쓰던 경험을 떠올려 보면 알겠지만 일상의 일을 재미나게 엮는 일은 그리 쉽지 않다. 오늘이 어제 같고, 오늘 먹은 밥이 어제 먹은 밥과 같으면 쓸 거리가 없다. 체험학습 같은 특별한 일이 있으면 그럴듯한 일기가 나올 것 같지만 그런 날일수록 일기는 지루한 보고서가 되기 십상이다. 그렇다면 어떻게 이야기를 만들 수 있는가? 담담한 일상을 잘 관찰하고, 모호한 사건들을 명확한 언어로 정리하고, 흘러가는 정보들을 잡아내서 맥락 속에 놓아야 한다. 이런 일들을 가장 잘했던 사람들이 인디언 추장들이다.

인디언 추장에겐 마을 사람들에게 재미나고 유용한 이야기를 해줄 의무가 있었다. 추장이 연설할 때 부족민들이 졸거나 딴청을 피우면 추장의 체면이 말이 아니었다. 오로지 말로 사람들의 귀를 사로잡아야 하는데 워낙 작은 사회인지라 낯선 이야기로 사람들의 이목을 끄는 것은 거의 불가능한 일이었다. 신화든 마을 소식이든 이미 부족사람들이 다 알고 있다. 하여 추장이 터득해야 할 기술은 일상의 사건들을 짜임새 있게 다시 편집하고 지금 시기와 딱 맞는 신화를 골라 다시 들려주는 것이다. 그러려면 누구보다도 자기가 속한 공동체와 밀착해서 생활하면서 관심과 애정을 갖고 일상을 돌봐야 했다. 실제로 추장이 누구보다 일찍 일어나 일을 하고 수확물을 아낌없이 베풀었다. 여럿이 힘을 모아 하는 일에도 앞장서서 참여했다. 부족 사람들은 물론 가축과 곡식, 들판의 풀과 나무들까지 자신을 둘러싼 모든 것을 향한 관심과 애정이 없으면 불가능한 일이다. 그렇게 자기가 속한 공동체의 일상과 밀착해서 살아야 사람과 사람간의 간극, 어제와 오늘 사이에 달라진 차이를 발견할 수 있고 그것을 엮어 새로운 서사를 만들 수도 있었다. 아무도 주목하지 않는 일상의 장면들을 새롭게 볼 수 있는 시선을 부여하는 일. 그것이 이야기 양생법의 최종 단계, 나의 서사를 발견하는 3단계의 과업이다.

　지극히 평범해 보이지만, 새로운 말과 이야기로 상투적인 세상의 시선을 뒤집는 일이야말로 성인들과 혁명가들이 꿈꿔 왔던 일이다. 그들의 가르침은 특별하지 않다. 이웃을 내 몸같이 사랑하고, 먼지 속에서 우주를 보고, 신분을 가리지 않고 평등하게 모든 이를 만나라. 그 시작이 성실하게 일상을 살고, 타인의 이야기를 귀담아 듣고 전하며, 일상에서 새로운 서사를 발견하는 일에서부터 시작된다. 그러니 이제 우리 여기서 일상을 이야기하자! 애정을 다해 일상을 살고, 일상 그 자체를 새롭게 하는 이야기를 발견하여, 끝도 없이 이야기를 이어가 보자. 네버 엔딩 스토리(Never ending story)!

• 부록

함께 읽으면 좋은 책들

• 조반니 보카치오, 박상진 옮김, 『데카메론』(1~3), 민음사, 2012

국내에 완역된 『데카메론』 중 이야기의 느낌을 잘 살린 좋은 번역본이다. 당대 생활상이나 『데카메론』에 등장하는 다양한 캐릭터들, 지리적 정보, 중세의 풍속 등을 친절한 각주를 통해 소개해 준다. 원전의 맛을 느끼고 싶은 독자라면 꼭 이 책을 읽기를 권한다.

• 박상진, 『데카메론 – 중세의 그늘에서 싹튼 새로운 시대정신』, 살림, 2006

보카치오의 삶과 문학에 대해 소개하는 글과 『데카메론』 원문 중 일부를 발췌하여 현대인이 읽기 편하게 윤문하여 엮은 책이다. 이탈리아어를 전공한 저자가 일반 독자를 위해 쓴 입문서로, 『데카메론』에 관한 해설을 담은 거의 유일한 국내 도서다.

• 조반니 보카치오, 임옥희 옮김, 『보카치오의 유명한 여자들』, 나무와숲, 2004

여성이 주인공이 되는 106편의 이야기를 모은 책이다. 윤리적으로 올바른가 그른가를 떠나서 '유명한' 여자들에 관한 이야기만을 모았다. 역사와 신화를 넘나들며 수집된 이야기는 다양한 여성의 욕망과 인생을 보여 준다. 이야기 수집가로서의 보카치오의 면모를 다시 확인할 수 있는 작품이다.

• 조반니 보카치오, 진영선 옮김, 『단테의 일생』, 그물코, 2013

보카치오는 자신의 말년을 단테를 연구하고 강의하는 데 바쳤다. 그가 전하는 『단테의 일생』은 단테를 연구하는 사람들의 필독서이기도 하다. 이 책은 단테의 평전일 뿐만 아니라 시와 산문, 이탈리아의 정치 상황에 관한 보카치오의 관점을 볼 수 있는 귀중한 자료다.

• 단테 알리기에리, 박상진 옮김, 윌리엄 블레이크 그림, 『신곡』(「천국편」, 「연옥편」, 「지옥편」), 민음사, 2007

보카치오가 사랑한 이탈리아의 대문호, 단테의 대표작. 단테가 고대의 시인 베르길리우스의 인도로 사후세계를 여행한 여행담으로, 기독교의 세계관을 이해하고 싶다면 꼭 읽어야 하는 책이다. 당대 현실에 대한 비평서이자, 중세 철학과 문학에 대한 단테의 탁월한 해석을 만날 수 있다. 후대 화가들에게도 많은 영향을 주었는데, 이 책엔 영국의 위대한 화가이자 시인인 윌리엄 블레이크의 그림이 실려 있다.

• 야코프 부르크하르트, 이기숙 옮김, 『이탈리아 르네상스의 문화』, 한길사, 2010

이탈리아 르네상스를 중세와 구별하여 새로운 인간과 국가의 탄생 시기로 밝혀낸 야코프 부르크하르트의 대표작이다. 왕들의 연대기와 전쟁의 역사를 넘어서 문화사라는 영역을 심도 있게 만나고 싶은 사람들에게 권한다. 보카치오가 살던 시대의 일상과 정치적 풍토, 뛰어난 인물들의 사상을 만날 수 있다.

• 사카이 다케시, 이경덕 옮김, 『고딕, 불멸의 아름다움』, 다른세상, 2009

합리성이 사람들을 지배하기 전까지 사람들의 마음을 움직이고, 기독교의 세계관을 가르치던 거대한 공간, 대성당에 대한 책이다. 고딕성당에 대한 지식뿐만 아니라 중세의 도시와 건축, 사람들의 일상과 정서까지 폭넓게 담아냈으며, 많은 시각자료를 수록하여 입체적인 이해에 도움을 준다.

• 이은기, 『르네상스 미술과 후원자』, 시공아트, 2009

르네상스 시대 피렌체의 미술가와 그들을 후원한 가문들의 관계를 밝힌 책이다. 미술에 관한 책이지만 르네상스 피렌체의 정치, 거대 가문들과 문화와의 상관관계 등을 알기 쉽게 설명해 주고 있다. 아름답고 화려한 당대의 예술품을 다채로운 사진들로 만나는 것도 즐겁다.

『데카메론』원목차

페스트로 가족을 잃은 슬픔을 달래려고 산타 마리아 노벨라 성당에 모여든 일곱 여인들의
이름은 다음과 같다. 팜피네아, 피암메타, 필로메나, 에밀리아, 라우레타, 네이필레, 엘리사.
모두 보카치오가 붙여 준 가명이다. 보카치오는 책의 서두에 직접 등장하여 여인들을 나이
순으로 소개하며 "우리가 똑바로 알아들을 수 있도록, 부분적으로든 전반적으로든 각자의
성격에 맞는 이름으로 고쳐 부르도록 하겠습니다."라고 밝힌다. 여인들은 새로운 이름과 함
께 새로운 정체성을 갖고 살아가게 됨을 의미한다. 이렇게 일곱 명의 여인이 준비되자, 세 명
의 청년이 나타난다. 판필로, 필로스트라토, 디오네오. 그들은 "안전에 대한 염려 따위로 조
금도 기죽어 있지 않았으며, 사랑의 불꽃 역시 전혀 사그라들지 않은" 스물다섯 살 무렵의
청년들이다.

여인들의 숫자인 7은 완벽을 의미한다. 또한 그들은 저마다 지성·사랑·운명 등을 상징하며
그에 부합하는 성격을 가지고 있다. 맏이인 팜피네아는 풍요와 행복, 막내 엘리사는 정열과
사랑의 상징이다. 필로메나는 정열적인 여인이고, 네이필레는 쾌활하며, 에밀리아는 자아가
강하고, 라우레타는 질투심이 많다. 보카치오의 첫사랑 마리아를 모델로 한 피암메타는 사
랑을 좇는 인물로서, 판필로와 연인으로 설정되어 있다.

피렌체 교외의 아름다운 시골 별장에서 페스트를 잊고 지내는 보름 동안 열흘간의 이야기
축제가 펼쳐진다. 날마다 달라지는 이야기 축제의 주제와 그날을 주재하는 왕/여왕의 이름
은 다음과 같다.

첫 번째 날 팜피네아가 여왕이 되어 이끄는 가운데, 각자 원하는 이야기를 들려주는 날이
다.

두 번째 날 필로메나가 여왕이 되어 이끄는 날. 갖가지 일로 인생의 쓴맛을 많이 보았지만
마지막에 기대 이상의 달콤한 결실을 얻는 사람들의 이야기를 들려준다.

세 번째 날 네이필레가 여왕이 되어 주재하는 가운데, 무척 열망하던 것을 교묘한 수법으로 손에 넣거나, 잃었던 것을 다시 찾는 이야기들이 전개된다.

네 번째 날 필로스트라토가 왕이 되어 주재하며, 각자 불행한 결말을 맺는 사랑 이야기를 하는 날이다.

다섯 번째 날 피암메타가 여왕이 되어 이끄는 가운데, 사랑하는 연인이 역경이나 불운을 겪고 나서 행복한 결말에 이르는 주제로 이야기를 나눈다.

여섯 번째 날 엘리사가 여왕이 되어 이끄는 날. 기발한 재치를 발휘하여 자신을 방어하거나 적절한 대답 또는 날카로운 통찰로 손해나 위기, 모욕을 모면한 사람들에 대해 이야기한다.

일곱 번째 날 디오네오의 주재 아래, 여자들이 사랑을 위해 혹은 자기가 살아남기 위해, 남몰래 혹은 들키고서라도, 어떻게든지 남편을 골려먹는 이야기를 들려준다.

여덟 번째 날 라우레타가 여왕이 되어 이끌며, 여자가 남자를 속이든, 남자가 여자를 속이든, 한 사람이 다른 사람을 속이는 이야기를 나눈다.

아홉 번째 날 에밀리아가 여왕이 되어 이끌며, 각자 나름대로 재미있다고 생각되는 이야기를 들려준다.

열 번째 날 판필로의 주재 아래, 사랑으로 인해 혹은 다른 어떤 이유로 관대하고 관용 있게 일을 완수한 사람들의 이야기가 펼쳐진다.

조반니 보카치오 연보

1313년   6월 혹은 7월에 피렌체의 부유한 상인 보카치노 디 켈리노의 사생아로 태어났다.
         어머니는 잔느라는 이름의 프랑스 여성으로 알려져 있으나 확실하지 않다. 어린
         시절을 어머니와 보냈다고 하는데 이것 역시 불확실하다.

1319년   (6세) 어머니의 사망으로 피렌체의 아버지에게 보내진 것으로 알려져 있다. 역시
         확인 불가능한 사실이다. 처음부터 아버지 손에 길러졌다고도 한다. 아무튼 이즈
         음부터 라틴어 문법을 배우고 시를 쓰기 시작한다.

1320년   (7세) 아버지가 귀족 출신 마르게리타 데 마르돌리와 정식으로 결혼한다. 의붓동
         생 프란체스코가 태어난다.

1325년   (12세) 아버지가 일하던 바르디 은행의 나폴리 지사에 견습사원으로 근무한다.
         아버지는 그에게 상술을 습득하게 하여 가업을 잇도록 할 예정이었다. 그러나 보
         카치오는 왕립도서관 사서인 파올로 다 페루지아의 가르침을 받아 문학에 열중
         한다.

1331년   (18세) 나폴리대학에서 치노 다 피스토이아 밑에서 법률 공부를 시작한다.

1332년   (19세) 아버지가 프랑스로 떠나자 라틴 고전과 프로방스 문학 연구에 매진한다.

1333년   (20세) 페트라르카의 시를 처음 접한다. 부활제 전야에 로베르토 왕의 사생아라
         고 알려진 마리아를 만나 사랑에 빠진다. 23세 때의 일이라고도 전해진다.

1338년   (25세) 『필로스트라토』, 『디아나의 사냥』을 집필한다.

1339년   (26세) 학업을 마치고 『필로콜로』를 집필한다.

1340년   (27세) 부친이 일하던 바르디 은행이 파산하자 나폴리에서 피렌체로 돌아온다.
         『테세이다』를 쓴다.

1342~ (29~31세) 『아메토의 요정』, 『사랑스런 환영』, 『마돈나 피암메타를 슬퍼함』, 『피
1344년 에졸레의 요정』을 쓴다. 스물세 살 때 만난 마리아를 '피암메타'라는 이름으로 자
신의 작품에 등장시키며 구원의 여인으로 삼는다.

1345~ (32~33세) 라벤나의 폴렌타 가문을 위해 일했다.
1346년

1348년 (35세) 피렌체에 페스트가 번져 아버지와 많은 사람이 죽는 것을 목격한다. 단테
의 존재를 처음으로 알게 된다.

1349년 (36세) 피렌체 공화국 정부로부터 외교관으로 임명받아 로마 교황을 비롯하여
여러 나라의 황제, 제후 들을 만난다. 『데카메론』 집필을 시작한다.

1350년 (37세) 페트라르카를 처음으로 만나 교제를 시작한다. 『이교신들의 계보』의 집필
을 시작하나 죽을 때까지 계속 수정한다. 로마냐 귀족들에게 사절로 파견된다.

1351년 (38세) 시의원으로 임명된다. 티롤 지방의 바이에른 공작, 루이를 방문하는 사절
로 파견된다. 페트라르카를 다시 만난다. 『단테를 기리는 글』이 거의 완성된다.

1353년 (40세) 『데카메론』을 완성한다.

1354년 (41세) 여인에 대한 풍자시 『코르바치오』를 쓴다. 이 작품은 만년의 걸작으로 평
가된다. 프랑스 아비뇽에 머물던 교황 인노켄티우스 6세의 방문사절로 파견된다.

1355년 (42세) 『유명인들의 운명에 대하여』, 『산과 숲, 샘, 호수, 강, 늪 또는 습지와 바다
의 이름에 대하여』의 집필을 시작한다.

1359년 (46세) 페트라르카와 밀라노에서 다시 만나 친교를 맺는다. 『명사열전』을 발표
한다.

1360년   (47세) 『이교신들의 계보』를 발표한다. 피렌체에서 실패한 혁명에 친구들과 친지들이 연루되어 그들 중 일부는 처형되고, 보카치오는 이후 4년 동안 피렌체에서 관직을 받지 못한다.

1361년   (48세) 체르탈도에 칩거하여 『유명한 여자들』을 집필하기 시작한다. 확실하지 않은 이유로 이듬해까지 라벤나에 머문다.

1363년   (50세) 페트라르카의 초청으로 베네치아에서 정주하며 안정된 생활을 한다. 신앙이 약해졌다는 생각에 영성에 집중하는 생활에 몰두한다.

1364년   (51세) 『단테의 일생』을 완성한다. 서신으로 페트라르카와 속어로 문학작품을 쓰는 것에 관해 논쟁을 한다.

1365년   (52세) 피렌체 대사가 되어 아비뇽에 있던 교황 우르바노 5세의 교황청을 방문한다. 『코르바치오』를 집필한다.

1368년   (55세) 파도바에서 수많은 작가들과 페트라르카를 만난다.

1370년   (57세) 피렌체 영주의 초청으로 피렌체에 있는 성 스테파노 디 바디아 성당에서 단테의 『신곡』을 강의한다. 『이교신들의 계보』를 계속 수정한다.

1373년   (60세) 가난과 병에 시달리며 고향인 체르탈도로 돌아온다. 페트라르카의 사망 소식을 듣고 소네트를 써서 그에게 바친다.

1375년   (62세) 고향 체르탈도에서 12월 21일 세상을 떠난다.

Giovanni Boccaccio (1313~1375)

국립중앙도서관 출판시도서목록(CIP)

데카메론 = Giovanni boccaccio decameron : 10일의 축제
100개의 이야기 / 구윤숙 지음. -- 서울 : 작은길출판사, 2014
p. ; cm. -- (고전 찬찬히 읽기 ; 04)

ISBN 978-89-98066-05-5 04880 : \16000
ISBN 978-89-98066-12-3 (세트) 04800

데카메론[Decameron]
이탈리아 소설[--小說]
소설 평론[小說評論]

883.09-KDC5
853.109-DDC21 CIP2014033055

데카메론
10일의 축제 100개의 이야기

ⓒ 구윤숙 2014

2014년 12월 9일 초판 1쇄 펴냄
구윤숙 지음

펴낸이 최지영 | 펴낸곳 작은길출판사 | 출판등록 2011년 10월 26일 제2011-25호
주소 서울 노원구 덕릉로79길 23 103-1409 | 전화 02-996-9430
팩스 0303-3444-9430 | 전자우편 jhagungheel@naver.com
블로그 주소 jhagungheel.blog.me | 페이스북페이지 www.facebook.com/jhagungheelpress

ISBN 978-89-98066-05-5 04880
ISBN 978-89-98066-12-3 04800(세트)